KB008452

로크미디어가
유혹하는
재미있는 세상

ROK
MEDIA
로크미디어

南宮魔帝 남궁마제

남궁마제 5

2022년 3월 7일 초판 1쇄 인쇄
2022년 3월 11일 초판 1쇄 발행

지은이 문운도
발행인 김정수 강준규

기획 이기헌 왕소현 박경무 강민구
책임편집 백승미
마케팅지원 배진경 임혜솔 송지유 이영선

발행처 (주)로크미디어
출판등록 2003년 3월 24일
주소 서울시 마포구 성암로 330 DMC첨단산업센터 318호
Tel (02)3273-5135 **편집** 070-7863-8595 **Fax** (02)3273-5134
홈페이지 rokmedia.com **E-mail** rokmedia@empas.com

© 문운도, 2021

값 8,000원

ISBN 979-11-354-7205-3 (5권)
ISBN 979-11-354-7200-8 04810 (세트)

차례

보배 진珍 꽃 화花 : 화룡점정의 의미

이전 생.

교성흑오대의 역할은 도망친 정파 기수들을 쫓는 것이었다.

촤르르르!

"사슬을 끊어라!"

채앵! 챙―!

"먼저 가십시오."

"아니, 네가 무사들을 이끌고 먼저 가라."

"하지만……!"

"너희가 없는 편이 더 낫다. 전부 죽이고 따라가마."

단호한 진화의 말에 그의 부대주가 입술을 짓씹었다.

진화의 말에 반박할 수 없었기 때문이다.

진화가 말없이 쇠사슬을 손에 감고, 결국 부대주는 수하들에게 눈짓을 보냈다.

그들을 이끌었던 대주를 던져 주고 도망해야 하는 순간임에도, 수하들 중에 살아 돌아갈 수 있다는 데에 안도하는 몇몇이 보였다.

"젠장! 반드시, 꼭 살아오십시오."

부대주의 말에 진화가 고개를 끄덕여 보였다.

그리고 빠르게 도망가는 수하들의 등을 확인한 후, 진화가 손에 쥔 사슬에 뇌전을 흘렸다.

파지지지지————!

파팟—!

진화의 눈에서 푸른 안광이 뿜어져 나오고, 넘실거리는 뇌전이 사슬을 움직여 앞으로 쏘아져 나갔다.

펑—! 펑펑———!

"크아아아악———!"

흑면을 쓴 죽음의 까마귀.

웃기는 소리다.

가면으로 피와 살로 이뤄진 인간의 육신을 가려 보았자, 그걸 꿰뚫은 고통에는 비명을 지를 수밖에 없으리라.

"뇌왕———!"

거친 사자후가 진화의 머리 위에서 울렸다.

나무 꼭대기에서 뛰어내리며, 사자의 갈기처럼 머리칼을 휘날리며 분노한 거미귀신이 진화를 덮쳐 왔다.

"새끼들 다 죽고 나서 온 주제에 왜 지랄이야."

파지직———!

진화의 눈동자에 번개가 내리쳤다.

촤라라라라——!

"죽인다, 뇌왕!"

분노한 뇌평의 목소리를 들으며,

진화는 거미귀신의 손에서 순식간에 뽑혀 나오는 현홍사 하나하나를 눈여겨보았다.

어느새 사슬을 놓고 두 손을 들었다.

파지지지지지직————!

수백, 수천의 번개가 양 손바닥에서 번뜩거렸다.

"남은 속이 끓다 못해 터져 나갈 듯한데, 네놈은 이제야 화가 난 게냐. 그거 참, 열 받네."

콰광-! 쾅쾅!

진화의 번개가 수십 개의 현홍사 하나하나에 떨어졌다.

"크아아아악!"

현홍사를 타고 올라간 수십의 번개가 뇌평의 온몸을 관통했다.

그렇게, 이전 생의 진화는 승현 뇌평을 죽였다.

"너무 한 번에 죽였지."

"크하하하하! 애송이, 뭐라는 거냐!"

쉐에에엑-!

"큣!"

진화의 검이 뇌평의 현홍사를 가르고 그의 눈앞을 지났다.

멈칫한 뇌평의 앞에 진화의 얼굴이 보이고…….

"너무 쉽게."

퍼-억!

"크억!"

뇌평의 복부에 검이 없는 진화의 왼손이 꽂혔다.

뇌평이 복부를 잡고 황급히 뒤로 물러섰다.

당황한 기색이 역력했다.

"너, 너, 뭐야!"

경악에 찬 목소리.

기겁한 뇌평의 얼굴을 보며, 진화가 피식 웃었다.

"겁에 질린 거 보니까 좋네."

이전이라면 모를까.

더 이상 귀천성을 두려워하고 있지 않아도 된다는 것을 안 이상, 진화는 이제 적을 앞에 두고 자신의 경지를 숨길 이유가 없었다.

확실하게 죽이면 그뿐이리라.

이전에도 뇌평을 죽였다.

그리고 진화는 이미 이전의 경지를 따라잡았다.

콰광! 쾅!

뇌평을 보는 진화의 눈동자에 번개가 번뜩였다.

잠시 사내를 붙잡고 있어 주기만 바랐는데.

진화가 사내를 압도하는 모습을 보이자, 각우가 마음 놓고 날뛰며 교성흑오대를 때렸…… 터뜨렸다.

"허! 전에 저 땡중이 베개로 비영문도들을 때려잡을 때 알아봤어야 했는데."

쉐에에엑-!

실전을 겪어 본 경험이 있어서일까.

남궁구가 농담을 던지면서 검을 휘둘렀다.

끝도 없이 몰려드는 적을 보며 자꾸 몰려드는 긴장감을 떨쳐 버리기 위함도 있었지만, 실제로 조금 여유가 있기도 했다.

파팟-!

천풍신법으로 이리저리 오가며, 몰려드는 적의 진형을 파헤쳤다.

난전 상황에서 천풍신법만큼 자유로운 경공은 없으리라.

뻐———억!

"우앗!"

도무지 사람을 때리는 소리 같지 않은 소리에, 남궁구가 깜짝 놀란 듯 각우를 보았다.

"와, 그 사부에 그 제자도 아니고, 땡중 너처럼…… 현오?"

현오를 향해 농담을 하려던 남궁구의 눈동자가 흔들렸다.

촤르르르———!

퍼—억!

"죽어!"

어느 때든 투실투실한 볼이 출렁이게 웃어 대던 땡중은 어딜 가고, 야차같이 험악하게 얼굴을 구긴 사내가 주먹을 휘두르고 있었다.

"현오야, 중심 잡아라."

"크으, 놈들이 대사형을 노렸어요! 현각 사형이 위험했다고요!"

"현오야!"

"제기랄, 죽어!"

말리는 나한의 목소리를 들으면서도, 현오가 흥분을 가라앉히지 못하고 주먹을 뻗었다.

현오의 옆에 있던, 현 자 배의 대사형 현각이 나한진 안으로 들어가 있었다.

현각은 옆구리 한쪽이 뜯어진 듯 피를 흥건하게 흘렸고, 제갈상이 붙어서 그의 옆구리에 금창약을 들이붓고 있었다.

그러나 상태가 심각해 보였다.

"으아아아아ー!"

파파파파파파ー앗!

퍼ー엉!

금강나한공이 땅을 뚫고 사슬과 함께 교성흑오대 한가운데서 폭발했다.

'현오, 저 녀석!'

각우의 시선도 현오를 향했다.

"크아아아아아악ーーー!"

현오가 저래서 앞이 보일까 싶을 정도로 눈물을 흘리며 날뛰었다.

"크흡! 죽어! 죽어! 이 미생만도 못한 것들아! 죽어ー!"

그때.

퍼ー억!

현오의 옆으로 나하연이 왔다.

위험하게 움직이는 현오의 옆으로 나하연이 함께하면서, 현오의 빈틈이 줄었다.

그리고 파괴력은 배가되었다.

뻐어어억ーー!

나하연의 주먹에 맞은 교성흑오대원의 머리가 뒤통수부터 터져 나갔다.

그 뒤로 현오가 교성흑오대 다섯의 가슴뼈를 부숴 놓았다.

서로의 움직임을 전혀 생각하지 않은 채 그저 공격에 더 강한 공격만을 퍼부을 뿐이었다.

하지만 그것이 오히려 교성흑오대의 움직임을 잡아 두었다.

각우는 물론 현오와 나하연의 활약으로 교성흑오대의 파상공세가 잦아들고, 영리하게 움직인 남궁구와 당혜군의 보조에 정의무학관 쪽에도 여유가 생겼다.

그 모습을 보며 뇌평이 입술을 깨물며 인상을 구겼다.

"제길!"

뇌평은 어쩐지 문혜에게 당했다는 생각밖에 들지 않았다.

교성흑오대를 이끌어 달란 말에 왔더니, 그냥 애송이라는 홍의생들의 실력이 절정 이상만 십여 명이다.

게다가 나한들의 숫자도 들은 것보다 훨씬 많았다.

문혜는 이전 평가시험 정보를 뇌평에게 제공한 것이지만, 실제로는 유별난 홍의생들 덕에 나한들의 숫자가 대폭 늘어나 있었던 것이다.

게다가…….

"이 자식!"

쉐에에엑!

"큣!"

"한눈팔다니, 섭섭해지네."

들은 것과 가장 큰 차이가 있는 건 남궁진화였다.

진화는 뇌평을 교성흑오대에게서 떨어뜨리고, 그가 상황을 잘 볼 수 없게 했다.

그리고 시종일관 여유로운 시선으로 뇌평의 움직임을 관찰하고, 베기를 반복했다.

그렇게 조금씩, 조금씩, 뇌평을 구석으로 몰았다.

슥.

"……!"

뇌평이 정신을 차리고 보니 숲이 있는 곳까지 밀려 나왔다.

"이 영악한 애새끼가! 허! 날 숲으로 오게 한 것이 얼마나 큰 실수인지 알려 주마!"

진화를 향해 이를 간 뇌평이 나무 위로 올라섰다.

그 모습을 보며, 진화가 슬쩍 입꼬리를 올렸다.

그리고 천천히 검을 검집에 넣으며 물었다.

"사방에 끊어진 현홍사야. 정말 네가 유리한 것 같아?"

파지지지직————!

"……!"

진화의 말뜻을 알아들은 뇌평이 놀란 눈을 떴을 땐, 이미 그의 주변에 푸른 뇌전에 싸인 현홍사가 뱀의 혓바닥처럼 그를 향해 날름거리고 있었다.

쏴아아아아———!

"이런! 크윗!"

황급히 눈앞의 현홍사를 피했지만, 뒤에서 쏘아진 현홍사가 뇌평의 팔을 꿰뚫었다.

파지지직———!

"으아아아악!"

뇌평의 팔을 꿰뚫은 현홍사에 푸른 천둥 번개가 치고, 뇌평은 팔이 타들어 가는 고통에 정신없이 맨손으로 현홍사를 뽑았다.

팟—!

피가 터져 나왔지만, 급히 내공과 근육으로 출혈을 막았다.

"지금 숨는 건가? 도망?"

진화가 번개를 휘둘렀다.

퍼—억!

천뢰장이 벼락을 내리치듯 뒷걸음치는 뇌평의 허벅지를 때렸다.

"으아아아아악———!"

나무 아래, 여전히 현오가 날뛰고 나하연과 각우를 필두로 나한들과 홍의생들이 교성흑오대를 몰아붙이고 있었다.

'현오. 나한들이 현오 쪽으로 몰려 있어. 나한진을 왜 현오의 뒤에 펼치는 거지?'

진화가 눈매를 가늘게 좁혔다.

그리고 뇌평이 눈치채지 못하도록 현홍사로 앞을 가렸다.

"으아아악! 망할 꼬맹이!"

"시끄러워."

쉐에에엑――!

'이쯤에서 끊어야겠군.'

시간이 길어지면, 어쨌든 불리해지는 건 정의무학관 쪽이었다.

많은 수를 죽였지만, 여전히 많은 수가 남아 있었다.

게다가 뇌평의 명이 없더라도, 교성흑오대는 집단 전투에 능한 이들이었다.

노련한 각우가 사슬과 현홍사를 끊고 다니지 않았더라면, 오히려 정의무학관 쪽에 많은 희생이 있었을 것이다.

진화의 동공에 푸른 번개가 내리치고, 넣어 놓은 검에 손이 갔다.

그때, 갑자기 모든 교성흑오대가 물러나기 시작했다.

"크윽! 아깝군."

뇌평이 진화를 노려보며 순식간에 몸을 날렸다.

"누구 마음대로―!"

결코 이대로 보내 줄 생각이 없었던 진화가 검을 휘둘렀다.

천뢰제왕검법 낙뢰(落雷)--!

콰—앙!
쿵! 쿵!
뇌평이 있었던 곳, 커다란 나무가 세로로 쪼개졌다.

"아까운 게 누구인지 모르겠군."

진화는 검게 낙뢰가 떨어진 자리를 보며 아쉬운 듯 입맛을
다셨다.

"뭐야? 왜 그랬지?"

"저거!"

숭산 자락, 산 능선에 연기가 피어오르고 있었다.

아직 차고 습한 계절에 저절로 불이 날 리 없으니, 누군가
가 피워 올린 불일 것이다.

진화와 홍의생들은 상황이 어떻게 된 건지 어리둥절했다.

그러나 곧 짙은 안도의 한숨을 내쉬었다.

어쨌든 그들은 더 이상의 희생 없이 살아남았다.

"흐윽! 사형, 사형…… 흑흑! 크흡! 흑!"

"옮기자!"

나한들이 큰 부상을 당한 나한을 급조한 들것에 옮기고 있
었다.

현오가 눈물, 콧물을 비처럼 쏟아 내며 따라붙었다.

진화와 홍의생들이 그 모습을 보았다.

"괜찮으셔야 할 텐데……."

"괜찮을 거야."

"그래. 저걸 보면 그럴 것 같아."

남궁구의 말에 진화가 피식 웃고 말았다.

그도 그럴 것이, 쓰러진 나한의 옆구리에 홍의생들이 저마다 꺼내 놓은 금창약이 산처럼 쌓여 있었다.

"나한들의 희생이 컸어."

"……현오는 어쩌냐?"

진화와 남궁구의 대화에, 살아남은 홍의생들 사이에 안도보다는 슬픔과 걱정이 번져 나갔다.

챙! 챙!

퍼—억! 쿵!

"망설이지 마라! 그냥 죽여!"

적호단주의 명령에, 입술을 질끈 깨문 적호단원들이 인정사정없이 검을 휘둘렀다.

검에 부딪히는 곡괭이.

온몸을 던지며 낫을 휘두르는 사람들.

선량한 농민은 아니었다.

그들 또한 살벌하고 치명적인 무공을 익히고 있었다.

하지만 그렇다고 그들이 적호단원들보다 강할 리 없었다.

하나같이 싸우기엔 사지 중 하나가 없거나, 너무 늙어 버린 이들이었기 때문이다.

"개자식!"

대체 언제 이렇게 큰 마을을 지었을까.

이제까지 몰랐던 게 이상할 정도로, 잘 정돈된 아름다운 마을이었다.

예쁘게 정성껏 지은 듯 보이는 집과 소박한 밭.

서민들이 꿈꾸었을 이상적인 평화로움이 깃든 마을.

그러나 적호단이 도착했을 땐, 정겨웠을 마을은 서늘하게 비어 있었고.

목숨을 던져서 적호단의 발목을 잡을 이들만 남아 있었다.

"없습니다."

"불을 지르고 뜬 것 같지?"

"예. 제갈세가 그림자로 보이는 불에 탄 시체가 있었습니다. 제갈무진의 처소였던 듯한데, 완벽하게 탔습니다."

"젠장!"

수하의 말에 적호단주가 짓이기듯 욕지거리를 씹어 냈다.

고작 이런 일방적인 살육이나 하자고 온 길이 아니었는데.

하지만 바라던 모습이든 아니든, 마무리는 해야 했다.

"잡아들일 것 없다. 전부 죽여라."

"충."

이런 임무가 한두 번은 아니었다.

삶의 희망이 잃은 이들을 농락하듯, 이렇게 아름다운 것을 보여 주고 목숨을 이용해 먹는 행태도 한두 번이던가.

명을 내리는 적호단주도, 받드는 단원도 표정이 좋지 못했다.

그때…….

퍼———엉!

"이런 빌어먹을 늙은이들! 제갈무진은 어디다 빼돌리고!"

남궁진혜가 누구보다 단호하게 달려들던 마을 주민을, 아니 주민들을 검면으로 때려죽였다.

그러고도 사방을 노려보는 것이 아직 분이 풀리지 않은 모양이었다.

"……쟤는 누굴 닮아서 저렇게 인정사정이 없을까요?"

"남궁진휘, 남궁조, 남궁경, 남궁가주, 제왕검? 누굴 택할래?"

"……그러네요."

"이들이 제갈무진에게 이용당했을지는 모르나, 알지 않느냐? 무고한 자들은 없다. 약하든 강하든 적이다. 전장에서 적에게 마음 쓰지 마라."

"예!"

귀천성에 대한 신념 따윈 없었을지도 모른다.

어쩌면 순수하게 제갈무진에게 입은 은혜를 갚기 위해 움직였을 수도 있다.

하지만 애초에 귀천성에 선택된 이들 중 무고한 자들은 없었다.

귀천성의 작자들은 인간의 죄책감을 파고들어 합리화하고 동조하게끔 만들어, 그들이 하는 나쁜 일에 이용했으니까.

적호단주가 죽은 노인의 목에서 눈에 익은 문양의 목걸이를 떼어 냈다.

몰살된 비영문도의 마을이라.

"정말 골수 끝까지 뽑아 먹었군. 빌어먹을 새끼."

적호단주가 잔인하게 이들을 버린 제갈무진을 향해 욕을 토했다.

홍의생들의 평가지에 다시 교성흑오대가 나타난 일.

그리고 그 교성흑오대의 습격을 마라승 각우와 나한들, 남아 있던 홍의생들만으로 막아 낸 일은 정도 무림에 큰 반향을 일으켰다.

특히 아직 관도생에 불과한 홍의생들이 귀천성의 이름난 무단과 맞서서 물리쳤다는 것이, 잠잠했던 정도 무림에 향상심을 일깨웠다.

"'홍의생들은 무기를 들어라! 사특한 귀천성 무리에 맞서 나한들을 지켜라!' ……캬아! 우리 공자님이 그렇게 말하면서 홍의십수(紅衣十手)를 이끌었다는 거 아니야!"

"뇌화공자 말이야?"

"그래! 그뿐만 아니라 홍의십수가 죽인 교성흑오대 놈들이 수십 명이라는군."

"정도 무림의 홍복이네, 홍복십수라고!"

사람들은 두 명만 모여도 이번 일에 대해 이야기했다.

특히 이번 전투에서 큰 활약을 보였던 열 명의 홍의생을 홍의십수라 부르며, 새로운 고수들이 나타났다며 칭송했다.

하지만 기적적인 승리로 떠들썩한 이면에, 희생된 홍의생들과 나한들에 대한 애도가 묻혀 버리는 듯했다.

양청현에서 또다시 귀천성에 대대적인 공격을 당했다는 것에 정도 무림 전체의 사기가 흔들릴 수 있었다. 정의무학관에 제자를 맡긴 문파들은 불안에 떨며 항의했다.

그렇기 때문에 이번 일을 영웅담으로 희석시키려는 정의맹의 의도가 다분했다.

사람들에게 칭송받는 와중에, 가장 축제 분위기를 즐겨야 할 당사자들은 조용히 침잠했다.

"삼가 명복을 빕니다."

흰색 안장을 찬 홍의생이 소림 나한들을 위한 향을 피우고
인사를 전했다.

그들은 포로로 잡혀 있던 홍의생으로, 바로 옆에서 친구
가 피를 흘리고 쓰러지던 모습을 본 충격이 아직 가시지 않
았다.

하지만 자신들을 지켜 주기 위해 몸을 바쳐 벽을 세워 주
었던 나한들의 죽음을 잊을 순 없었다.

그들뿐 아니라 다른 이들도 모두, 죽은 홍의생들의 장례식
과 나한들의 장례식장을 찾았다.

"흐읍. 읍. 사형…… 흑흑."

사방에선 홍의십수다, 홍복이다, 칭송 중인데, 그중 한 명
인 현오는 체면이고 뭐고 던져 버리고 통곡하는 중이었다.

"현오야, 그만 울거라. 회자정리(會者定離)라 하지 않았더
냐. 사형들과의 만남이 여기까지 허락된 것뿐이다. 다 부처
님의 뜻이 아니겠느냐."

"흐어어엉. 그런 게 어딨어요? 허어어엉! 나는 아직……
크읍. 덜 만났는데……. 크허엉! 으어어어엉! 그걸 왜 부처님
맘대로 정한단 말입니까? 우어어엉, 현해 사형-! 현정 사혀
어어엉---!"

불제자로서 가장 망극한 발언까지 쏟아 내며, 현오의 통곡
소리가 더 커졌다.

그를 달래던 현청은, 현오가 자신의 승복 앞섶에 코까지

풀어 놓은 것을 보며 어찌할 바를 몰랐다.

그때, 각우가 호통을 치며 다가왔다.

"이놈, 현오, 그만하지 못하겠느냐!"

"으어어어엉, 사부도 미워요! 말려 줄 현각 사형도 없는데 혼내고오———!"

"혀, 현각은 아직 살았잖느냐!"

"어허엉! 아직이래—! 무정한 사부 같으니! 현묵 사혀어어엉! 사부도 데꼬가지. 허어어엉!"

"이…….."

우는 막내를 달랠 줄 모르는 무뚝뚝한 아버지처럼.

각우의 말에 현오가 더 큰 소리로 통곡을 하고, 그걸 받아 주게 된 현청이 각우를 원망스러운 눈빛으로 흘겨보았다.

그러니 각우의 속만 터졌다.

"아오! 아오! 내 전생에 무슨 업보가 많아서……!"

"흐어어어어, 사형들! 허어엉!"

시체는 찾았지만, 어떻게 해도 온전하게 맞추지는 못했다고 했다.

일부는 소실되었고, 일부는 뒤섞여서 누구의 어느 부분인지 구분이 안 되었다고.

그래서 죽은 나한들의 시신은 한데 모아 같이 화장하기로 했다.

많은 이들이 나한들의 소박한 장례를 안타까워했다.

"한날한시에 다정하게 부처님의 품에 가는 것도, 저들의 복이 아니겠는가."

정의맹주 운현대사가 안타까움을 담아 염불을 외웠다.

그는 필요에 의해서, 더 큰 목표를 위해, 정의맹주로서 제자들의 희생을 조용히 치르기로 했다.

하지만 동시에, 소림의 장문으로서 아까운 제자들의 희생을 더 크게 슬퍼하지 못하는 데에 죄책감을 짊어져야 했다.

그런 정의맹주의 마음을 알기에, 무림의 많은 인사들이 나한들의 소박한 장례식을 찾았다.

"송구합니다."

제갈가주가 정의맹주에게 사과했다.

애초에 소림 나한들의 장례식을 간소하게 치르자고 건의한 사람이 제갈가주였다.

나한들이 지킨 홍의생들 중엔 가문의 제자인 제갈상도 있었고, 그는 이번에 홍의십수에 속하며 명성을 높였다.

하지만 단언하건대, 정의맹의 허물을 덮거나 제자들을 띄우려는 의도는 결코 없었다.

정의맹 총군사로서 오로지 귀천성과의 전쟁에 승리하기 위해, 단 하나의 목적을 위한 결정이었을 뿐이었다.

그것을 알기에, 정의맹주나 다른 문파의 사람들도 동의한 것이다.

"삼가 고인의 명복을 빕니다. 진정한 무림의 승리는 저들의 희생 덕분이었습니다."

어쩐 일로 제갈가주와 함께 온 남궁조가 정의맹주에게 조의를 표했다.

두 사람뿐 아니라 많은 무림 명사들이 다녀갔다.

남궁세가와 팽가, 당문을 비롯한 많은 문파에선 감사의 마음을 담아 많은 조의금을 보냈다.

그렇게 세상에는 승리의 소식이 전해지며 사기를 진작시키고, 정도 무림 내부적으로는 슬픔에 공감하면서 결속을 강화했다.

죽은 홍의생들의 영결식이 정의무학관에서도 치러졌다.

많은 이들이 친우들의 죽음에 슬퍼했고, 많은 관도생들이 전쟁의 복판에 와 있다는 것이 무엇인지 실감했다.

"크헝……."

현오는 아직도 슬픔에서 벗어나지 못했다.

진화는 그런 현오를 위해 새벽에 혼자 오성반점에서 줄을 서서 사 온 만두를 내밀었다.

"현오, 이거."

"크흡. 남궁 시주, 고맙네. 하압. 큽. 마, 맛있네. 합! 크흑, 우리 사형들은 이 맛있는 것도 못 먹고 가고오오오……."

"스님들은 원래 고기만두를 못 먹는데……."

"흐어어엉! 극락의 맛이야아아아!"

진화는 고기만두와 눈물, 콧물을 함께 마시는 현오를 보며, 슬쩍 만두 봉지 전체를 내밀었다.

통곡하며 먹는데도 속도는 줄지 않는 신기한 광경이었다.

현오가 울면서 만두 한 봉지를 다 먹는 동안, 진화는 가만히 현오를 보았다.

그리고 이 순박하고 만두 앞에서 한없이 속물적인 스님이, 적과 싸우던 모습을 떠올렸다.

'터뜨려 죽였지. 피는 물론 뇌수와 내장이 튀어나오는 데에도 잔인하게 죽이는 데에 거리낌이 없었다. 하지만…… 그건 각우도 그러했어. 금강야차공이라는 말이 달리 나오지 않았을 정도로 잔인하고 단호한 손 속. 현오는 그런 각우의 제자니, 손 속이 비슷할 수도 있지 않나?'

진화는 만두 한 봉지를 기어이 다 비워 가는 현오를 보며 제물의 조건을 떠올렸다.

'살성(殺性). 피에 대한 갈증, 흥분, 공감의 부족, 목적의식, 수단화…….'

다른 것은 다 몰라도, 공감 능력이 부족한 사람이 사형제를 위해 복수심을 느낄 수 있을까.

공감 능력이 없는 사람이 사형제들의 죽음을 이토록 슬퍼할 리가 없었다.

아니, 애초에 제 손을 잡고 맛난 만두를 함께 즐기려 했을
리 없지 않았을까.

'현오는 아니라는 건가.'

진화는 그동안 현오를 의심했던 것이 미안해서, 제 몫으로
빼놓았던 만두 하나를 더 내놓았다.

"고오맙네에. 허엉, 합! 허엉."

'현오가 아니라면 대체 누구지?'

진화가 고개를 갸웃거리는데, 순간 퍼뜩 스쳐 가는 잔상이
있었다.

'나하연 낭자? ……허, 내가 무슨 말도 안 되는 생각을.'

전투 중 자연스럽게 현오의 곁에 서서 싸우던 나하연을 떠
올린 진화가, 이내 고개를 저었다.

"그게 왜 내 탓이라는 거야!"

"그럼 아니냐! 네놈의 거짓 정보만 아니었더라면 실패하지
않았을 일이었어!"

교성흑오대를 동원했던 일은 실패로 끝났다.

관도생과 소림 나한들 몇을 죽이긴 했지만, 그보다 훨씬
많은 교성흑오대원이 죽었고 산촌에 만든 은거지 중 하나를
잃었다.

게다가 뇌평 또한 한동안 팔을 쓰지 못할 정도로 부상을
당했다.

"나한들이 그렇게 많다는 걸 왜 숨긴 거냐고!"

"숨긴 게 아니라고 몇 번을 말해?"

"아니라고? 그럼 그 애송이들은 뭔데─!"

뇌평이 분노에 차서 고함을 치자, 문혜가 놀란 눈으로 그
를 보았다.

그리고 이내 눈살을 찌푸리며 물었다.

"너 지금 그 애송이에게 당했다고 내 탓을 하는 거야?"

"당하긴 누가! 빌어먹을 각우랑 그 애송이만 아니었으
면……."

뇌평이 버럭 하며 말꼬리를 흐렸다.

뇌평은 남궁진화 한 사람에게 꼼짝도 못 한 일을 결코 입
밖에 낼 수 없었다. 그래서 대충 각우와 남궁진화 둘을 동시
에 상대했다고 말한 차였다.

하지만 나한들의 숫자가 들었던 것보다 두 배는 더 많았던
것도 사실이라.

교성흑오대가 그렇게 많이 죽은 것도 크게 이상할 것은 없
었다.

문혜 또한 그 부분은 인정했다.

"분명 지난 기록에 따르면 나한들의 숫자는 다섯을 넘지
않았다고. 이미 평가를 치렀던 위 기수에도 확인했던 사안이

고! 각우 놈이 나한들을 그렇게 많이 데려간 건, 나도 예상 밖이었어!"

"젠장! 예상 밖이었다고 하면 그만이야? 참 편해서 좋군. 앞으로 네 정보를 신뢰할 수 있겠어? 설마 일부러 그런 것은 아니겠지?"

최대한 임무 실패의 원인을 문혜에게 물기 위해, 뇌평이 문혜의 정보 부실을 몰아갔다.

교성흑오대를 두고 한창 경쟁 중이라.

자신은 다치기까지 했으니, 문혜도 뭔가 실책은 있어야 할 것이 아닌가.

하지만 그때, 제갈무진이 끼어들었다.

"그만."

"예."

"송구합니다."

제갈무진의 말에, 한창 다투던 뇌평이 말 잘 듣는 개처럼 입을 다물고, 문혜도 뇌평을 노려보며 물러섰다.

"그래서 중요한 것은 확인했더냐?"

"저, 그것이……."

제갈무진의 물음에 뇌평이 답을 얼버무렸다.

그러자 문혜가 기회를 문 듯 고개를 들었다.

"뭔가? 그것도 확인 안 했나? 대체 뭘 한 거야?"

"각우와 나한 놈들이 벽을 세우고 나서는 바람에 어쩔 수 없었다고!"

"피에 대한 갈증, 과한 흥분, 공감 부족! 슬픔이나 복수심을 모르는 놈, 피를 보고 흥분해서 싸우는 놈, 그런 걸 확인하면 됐잖아! 가서 실컷 싸우다가 지고만 온 거야?"

"지긴 누가 졌다고!"

이번에는 문혜가 뇌평을 한심하다는 듯 쏘아보았다.

사실 이번 임무는 싸움에 지고 이기고가 문제가 아니라, 제물이라 파악해 놓은 자가 그들이 찾던 살성을 보이는가를 확인하러 간 것이었다.

싸우면서 보이는 감정의 변화, 다른 사람과 이질적인 행동, 격렬한 싸움과 지인의 죽음에 반응하는 것을 살피면 그만이었다.

다만 문혜가 직접 가기에는 혹여 들킬까 봐, 아직 정의맹이 가진 역천비록에 대한 정보가 더 중요했기에 뇌평에게 맡긴 것이었는데…….

'할 줄 아는 것이라곤 싸우고 피를 보는 것밖에 없는 한심한 인간 같으니라고.'

봐라, 무림인이라는 것들은 이렇게 어리석은 것들이다.

문혜가 뇌평을 내려 보았다.

하지만 제갈무진의 생각은 다른 듯했다.

"제물의 조건이라는 것이 단지 그렇게 알아볼 수 있을 정도로 명확한 것이 아니다."

평온하다 못해 은근히 미소까지 머금은 제갈무진은, 그저 뇌평과 문혜의 다툼이 귀엽다는 표정이었다.

그의 얼굴엔, 죽어 간 교성흑오대나 산화한 산촌마을에 대한 인식 자체가 없어 보였다.

제갈무진의 말에 뇌평이 반색했다.

어찌 되었든 제 편을 든 것이지 않은가.

반면 문혜는 표정에 억울함이 가득했다.

"하나 살성에 관해서 그 조건들이 정확하게 언급되어 있지 않습니까."

문혜의 물음에 제갈무진이 미소를 지으며 고개를 저었다.

"그런 말들은 그저 살성들이 가진 특성을 나열해 놓은 것에 불과하다. 가장 중요한 것은 목적…… 목적을 가진 살성이 중요한 것이지. 그중에서 최종 제물인 천살지체(天殺之體)는 모든 것들에 죽음을 인도하는 역천의 운명을 타고난 자. 죽음이 저절로 그에게 인도되는 운명이라."

"하면 그런 걸 어찌 찾아야 합니까?"

"화룡점정, 화룡의 점정을 확인하거라. 너는 사람의 눈을 읽는 재주가 탁월하니, 쉬이 알아볼 수 있을 것이다."

"……노력해 보겠습니다."

단순히 정보를 원해서 문혜를 정의무학관에 보낸 것이 아니었다.

아직 어리석고 감정의 동요가 크나, 눈을 통해 사람의 속을 읽는 재주만은 인정하여 보낸 것이라.

저를 인정한다는 제갈무진의 말에, 문혜가 눈은 불만이 남았나 싶으면서도 뇌평에게 보이는 입꼬리만큼은 매끄럽게 끌어 올렸다.

"뇌평은, 네가 할 일에 집중하거라."

"예."

제가 할 일이라.

제갈무진을 지키고, 남궁진휘와 제갈후현을 죽이는 일.

문혜가 해야 할 것에 비하면 훨씬 쉬운 일이라.

뇌평이 이를 드러내며 웃었다.

은신처에서 나오는 길.

뇌평이 문혜를 향해 이죽거렸다.

"네가 할 일은 네가 해야지."

"네놈이 제대로 했다면 필요 없을 일이었지."

"아까 스승님 말씀 못 들었나? 그리 알 수 있는 일이 아니라 하시잖아."

"좋아 죽는구나."

"흐흐흐, 간단하게 생각하라고. 다 죽이다 보면 하나 튀어나오겠지. 아니면 다 죽여서 살아남는 놈이, 죽음을 인도한 운명이었거나."

뇌평의 이죽거림에, 문혜가 뇌평을 쏘아보았다.

"그래서 잘 죽었나? 흥, 애초에 너 따위에게 일을 맡기는 게 아니었다. 너 같은 것들은 평생 모르겠지. 타고난 핏줄만큼 타고난 재능에도 특별한 것이 있다는 걸."

무림인 따위가 뭐 잘난 것이라고.

몸이 튼튼하고 무식하게 움직이는 것은, 개나 소나, 짐승이 타고난 것과 다를 바가 없지 않은가.

괜히 뇌평 따위에게 일을 맡겼다가 잘난 척하는 남궁진화에게 전공만 얹어 준, 우스운 꼴만 당했다.

"그럼 혼자 잘해 보라지, 잘난 재능으로."

"넌 네 일이나 똑바로 해."

뇌평의 말을 싸늘하게 받아친 문혜가 냉정하게 먼저 그를 지나쳤다.

문혜의 뒷모습을 보며, 뇌평이 고소를 지었다.

"스승님이 네 뭘 믿는지 모르겠지만, 네놈은 또 실패할 거다. 흐흐흐!"

정의맹.

맹주의 집무실에 은밀히 사람이 모였다.

맹주인 운현대사의 집무실이었지만, 오늘의 요청은 제갈가주에 의한 것이었다.

역천비록의 연구에 있어 중요한 단서를 얻었다는 제갈가주의 말에 맹주인 운현대사를 비롯해 부군사로 올라선 남궁진휘와 의선문주가 모였다.

"천살지체?"

제갈가주의 설명에 운현대사가 놀란 듯 되물었다.

"'대자(代者)는 살성을 타고난 자로 한다. 그는 목적이 확고하여 공감이 없고, 피를 즐거워하며, 살생을 저어하지 않는다.' 제물의 조건이라 생각합니다. 목적성, 공감 부족, 피에 흥분하고 살육을 즐긴다. 하지만 중요한 것은 모든 조건들이 목적성을 전제로 한 특성에 지나지 않다는 겁니다."

비록의 글자를 해석하는 것은 해례본을 가진 학자라면 누구나 할 수 있었다.

하지만 단어가 가진 뜻을 해석하는 것부터 내용 전체를 관통하는 정확한 조합의 문장을 만들어 내는 것까지가 연구의 영역이라.

진정으로 연구자의 능력이 발휘되는 부분이라 할 수 있었다.

그리고 학자로서 능력이라면, 제갈가주는 세상 누구에게도 지지 않았으니.

제갈무진이 제갈가주를 경계한 이유이기도 했다.

"여기서 대자란 제물을 말하며, 최종 대자라 함은 최종 제물을 말하는 것입니다. '최종 대자는 역천의 운명을 가진 천살지체여야만 한다.' 제갈무진이 노린 것이 바로 이 최종 제물이라는 천살지체인 듯합니다."

제갈무진의 말을 들은 세 사람의 표정이 모두 달랐다.

'천살이라니, 역시 우리 진화를 말하는 게 아니었군. 다른 역천비록을 찾아보아야 하나.'

남궁진휘는 조금 아쉬워 보였다.

그 찬란한 재능을 가지고도 숨죽이고 있는 동생을 자유롭게 하는 것은 아직 조금 더 먼 이야기인 듯했다.

그때, 의선이 남궁진휘의 눈치를 보다 조심스럽게 말을 꺼냈다.

"사실 역천의 운명이라 하여, 저는 역천지체를 말하는 것이 아닐까 했는데 말입니다."

"음?"

의선의 말에 제갈가주가 의문을 표했다.

"역천지체라는 특별한 체질은 실제로 존재합니다. 다만 모든 내부 장기나 혈맥이 보통 사람과 반대로 자리했을 뿐, 기능과 효율 면에서 보통의 사람과 다를 것이 없었습니다. 제물로 있다 살아남은 남궁의 소공자 또한 그러한 경우였지요."

"아! 그러고 보니……."

제갈가주가 잊고 있었던 것을 떠올렸다.

처음 의선이 남궁세가로 가서 진화를 치료한 자체가 정의맹에서 의선문에 의뢰를 한 것이었다.

당시 제갈가주는 역천비록을 가진 것은 숨겼지만, 대신 그에 대한 단서를 얻고자 의선을 통해 살피게 한 적이 있었다.

"남궁의 그 소공자가 광마제의 제물이었다고 했었지요."

광마제, 대반격을 통해 죽었다고 알려진 팔현마제 중 하나였다.

"남궁 소공자의 경우엔 완벽한 역천지체였습니다. 하지만 그것 외에는 평범한 사람과 다를 바가 없었지요. 다만, 오랫동안 독물에 당해 이번 비약에 당한 것과 같이 몇몇 혈맥이 존재하지 않았습니다. 하여 이번 비약의 연구에 소공자의 도움을 받고 있습니다만……."

의선이 제갈가주와 남궁진휘를 번갈아 보았다.

양측의 관계가 좋지 않아, 과거에도 남궁세가는 제갈세가에서 진화를 걸고넘어지지 않도록 의선에게 부탁했었다.

의선 또한 남궁세가의 손을 들었었다.

게다가 지금은 비약에 대한 연구, 즉 해약을 만들어 내는 일이 가장 시급한 쪽이 제갈세가였다. 특히 제갈후현을 위해 진화의 도움을 받고 있으니, 제갈세가에서 남궁세가에 빚을 진 것과 같았다.

더 이상 남궁진화를 걸고넘어질 수 없을 것이었다.

"현재로선 남궁 소공자의 건강 상태는 매우 양호하여, 혹시 역천지체라는 특별한 체질이 그 비약의 부작용과 같은 증상을 견디게 하는 것은 아닐까 추측하고 있었습니다."

"비약의 부작용을 견딘다……. 비약이라는 것이 내공의 축적과 활력에 도움이 되는 것이라 하지 않았습니까? 만약 부작용 없이 효능만 취한다면……."

그 남궁진화가 초절정의 경지에 달했다고 했던가.

"확실히 무공의 증진에 있어 범인과는 비교할 수 없을 정도 빠르겠군요."

제갈가주가 고개를 끄덕였다.

남궁진화의 빠른 성취가 납득이 간다는 듯한 태도였다.

그때, 남궁진휘가 불편한 얼굴로 끼어들었다.

"그건 아직 연구가 끝나지 않은 것이지요. 당시 많은 이들이 죽었고, 진화 또한 의선의 도움으로 겨우 살았을 뿐입니다. 지금 진화의 성취 또한 그 아이의 노력의 결과물입니다. 또한 우리마저 귀천성이 만든 비약의 효능에 집중하는 과오를 범해서는 안 됩니다."

"아, 비약의 효능을 말하고자 하는 것이 아니라, 그냥 의선의 추측이 맞다면 말이 그렇다는 것뿐일세."

남궁진휘의 불편한 기색을 보이자 제갈가주가 한발 물러섰다.

어쨌든 제갈세가가 도움을 받고 있는 쪽이었으니.

다만 물러서면서도 '내가 물러나 준다'는 티를 꼭꼭 내는 것이, 참 얄미운 인간이었다.

"중요한 것은 제갈무진이 노리는 것이 역천비록 외에도 더 있다는 것입니다. 천살지체가 어떤 것인지 나와 있습니까?"

"아니, 그 부분 또한 사료를 더해 연구가 더 필요할 듯하네."

"어찌 되었든 그들보다 먼저 천살지체를 찾아야 합니다."

남궁진휘의 말에 모두가 고개를 끄덕였다.

그때, 제갈가주가 의선에게 물었다.

"……의선님, 혹시 남궁의 소공자가 천살지체일 가능성은 없습니까?"

"제갈군사님-!"

남궁진휘가 놀라 제갈가주를 노려보았다.

하지만 제갈가주가 조금 전과 달리 진지한 얼굴로 고개를 저어 보였다.

"다른 뜻은 없네. 자네의 말에 동의해. 아무래도 놈이 역천비록 뒷부분 외에 그 제물을 찾고 있는 것 같거든."

"설마……?"

"놈이 괜히 홍의생들을 공격한 것은 아닐 걸세. 그들 중 천살지체가 있을 가능성이 있지 않겠나. 놈 또한 연구를 계속했으니, 나보다 더 많은 단서를 찾았을 가능성이 크네. 단서에 따라 해당되는 사람을 찾았겠지."

"흐음……."

제갈가주의 말에 정의맹주 운현대사가 굳은 신음을 내었

다.

남궁진휘, 의선도 표정을 굳혔다.

제갈가주의 시선이 운현대사의 얼굴로 향했다.

남궁진휘나 의선과 같은 반응이었지만, 평소의 운현대사와는 달랐다.

"앞으로도 홍의생들이 위험할 수 있겠소. 백매단으로 하여금 은밀하게 보호하도록 하고, 또 달리 임무가 끝난 무단은 없소?"

"현재 주작단이 돌아오고 있습니다. 적호단이 의선문을 경계 중이니, 주작단이 돌아오는 대로 홍의생들을 보호하도록 하겠습니다."

정의맹주가 빠르게 결단을 내리고 제갈가주가 답했다.

하지만 정의맹주의 결단은 거기서 그치지 않았다.

"귀천성이 준동을 하려 하고 있소. 역천대법을 완성하려는 의도가 뻔하니, 우리가 먼저 다른 역천비록을 찾아야겠소."

"……!"

'다른 역천비록!'

제갈가주는 물론 의선과 남궁진휘도 놀란 표정을 지었다.

특히 남궁세가가 기다렸던 일이었다.

남궁진휘가 슬쩍 제갈가주의 눈치를 살폈다.

이전에는 제갈가주의 반대로 밀어붙이지 못했던 일이었다.

잠시 침묵이 지나고, 마침내 제갈가주가 입을 열었다.

"청룡단의 임무가 끝났다고 하니, 은밀히 임무를 하달하 겠습니다."

제갈가주가 공손하게 답했다.

결국 다른 역천비록을 찾아 정의맹으로 가져온다는 의견 에 동의한다는 말이었다.

자신들의 역천비록을 내놓았으니 다른 자들도 갖지 못하 게 하려는 것일까.

이유야 어찌 되었든, 남궁세가로서는 좋은 일이었다.

"앞으로 군사께서 천살지체에 대한 연구를 계속하는 동시 에, 역천비록과 홍의생의 보호를 최우선으로 대처하도록 하 고. 다른 역천비록의 행방이 파악될 때까지, 당분간은 이 일 이 밖으로 새어 나가지 않는 것이 좋겠소."

"아직 귀천성 첩자들이 남은 이상 그리하는 것이 옳을 듯 합니다."

정의맹주의 결론에 세 사람이 공손하게 읍하는 것으로 동 의했다.

회의를 마치려는데, 정의맹주가 분위기를 환기하듯 새로 운 화제를 꺼냈다.

"의선, 좋은 소식이 있다고요?"

"예."

회의를 하기 전 맹주에게 슬쩍 말해 놓은 것이었다.

의선은 궁금해하는 제갈가주와 남궁진휘를 보며 빙긋이 웃어 보였다.

"해약 조제가 끝이 났습니다."

"오오! 그게 정말이오? 정말 수고하였소!"

"제갈과 남궁세가의 도움이 컸습니다."

"아닙니다. 저희야 의선의 발품을 줄여 주는 것뿐이었습니다."

정의맹주의 칭찬에 의선이 겸손하게 공을 돌렸다.

하지만 남궁진휘도 모든 공을 의선에게 돌렸고, 특히 제갈가주는 섣불리 말을 떼지 못했다.

"가, 감사합니다."

"별말씀을요. 오늘 내로 제갈후현 공자를 깨우겠습니다."

"감사합니다."

언변이 좋은 제갈가주가 그저 감사하다는 인사만을 반복했다.

제갈후현이 깨어난다는 소식은, 남궁진휘에게도 남다른 감정이 드는 일이었다.

'제갈지현이 임시 소가주로 있는데, 제갈후현이 깨어난다라……. 제갈세가가 다시 시끄러워지겠군.'

남궁진휘가 의선과 따로 이야기를 나누고 있는 제갈가주를 보았다.

손을 잡을 순 있지만, 제갈가주가 야심을 버리지 않는 한 결국 가까워질 수는 없는 관계라.

역천비록에 대한 남궁세가의 희소식을 제갈가주가 어떻게 받아들였을지.

제갈후현이 깨어난다는 제갈세가의 희소식이 남궁세가에 어떻게 작용할지.

남궁진휘는 그저 지금처럼 같은 목표를 가지고 협조하는 관계가 깨어지지 않길 바랄 뿐이었다.

깊은 밤.

이제 모든 준비가 끝이 났다.

침을 준비한 의선을 곁으로 백소하와 제갈가주가 섰다.

"그럼."

"부탁합니다."

의선이 제갈후현의 몸에 꽂아 둔 침을 뽑았다.

"흐음."

제갈후현이 깊은 숨을 들이마시며 편히 잠들어 있던 가슴이 부풀었다.

이후, 의선이 신중한 손놀림으로 제갈후현의 얼굴, 찬죽과 청명, 머리의 곡차에 침을 꽂고 돌렸다가 뽑았다.

그리고 총회에 침을 꽂고 세심한 손놀림으로 침을 돌렸다.

"으음……."

제갈후현의 입에서 신음이 났다.

그리고 다시 침을 돌리고 뽑아냈을 때.

제갈후현의 눈꺼풀이 꿈틀댔다.

긴장한 얼굴로, 의선과 백소하, 제갈가주가 제갈후현의 얼굴만 보고 있었다.

그리고 마침내, 제갈후현의 눈꺼풀이 열렸다.

"아……버지."

"일어났구나."

제갈후현은 눈을 뜨고 가장 먼저 제갈가주를 찾았다.

제갈가주는 조금 복잡한 눈빛으로 제갈후현을 보았다.

"맥은 안정적입니다. 저희는 이만 나가 보겠습니다."

"감사합니다, 의선, 백 의원님."

제갈가주가 의선과 백소하에게 감사를 전했다.

그리고 제갈가주와 제갈후현만 남았다.

"멍청한 놈."

막 깨어난 아들에게 제갈가주가 한 첫마디였다.

제갈가주가 그간의 일을 제갈후현에게 전했다.

제갈용성이 한 일과 그의 죽음까지도 가감이 없었다.

"그 빌어먹을 놈이 감히!"

"네 어리석음으로 벌어진 일이다."

제갈용성을 향해 이를 가는 제갈후현에게 제갈가주의 질책이 떨어졌다.

너무 명명백백한 일이라, 달리 반발할 것도 없었다.

"지현이가 임시 소가주로 있다."

"곧바로 복귀할 것입니다."

"해약이 만들어졌으니 몸을 회복하는 일에 전념해라."

"복귀할 것이라 했습니다!"

"……."

제갈후현이 고집을 부렸다.

하지만 제갈가주는 눈 하나 깜짝하지 않고 제갈후현을 내려다보았다.

"몸을 회복하라 하였다."

가당치도 않은 고집을 받아 줄 마음은 손톱만큼도 없었다.

제갈가주의 싸늘하게 꽂히는 눈빛에 제갈후현의 눈이 커졌다.

"아버지!"

"그래. 넌 내 아들로, 그렇게만 살다 죽겠지."

제갈가주가 확인 사살을 하듯 말을 이었다.

"귀천성도에게 이용당할 대로 이용당하고 어떤 벌도 받지 않을 것이라 여겼더냐? 내가 말하지 않았더냐. 내 실망을 두려워해야 할 것이라고. 몸을 회복하지 못하면, 네 자리라는 건 영원히 없을 것이다."

"……!"

제갈가주에게서 떨어진 선고.

제갈후현의 눈이 붉게 충혈되었다.

죽지 않고 깨어났건만, 악몽은 아직도 계속되고 있었던 것이다.

"지금 세가에 오왕부의 이왕자와 칠왕자가 와 있다. 앞으로 삼 년 동안 있을 것이다. 삼 년 뒤, 지현이와 함께 떠날지, 그렇지 않을지는 너 하기에 달렸을 것이다."

"으드득! 반드시…… 제자리로 돌아갈 것입니다."

까맣게 죽어 가는 마음에 꽃씨 하나를 던지듯 던진 말에, 제갈후현이 손이 저리도록 주먹을 쥐었다.

비약에 대한 해약이 완성되고, 변화가 생긴 곳은 제갈세가만이 아니었다.

"너는……."

단승호가 조금 초췌하긴 하지만 멀쩡한 모습으로 숙청관을 찾은 것이다.

사방에서 쏟아지는 눈길 속에, 숙청관으로 온 단승호가 진화를 찾아왔다.

"아, 고맙다는 인사를 하러 왔다. 의선께서 네가 폭주하던 내 몸을 안정적으로 잡아 준 덕분에 내 몸이 망가지지 않았다고 하셨다."

"별로."

하고 싶어서 해 준 일은 아니었다.

그런 진화의 속내와 달리, 단승호는 진화가 쑥스러워한다고 받아들인 듯 다시 감사를 전했다.

"알고 있겠지만, 속 좁게 너를 질투했었다. 늦었지만 미안하다. 내 스스로 쫓기면서 열등감도 키운 모양이야."

"……."

관심 없던 일이었다.

"이번 일로 제대로 나를 돌아보게 되었다. 이 또한 네 덕분이다. 다시 한번 살려 줘서 고맙다."

"아니, 이럴 것까진 없어! 난 해야 할 일을 한 것뿐이다!"

단승호가 허리까지 숙이며 감사를 전하고, 진화가 화들짝 놀라 그의 인사를 만류했다.

주변에서 흐뭇한, 혹은 감동받은 듯한 얼굴로 그들을 보는 것이 느껴졌다.

"네가 살려 준 목숨이니 열심히 노력해서 올해가 가기 전에 꼭 돌아오겠다."

"그래. 그렇게 해."

그걸 왜 제게 말하는 것일까.

진화로선 전혀 관심 없는 일이었다.

진화는 그저 이 어색한 상황이 어서 끝나기만을 바랐다.

어쩐지 제게 쏠려 있는 주변의 시선이 몹시 불안했다.

진화의 예감은 사실이 되었다.

아침마다 전 관도생이 모두 모이는 식당으로 가자, 이전보다 훨씬 강렬한 시선이 진화와 일행에게 와서 박혔다.

"……손이라도 흔들어 주지그래?"

"닥쳐."

남궁구가 놀랄 정도로 열렬한 시선.

심지어 하나둘 박수까지 치기 시작했다.

박수 소리가 이내 식당 전체로 번졌다.

짝짝짝짝짝짝———!

"와아! 역대 최고의 홍의생장이다!"

"멋지다——!"

"평생 따르겠습니다—!"

"모두의 은인이야!"

휘이이익——!

진화는 사방에서 쏟아지는 박수와 찬사에, 쥐구멍이라도 찾고 싶어졌다.

하지만 홍의생들, 그중에서도 이번 교성흑오대의 습격에서 진화와 일행의 도움을 받은 이들은 박수만큼이나 열렬한 눈빛을 보였다.

이전 금은동의생들이 관도회주인 남궁진휘의 등을 보던 그 눈처럼, 홍의생들 또한 진화에게 신뢰와 존중을 품었다는 것이 눈에 보일 정도로 뚜렷했다.

그때, 식당으로 들어서던 한문혜가 일행과 함께 자리로 가는 진화를 보았다.

진화의 피가 나는 듯 붉어진 귀보다 당연한 듯 무표정한 얼굴이 먼저 눈에 들어왔다.

'쳇, 저 녀석이라도 죽여 버렸어야 했는데. 뇌평 그 한심한 놈이 저놈의 명성만 올려놓았군.'

한문혜는 속으로 혀를 찼다.

'경지를 넘어섰다고 했던가?'

뇌평이 그렇게 자랑하던 그것이었다.

한문혜 또한 무공을 익힌 사람으로서 그것이 얼마나 먼 경지인지 알았다.

다만 너무 멀어서, 얼마나 먼지 감이 잡히지 않는다고 할까.

무엇보다 뇌평이 경지를 넘어선 것을 빌미로 교성흑오대의 대주는 제가 되는 게 당연한 듯 구는 게 제일 짜증스러웠다.

'저 어린놈보다 먼저 경지를 넘어 놓고, 아무리 각우와 함께 붙었다지만 저런 놈 하나를 못 죽여? 잘난 척만 하더니, 차라리 이렇게 놈의 기세가 꺾여서 다행이군.'

한문혜가 진화를 보며 속으로 뇌평을 씹어 댔다.

다만 그의 생각에는 몇 가지 착각이 있었는데, 진화의 나이가 어리다고 해서 뇌평보다 늦게 경지를 넘었다고 확신할 수 없다는 것. 그리고 뇌평은 진화와 각우를 동시에 상대한 적이 없다는 것이다.

경지를 넘어섰다는 것이 단지 강기를 날리고 내공을 폭발시켜야만 하는 것은 아니었다.

뇌평은 사사로운 내력의 운용과 무공의 활용, 몸의 움직임 등등 기본적인 것에서부터 진화에게 밀렸고, 결국 한쪽 팔에 부상을 당하고 도망친 것이었다.

제가 도망치다시피 후퇴했다는 걸 숨긴 뇌평이, 자신만만해하던 한문혜의 실패를 확신한 이유이기도 했다.

하지만 그것을 모르는 한문혜는 지난번 진화의 기세에 밀려 물러선 저나 이번에 실패하고 돌아온 뇌평이나 비슷하다고 생각했다. 아니, 뇌평의 실패는 스승님께 들켰으니, 오히려 제가 나았다.

'이번 일만 성공시키면……!'

여긴 무림이었다.

사방이 저렇게 경지를 넘어선 강자들이라면, 뇌평의 무력이 특별한 것도 아니었다.

오히려 제가 가진 부와 배경이야말로 특별한 것이 될 것이니.

자신이 이 특별한 것으로 부족한 힘을 얻고, 힘을 얻은 후에는 날아오르게 될 것이라!

한문혜는 식당을 둘러보며, 저를 날아오르게 할 힘을 찾았다.

제갈지현.

키는 크지만 마르고 꼿꼿한 체격이 무림의 여인답지 않게 위태로워 보였다.

제갈가주를 닮은 듯 날카로운 눈매가 예민해 보였지만, 그것을 빼면 아주 도도해 보이는 미인이었다.

'나쁘지 않네.'

애초에 필요에 의해 묶일 정략혼이다.

제갈지현의 외모나 성격은 한문혜에게 그리 중요한 것이 아니었다.

하지만 제갈지현이 진화를 보고 있는 모습을 보자니, 어쩐지 마음이 동하는 듯도 했다.

모두가 동경의 시선으로 남궁진화를 향해 웃어 보일 때, 홀로 아무렇지 않은 표정이 오히려 더 튄다는 것을 모르는 걸까.

덤덤한 표정과 질투 가득한 눈빛을 보며, 한문혜가 입꼬리를 말아 올리며 다가갔다.

"처음 보는 것이던가요?"

"……?"

갑자기 말을 건 한문혜를 보며, 제갈지현이 눈썹을 들썩였다.

"저를 아시지 않습니까. 인사가 늦었습니다."

한문혜가 곱게 웃으면서 인사했다.

하지만 제갈지현의 눈빛은 더 냉담하게 식었다.

"인사를 오셨으니 어쩔 수 없군요. 제갈지현입니다."

제갈지현이 최소한의 예의를 갖춘다는 듯 고개를 까닥였다.

이번에는 한문혜의 눈썹이 꿈틀거렸다.

'생각보다 건방지군.'

고작 무림 세가의 여인.

현재 가진 힘이 대단하긴 하지만, 그래 봐야 평민이었다.

한문혜의 위치가 조금만 더 높았어도, 정실 자리는 고민을 해 보았어야 했을.

"하하, 격식을 차리는 것을 좋아하시는군요. 그렇다면 다시 인사하지요. 오왕부의 칠왕자, 한문혜라 합니다."

격식을 차려서, 한문혜가 다시 인사했다.

제갈지현과 한문혜의 눈빛이 마주치고, 둘은 잠시 말이 없었다.

서로 필요에 의해 찾은 혼인.

　한문혜는 제갈지현이 이 혼인을 달가워하지 않고 있다는 것을 알아차렸다.

　하지만 그 또한, 한문혜에게는 나쁘지 않은 일이었다.

　"그렇게 경계할 필요가 있습니까? 피차 서로의 필요에 의해 곧 만남을 가질 것인데⋯⋯."

　"피차 서로 필요에 의해 만날 것이니, 이렇게 따로 인사할 이유가 없으니까요."

　제갈지현이 이렇게 노골적으로 되받아칠 줄은 몰랐는지, 한문혜의 눈빛이 차갑게 굳었다.

　하지만 곧, 피식 웃으며 물러섰다.

　"불편하시다면야. 하나, 어차피 소저의 선택지는 둘밖에 없지 않습니까?"

　"어차피 같은 선택지입니다. 제갈세가와 오왕부가 손을 잡는 것이니. 하지만 굳이 이왕자와 칠왕자를 따지라면 차이가 꽤 크지요."

　제갈지현이 물러선 한문혜를 한 번 더 쏘아붙였다.

　한문혜가 그런 제갈지현을 보며 유쾌하게 웃음을 터뜨렸다.

　"하하하하! 무림의 여인이라 그런지 강인하시군요. 그러나 아직 왕부의 일에 대해선 잘 모르시는 듯합니다."

　입가의 웃음이 걷히자, 한문혜의 서늘한 눈빛만이 남았다.

"왕가는, 황금좌 아래로 나열된 숫자가 그리 중요하지 않지요."

차디차게 내려앉은 목소리가 제갈지현의 귓가에 가서 박혔다.

그리고 제갈지현의 눈이 흔들렸다.

자신의 야심이 이왕자보다 높다고 말하는 것인가.

하지만 제갈지현의 귀에는, 태어난 순서와 성별에 구애받아 한발 나서지 못하는 그녀의 처지와 다르다고 말하는 듯했다.

"어차피 곧 만나게 되겠지요. 그때, 같이 보겠습니다."

오늘은 그저 제갈지현의 반응을 보기 위함이니.

한문혜는 이쯤에서 물러나기로 했다.

이미 자신의 마지막 말에 흔들리는 제갈지현의 눈을 확인했으니, 언제든 다시 흔들 수 있으리라.

한문혜가 생각한 시기는 그의 예상보다 더 빨리 찾아왔다.

덜컹.

"아가씨!"

본가에서 보내온 전갈을 읽은 제갈지현이 몸을 휘청거렸다.

겨우 탁자를 붙잡고 선 제갈지현은, 다시 한번 전갈을 읽었다.

그리고 그 전갈을 사정없이 구겼다.

제갈지현이 이렇게 감정을 드러내는 것은 무척 드문 일이었다.

"아가씨."

제갈지현과 같은 조, 같은 방을 쓰면서 그녀를 보좌해 온 양선이 걱정스러운 듯 그녀를 불렀다.

전갈은 양선의 어머니이자 제갈지현의 유모, 양주사가 보내온 것이었다.

"좋지 않은 소식인 것입니까?"

"……오라버니께서 깨어나셨다고 하는구나."

"아! 아, 아가씨……!"

그간 제갈세가에 좋지 않은 소식이 많았다.

하지만 이번에야말로 제갈지현에게 가장 좋지 않은 소식이었다.

"대체 어떻게요?"

"의선이 해약을 완성해 낸 모양이야."

"어, 어떡해요, 아가씨? 이제 겨우 우리 아가씨 소원 성취하시는가 했는데……."

양선이 안타까움에 눈물을 글썽거렸다.

제갈후현이 제갈무진에 야무지게 이용당한 것이 제갈세가뿐 아니라 온 세상에 퍼졌는데, 왜 이렇게 곧바로 제갈세가의 여식답게 명성을 올리고 몸가짐을 바로 한 우리 아가씨의 위치가 흔들려야만 한단 말인가.

양선은 억울한 마음부터 들었다.

"가주께서 본가로 오라 하시는구나."

"네? 버, 벌써요?"

"오왕부 사람들과 정식으로 만나기로 했다고."

"아아, 아가씨!"

결국 양선은 억울함에 서러움이 복받쳤다.

가주님도 너무하시지. 우리 아가씨를 기어코 시집보내시려는가 보다.

눈이 붉어진 제갈지현 대신 양선이 눈물을 흘렸다.

꾸깃.

제갈지현이 본가에서 온 전갈을 짓이기듯 손안에 움켜쥐었다.

'아직, 아직이야! 오왕부의 사람을 만난다고 했지만, 아직 소가주 위에서 내려오라 하진 않았어!'

제갈지현이 피가 나도록 입술을 질끈 깨물었다.

그날 오후.

진화는 남궁세가 장원에서 남궁진휘에게 새로운 소식을

들었다.

"천살지체라고요?"

진화가 눈을 동그랗게 떴다.

살성이라는 것이, 예로 들린 특성들에 얽매일 필요가 없다는 것은 이해했다.

하지만 천살지체라는 것은 진화도 처음 듣는 것이었다.

'이것도 내 혼돈지체와 같은 것인가?'

하지만 진화에게 중요한 것은 다른 부분이었다.

자신이 혼돈지체라는 것도 이전 삶에서 죽을 때가 되어서 겨우 알아냈던 것으로, 역천비록에 '천살지체'라는 말이 직접 쓰여 있다는 것은 진화에게 특별하게 다가왔다.

"역천지체라는 말은 없었습니까?"

진화가 눈을 빛내며 물었다.

남궁진휘는 진화가 내심 기대를 버리지 않은 것이라 여기며, 씁쓸한 얼굴로 고개를 저었다.

"아니, 천살지체. 역천의 운명을 타고난 자……라는 문구뿐이라 들었다."

남궁진휘는 진화의 실망이 커질까 걱정했다.

"그……렇군요."

하지만 그의 말이야말로 진화에게 희망을 주었다.

'이전 생에서 의선은 역천비록에서 혼돈지체에 대한 내용을 보았다고 했다. 정확한 명칭이나 의미는 못 봤지만, 혼돈지체에 대한 내용을 비록에서 알아냈다고 했어! 그럼 의선이 본 역천비록은 제갈세가의 것이 아니었던 거다. 역시, 혼돈지체를 다룬 역천비록이 따로 있었던 거야!'

진화의 눈이 반짝였다.

남궁진휘는 진화가 말은 없었지만 표정이 나쁘지 않자 안도의 한숨을 쉬었다.

최종 제물에 대한 이야기를 듣고, 진화가 실망할 것을 제일 걱정했기 때문이다.

걱정이 해소되고 나자, 다른 이야기를 나누기가 한결 편해졌다.

"들었는지 모르지만, 해약이 완성되었다."

"해약이요?"

"그간 시험했던 약들이 증상에 차도를 보이면서 교명이와 단승호에게 큰 효과를 보였다. 하지만 제갈후현은 완전히 폭주를 했기에 몇몇 혈맥들이 모두 터져 나간 상태였고, 의식 또한 차리지 못했지. 그런데 이번에 연구를 진행하며 비약에 각성과 환영, 흥분, 나아가 실혼까지 유발하는 약재를 발견하고, 거기에 대한 해독제를 찾아내면서 큰 진전이 있었어."

"그렇군요."

대답을 하며 고개를 끄덕이는 진화의 머릿속으로, 다시 흐릿한 기억이 스쳤다.

검은 구덩이.

줄지어 서서 들어가는 사람들.

"귀천성 놈들이 찾는 것이 천살지체와 관련이 있다고 판단했다. 그게 아니라면 이번에 홍의생들을 따로 습격할 이유가 없으니까."

남궁진휘의 말에 진화가 슬쩍 미소를 지었다.

충분히 눈치챌 것이라 여겨, 따로 단서를 줄 궁리를 하지 않고 기다리길 잘했다 생각했다.

총명하고 눈치 빠르기가 타의 추종을 불허하는 이들이라, 남궁진휘라면 몰라도 제갈가주에게 함부로 단서를 주었다가 괜한 의심만 살 수도 있었기 때문이다.

"살성에 대한 조건들이 단지 특성일 뿐, 중요한 것은 그가 가진 목적을 파악하는 것이라는데…… 목적에 따라서 모든 특성을 다 보일지, 몇몇 개만 보일지, 어떤 식으로 보일지조차 확정할 수 없다는 것이 문제구나. 놈들이 천살지체를 찾기 전에 우리가 먼저 찾아야 하는데……."

"천살지체에 관한 것은 더 이상 알아낸 것이 없습니까?"

"온통 추상적이거나 아직 알지 못하는 내용뿐이다. 천살지체를 알아보는 방법이라는 것이, 화룡점정이라는 단어만 나와 있으니. 용의 눈동자…… 용의 눈동자를 그려 넣는 것에 뭐가 있다는 건지. 제갈가주가 그에 관한 내용은 제갈세가의 고서고와 연학원, 소림과 정의맹의 무고를 뒤져 본다 하였다. 시일이 좀 더 걸리겠구나. 그 전까지…… 진화야?"

남궁진휘는 답답한 마음에 말을 잇다, 중간에 진화의 반응이 조금 이상하다는 것을 알아차렸다.

진화가 반응을 멈춘 것은 '용의 눈동자'라는 말을 들었을 때부터였다.

손에 쥐어진 약사발.

사방에 하나둘 쓰러지는 아이들.

진화의 귓가로 어딘지 익숙한 음성이 떠올랐다.

"악마! 저 악마 같은 눈깔부터 뽑아 버려야 해!"

그때, 그들은 분명 진화에게 그렇게 말했었다.

언제인지 기억이 정확하지 않았다.

아니, 시간 자체를 모르고 있던 때였다.

그때, 진화는 잔뜩 몸을 웅크리고 지금이 흘러가길 가만히 버티고 있었다.

탕—!

"야–! 약 먹어!"

"……."

탕-! 탕!

"얼른 일어나서 약 처먹어, 이 벌레 같은 것들아!"

거칠게 철창을 두드리는 소리에 몸을 웅크리고 있던 진화의 귀 끝이 움직였다.

'거칠게 두 번. 그리고 놈의 욕설……'

꺼림칙한 눈으로 소심하게 철창을 두드리던 첫 번째 간수와 달랐다.

간수들은 짝을 이뤄서 움직이지만, 진화가 있던 방을 담당하는 간수는 늘 일정했다.

'그놈이군.'

웅크리고 있는 채로, 진화가 고개를 들었다.

까만 어둠 속에서 까만 눈동자가 번뜩였다.

진화가 가만히 지켜보는 동안, 진화와 같은 공간에 있던 아이들이 주섬주섬 일어나 간수가 놓아둔 약사발이 담긴 쟁반을 향해 갔다.

머뭇거리는 듯 느릿느릿 움직이는 아이들의 태도에 간수가 다시 철창을 두드리며 아이들을 재촉했다.

"빌어먹을, 빨리빨리 움직이지 못해? 내가 이 문 열어서 목구멍에 그거 쑤셔 박아 주랴!"

감수의 고함에도 아이들의 태도는 달라지지 않았다.

시도 때도 없이 들어오는 음식과 달리, 정해진 시간에 맞춰서 들어오는 저 검은 약은 매우 위험한 것이었다.

저것을 먹은 날에는 대개 오장육부가 뒤틀리듯 아팠고, 더러는 깨어나지 못하는 아이들이 있었다.

깨어나지 못하는 아이들은 저 간수가 들어와서 팔을 질질 끌고 갔다.

그리고 지켜보는 앞에서 독초 더미를 던져 넣듯 아이를 구덩이에 던졌다.

조금 큰 아이들이 지내는 다른 감옥에서도 마찬가지였다.

하지만 약을 먹지 않을 수도 없었다.

간혹 쓰러진 아이를 구덩이에 던져 놓고 나면 남은 아이들 중 두려움을 느낀 몇몇이 약에 손을 대지 않을 때가 있다. 하지만 그럴 때면 창살 바깥에 있는 간수들이 들어와 나무 깔때기를 목구멍에 박아 넣고 억지로 약을 삼키게 했다.

"야! 너! 이 빌어먹을 새끼야, 넌 뭐 하고 있어!"

밖에 있던 간수가 방망이로 꿈쩍도 않고 있는 진화를 가리켰다.

그리고 진화와 눈을 마주치자, 흠칫하며 물러섰다.

"이런 씨발!"

다시 제풀에 화를 냈다.

"약 처먹어, 개새끼야!"

탕-! 탕-!

철창을 때리며 화를 내는 간수를 보며, 약을 담던 간수가 그를 말렸다.

"그, 그만해."

"아 씨. 저 소악마 새끼!"

"야아, 들어!"

"들으면! 쌍. 저 새끼는 다 기분 나쁜데 특히 저 눈깔이 싫어! 악마! 저 악마 같은 눈깔부터 뽑아 버려야 하는데! 저 새끼는 왜 뒈지지도 않아! 퉷!"

겁을 먹은 동료 간수가 말리는데도 한번 입이 터진 간수를 진화에게 들으라는 듯 목소리를 키우고 진화의 얼굴을 째려보았다.

하지만 그래 봐야 진화에겐 어떤 위협도 되지 않았다.

'겁쟁이.'

방금도 보라.

정작 눈을 마주치려니, 눈을 피하지 않은가.

'저자는 약해.'

생각을 마친 진화가 몸을 일으켰다.

진화가 움직이자, 아이들이 자리를 비켜 줬다.

진화는 약사발을 들어, 눈을 간수들에게 고정한 채 쭉 들이켰다.

진화가 약을 들이켜자 다른 아이들도 떨리는 손을 움직였다.

"새끼, 진즉에 말 들을 것이지."

간수가 약을 들이켜는 진화와 아이들을 비웃으며 말했다.

제게 겁이 나서 마시는 것이 아닌데, 우쭐대고 있는 꼴이 마음에 들지 않았다.

하지만 그대로 두었다.

간수들의 대화는 진화에게 말을 가르쳐 주었고, 지금도 많은 것을 알려 주었기 때문이다.

제물 양육실.

진화와 아이들이 있는 곳의 이름도 그들의 대화로 알았다.

제물 양육실이라는 이름에 걸맞게, 그들은 진화와 아이들에게 충분한 양의 죽을 주었고, 약 또한 고통을 견디고 나면 몸에 힘이 넘쳐 났다.

단, 약을 견뎌 낸 아이들에 한해서 말이다.

"이, 이봐, 빨리 다른 쪽으로 움직이자고. 나는 여기가 제일 기분이 나빠."

"나 참, 그냥 애새끼들인데 뭘 겁을 먹고 그래?"

재촉하는 동료 간수의 앞에서, 간수가 의기양양하게 고개를 들고 장난삼아 방망이를 휘둘렀다.

진화는 그런 간수를 보며 빤히 보았다.

"히익!"

진화와 눈이 마주친 동료 간수가 깜짝 놀랐다.

그리고 그런 동료를 본 간수는, 화가 난 듯 철창으로 다가왔다.

"응? 아이 씨, 뭘 봐, 이 악마 새끼야!"

탕――!

간수가 진화와 눈이 마주치자 강한 척 철장을 내리쳤다.

하지만 진화는 눈 하나 깜짝 않고 간수의 얼굴을 뚫어져라 보았고, 오히려 간수의 얼굴에 동요가 일었다.

제물 양육실의 간수들은 모두 진화를 향해 '악마'라고 불렀다.

그리고 그들이 저를 두려워해서 그렇게 부른다는 것을 안 진화는, 아까 전 간수처럼 한쪽 입꼬리를 올려 그를 비웃었다.

그러자 간수는 물론이고 동료 간수의 얼굴까지 창백하게 질렸다.

그러고 보니, 진화는 일주일 전쯤에 저 동료 간수를 공격해서 머리에 상처를 입혔었다.

"이, 이 빌어먹을 새끼가 웃어?"

탕――!

겁을 먹었다는 것이 창피한지, 간수가 당장이라도 진화를 때릴 듯 방망이를 휘둘렀다.

그러자 그의 동료가 다시 그를 말렸다.

"하, 하지 마!"

"왜? 갇혀 있는데 뭐! 저 악마 새끼, 저걸 가만두니까 저게 더 의기양양하잖아!"

"그래도 하지 마! 저놈한테 상처를 냈다가 전의 간수들이 현인께 어떻게 되었는지 봤잖아!"

그랬다.

진화는 처음부터 몇몇 이들에게 제물 양육실의 귀한 몸으로 불리며, 간수들은 절대 진화를 상하게 할 수 없었다.

저들이 현인이라 부르는 남자가 그것을 용납하지 않았기 때문이다.

진화는 영악하게도 그것을 이용할 줄 알았다.

힘이 약해서 간수들을 공격할 수 없을 때는 스스로에게 상처를 입혀서 그들을 죽게 했고, 조금 자라서 힘이 생긴 뒤에는 물어뜯든, 때리든 그들을 공격하길 서슴치 않았다.

"저 빌어먹을 눈깔!"

동료 간수의 만류에도 진화와 눈싸움을 하고 있던 간수가 고개를 돌렸다.

탁. 탁. 탁!

하나둘, 나무 그릇이 떨어지는 소리가 나고, 주변의 아이들이 자리에 누워 경련하고 있는 것이 보였다.

진화는 익숙한 듯 일어나서 그릇을 모아 음식을 넣어 주는 배식구 앞에 놓았다.

그리고 와서 꺼내 가라는 듯 손짓했다.

"씨발, 기분 나쁜 새끼! 다른 새끼들은 다 눈깔을 뒤집고 쓰러지는데 왜 저 새끼만 멀쩡하냐고!"

"그, 그 덕에 일일이 그릇을 수거하지 않아도 되니까 좋잖아. 어서 하고 가자고!"

아까부터 불만이 많은 간수를 만류하는 동료는, 그저 이곳을 빨리 떠나고 싶어 했다.

"병신새끼! 대체 갇혀 있는 애새끼 따위가 뭐가 무섭다고."

간수는 자꾸만 겁먹은 티를 내는 동료를 향해 투덜거렸지만, 더 이상 뭐라 하진 않았다.

이 방 그릇만 치워 주면 다른 방은 전부 그가 안으로 들어가서 일일이 그릇을 수거해 오는 수고를 해 주기 때문이다.

"다른 방에 더 큰 새끼들도 전부 쓰러지는데, 이 새끼만 멀쩡한 건 진짜 이상한 거야. 현인께서도 곧 이 새끼의 이상함을…… 크악! 뭐, 뭐야!"

진화가 돌로 두 번째 간수의 손등을 내리친 것이다.

"겁먹는 게 당연한 거야, 죽을 수도 있으니까."

간수와 눈이 마주친 진화가 싱긋 입꼬리를 올리며 다시 팔을 올렸다.

퍽!

이번에는 손등을 내리쳤던 돌로 간수의 머리를 내리쳤다.

"크악!"

간수는 벗어나고 싶었지만, 어느덧 달려든 아이들이 간수의 팔을 붙잡고 있었다.

"안 돼─! ……헉!"

동료 간수가 놀라 소리쳤지만, 진화와 눈이 마주치자 그

자리에 얼어붙었다.

퍼-억!

"진짜 벌레만도 못한 건 너야. 영감한테 빌붙은 버러지! 그러니까 내가 네놈들을 어찌해도 아무도 신경 쓰지 않잖아."

피를 흘리며 바둥거리는 두 간수를 보는 진화의 눈엔 어떤 감정도 들어 있지 않았다.

"이, 이 새……."

퍽! 퍽! 퍽!

진화는 간수의 버둥거림이 멈출 때까지 망설임 없이 머리를 내리쳤다.

"으, 으아악! 아-악!"

간수의 머리가 터져 나가는 것을 보며, 겁에 질린 동료 간수가 비명을 지르며 달려 나갔다.

하지만 소용없을 것이다.

고작 간수 따위의 죽음으로 진화를 상하게 할 리 없었다.

'날 죽일 수 없으니, 네놈들이 나보다 약해. 죽여도 돼. 이 자는 시끄러우니까.'

퍼덕이던 간수의 움직임이 멈추었다.

바닥에는 새빨간 피가 흥건하고 깨진 머리에서 흘러나온 허연 조각까지, 차마 눈뜨고 보기 힘든 잔인한 광경이었다.

간수의 팔을 붙잡던 아이들은 자리로 돌아가 시체를 못 본 척하고 있었다.

그리고 죽은 간수의 시체를 보며 진화가 차분하게 숨을 가다듬었다.

잔인한 광경에서 눈을 돌릴 생각도 없이, 그저 무덤덤한 얼굴로 제가 만든 결과물을 보았다.

"그 늙은이에게 못 들었어? 나는 이상(異常)한 게 아니라 비상(非常)한 거야. 너같이 평범(平凡)한 괴물들을 죽일 수 있을 만큼 비범(非凡)한 거라고…… 안 그래?"

진화의 눈이 매섭게 창살 밖을 향했다.

창살 밖에는 피처럼 붉은 혈포를 걸친 노인이 진화를 보고 있었다.

광마제의 손에는 아까 도망갔던 첫 번째 간수의 머리가 구겨진 채 쥐어져 있었다.

"허허허! 정답이다. 한 주 전에 배운 말을 잊지 않고 잘 사용하는구나."

철컹.

광마제 구훤이 창살 문을 열어 주었다.

그리고 뒤를 돌았다.

진화가 열린 문을 통해 창살 밖으로 나와도 상관하지 않겠다는 듯 돌아보지 않았다.

오히려 진화의 동요가 더 컸다.

'뭐지? 죽이라는 건가? 안 돼. 노인은 강해. 그럼 왜 문을 열었지?'

열린 문 앞에서 진화가 고민했다.

"아가, 네가 한 일은 끝까지 책임져야지?"

"책임?"

"네가 시작한 일을 끝까지 잘 마무리하는 것이다."

노인의 말에 진화는 열린 문과 간수의 시체를 보았다.
그리고 잠시 생각했다.

노인이 한 말은 뭘까.

내게 문을 나와도 된다고 하는 걸까.

고민하던 진화는 문밖으로 나가 제가 죽인 간수의 다리를
잡고 잡아당겼다.

진화의 힘으로는 터무니없이 무거웠지만, 진화는 조금씩
조금씩 간수를 잡아당기고 굴려서 마침내 구덩이 앞에 섰다.

휙-!

풍-덩!

창살 앞 공터 한가운데에 있는 구덩이는 매우 깊었고, 안
에는 검은 물이 가득했다.

그리고 이제까지 많은 사람이 들어갔지만 한 번도 넘치지
않았다.

착. 꿀럭. 꿀럭. 꼴꼴꼴꼴…….

진득한 무언가의 표면에 닿는 둔탁한 소리 뒤에 간수의 시
체는 검은 물속으로 가라앉았다.

그리고 진화는 고개를 돌려 노인을 보았다.

노인은 진화를 보지 않은 채, 검은 물을 관찰하고 있었다.

'지금이라면…….'

순간 머릿속으로 그런 생각이 스쳤다.

하지만 그때, 노인이 뒤도 돌아보지 않고 진화에게 말했다.

"전에 말했듯이 나를 여기에 빠뜨릴 수 없다."

"……알아."

짧게 대답한 진화는 어느새 노인의 바로 뒤에 도착해 있었다.

이제까지 끙끙대며 힘들어 보이던 것이 모두 연기였던 듯, 진화는 아무렇지 않은 얼굴로 노인의 뒷모습에서 눈을 떼지 못했다.

"또한 전에 말했듯이 넌 이곳을 나갈 수 없다."

"알아."

"저 아이와 힘을 합하더라도 말이다."

흠칫.

노인의 말에 창살 안에 쓰러져 있던 한 인영이 어깨를 떨었다.

진화 또한 다른 아이가 이곳을 주시하고 있는 것을 알고 있었던 듯, 아무렇지 않게 대답했다.

"……그것도 알아."

간수들의 말에 따르면, 저 아이는 자고 일어나 내일이라는 것이 되면 이곳을 나갈 거라고 했다.

모두 알고 있는 사실이었다.

감정의 동요를 보이지 않는 진화를 보며, 노인이 웃음을 터뜨렸다.

"허허허허! 이번 기수는 성과가 좋구나. 동화율이 높아. 허허허허!"

그중에서도 단연코 뛰어난 것이 눈앞의 아이였으니, 노인은 창살 속에서 얼굴을 숨긴 아이는 안중에도 없다는 듯 눈앞의 진화를 향해 눈을 빛냈다.

"영악한 놈! 뇌력의 증가를 인지한 건 물론이고 억지로 깨워 놓은 신체 능력까지 써먹고 있구나! 괴물 같은 놈! 아니, 내가 만든 괴물인가? 허허허, 그래. 네놈은 그래야지. 다른 놈들은 몰라도, 네놈만큼은 내 것이다!"

노인은 만족스러운 웃음과 함께 진화를 향해 무시무시한 탐욕을 숨기지 않고 드러냈다.

진화는 노인이 잡은 팔이 아파 얼굴을 찌푸렸다.

노인이 가만히, 한참 동안 진화의 눈을 보았다.

진화는 팔이 계속 아팠다.

그리고 팔이 아프도록 저를 잡고 있는 노인에게 화가 났다.

"혼돈성의 눈이 완성되었구나. ……다음 단계로 넘어가도 좋겠어! 하하하하하!"

노인은 진화의 눈을 보고 몹시 기뻐했다.

한참 광소를 참지 못했을 정도였다.

그날 이후, 아이들이 모두 사라졌다.

진화가 간수를 죽일 때 제일 먼저 간수를 팔을 붙잡았던 아이 또한 누군가가 나타났다.

"천살성의 눈은 아직이다. 하지만 천살성과 혼돈성이 함께 있어 봤자 서로의 운명을 갉아먹을 뿐이야. 놈을 데리고 꺼져!"

노인은 아이를 데려가는 사람에게 화를 내었다.

하지만 진화는 알았다.

다른 아이들과 달리, 저 아이는 이대로 사라지지 않으리라.

아이는 끌려가면서 진화를 보았고, 진화 또한 끌려가는 아이를 한참 보고 있었다.

'천살성의 눈.'

아이가 가고, 진화는 혼자 남았다.

"아아아악———!"

매일매일, 참을 수 없는 고통에 비명을 터뜨렸다.

머리와 팔, 다리.

온몸이 미동도 할 수 없도록 묶여 있었고, 노인은 익숙한 듯 진화의 비명을 들으며 그의 생살을 갈랐다.

"흐음. 아직 덜 여물었군. 하지만 하루 이틀 상간이면 준비가 되겠어."

진화의 몸 안을 이리저리 뒤적이며 살피던 노인의 눈이 희번덕거리며 빛이 났다.

"이제 드디어, 드디어 광룡이 깨어나리라——! 으하하하! 아하하하하—!"

말 그대로, 두 눈을 번뜩이며 노인이 미친 듯이 웃어 댔다.

그리고…….

"……진화야!"

남궁진휘의 목소리에 진화가 화들짝 정신을 차렸다.

"왜 그러는 것이냐? 이렇게 식은땀까지 흘리고! 왜? 어디 아픈 게냐?"

남궁진휘가 걱정 가득한 얼굴로 진화를 살폈다.

더러움도 아랑곳없이 소매로 진화의 땀을 닦고, 진화의 이마를 짚었다가 볼과 귀를 어루만졌다.

그런 남궁진휘의 눈빛과 손길에, 진화는 큰 안도감을 느꼈다.

그리고 차갑게 식은 제 심장 소리 대신 남궁진휘의 따뜻한 손을 붙잡았다.

"형님, 제가 아닙니다! 천살지체는 천살성을 타고난 제 또래일 것입니다!"

"......!"

갑작스러운 진화의 말에, 남궁진휘가 놀란 눈을 떴다.

이를 진臻 재앙 화禍 : 역천의 운명을 가진 이들

진화가 악몽 같은 기억에서 깨어나던 시간.

제갈지현은 새로운 악몽과도 같은 시간을 보내고 있었다.

"인사하시지요. 제 첫째 여식입니다."

"……제갈지현이라 합니다."

웃으면서 저를 소개하는 제갈가주의 옆에서, 제갈지현이 고개를 숙여 보였다.

이 순간, 제갈지현은 자신이 마치 저자에 진열된 싸구려 도자기가 된 듯했다.

누가 사 갈지도 모르면서 눈길을 끌기 위해 화려하게 채색한 도자기처럼, 새로 산 고운 옷을 차려입었다.

그리고 반질반질 윤을 낸 도자기처럼, 제갈가주의 눈치를 보며 웃어 보였다.

세상에서 가장 비참한 기분이었다.

"하하하하! 상당히 미인이시군요. 본 왕자는 오왕부의 이왕자, 한문태라 하오."

이왕자는 하후진처럼 크고 강인한 체격을 하고 있었다.

정의무학관 식당에서 남궁진화에게 얻어터진 것이 양청현 저자까지 퍼져 나갔는데, 여전히 거만한 태도였다.

기대한 적도 없었건만, 생각보다 훨씬 더 실망스러운 위인이었다.

음흉해 보였던 칠왕자가 차라리 나아 보일 정도였다.

"일전에 뵈었지요."

"예. 다시 뵈니 반갑습니다."

친근하게 인사하는 칠왕자에, 제갈지현이 이왕자에게 한 것처럼 고개를 숙여 보였다.

"오, 두 사람은 먼저 인사를 나누었군요. 하긴 같은 무학관에 있으니, 오가다 만났겠습니다."

"예, 일전에 소저를 보고 제가 먼저 인사를 드렸습니다."

대화가 멈추면 분위기가 불편해져 버릴까, 제갈가주가 어색하지 않게 끼어들었다.

칠왕자의 태도 때문인지, 이왕자와 인사를 나눌 때보다는 한결 자연스러워 보였다.

그 모습에 이왕자가 불편한 듯 표정을 굳혔다.

"앞으로 두 왕자님이 무학관에서 삼 년 동안 유학하시는 동안, 불편한 것은 없는지 네가 잘 챙겨 드리거라."

"예, 아버님."

"하하, 그간 제가 바빠서 대접이 늦었습니다. 오늘은 서로 안면을 익힐 겸 식사나 함께할까 청했습니다. 안으로 드시지요."

제갈가주의 말처럼 오늘은 그저 서로 얼굴이나 보면 될 일이었다.

앞으로 삼 년이라는 시간이 있었고, 그동안 두 사람 중 누구와 혼인할지 천천히 결정하면 될 일이었다.

오왕부에서 왕자들을 보내면서 이렇게 긴 유예기간을 둔 것부터 그들이 그만큼 제갈세가를 필요로 한다는 것이라.

제갈지현은 속으로 안도의 숨을 쉬었다.

점심을 하고 나오는 길.

퍼억!

"웃!"

한문혜는 유약한 학자답게 갑작스러운 충격에 휘청이며 신음했다.

얼굴을 찌푸리며 돌아보니, 이왕자가 심술궂은 얼굴로 한문혜를 비웃고 있었다.

"이 약삭빠른 놈. 내가 아파서 누워 있는 동안, 고새를 못

참고 쪼르르 달려가서 꼬리를 흔들어?"

"말이 심하십니다."

애초에 이왕자를 자극하길 바란 것이나, 면전에서 노골적인 비아냥거림을 당하자니 짜증이 솟았다.

하지만 여기에서 그만할 이왕자가 아니었다.

"심하긴 뭐가 심해? 그럼 아니란 말이냐? 여우 같은 새끼. 넌 본래부터 그랬지. 허연 낯짝으로 살살 웃으면서 꼬리 흔드는 것 하나는 잘했잖아?"

"그만하시죠. 나와서는 더욱 입조심이 필요하다는 것, 몸소 느끼고도 아직 부족하십니까?"

"뭐야? 이 새끼가!"

이왕자가 크게 발끈하며 한문혜의 멱살을 틀어쥐었다.

자신은 온갖 심한 말로 비아냥거리다가, 상대가 조금 비꼬는 걸로 흥분하는 꼴이라니.

그런 이왕자의 모습에 한문혜는 그를 상대하고 있는 시간이 무용하게 느껴졌다.

'무림에 나온 김에 확 죽여 버릴까.'

손가락이 꿈틀거렸다.

네놈이 자랑하는 그 같잖은 체격과 무력 따위, 나의 현이라면 조각조각 베어 버릴 것인데.

하지만 생각뿐이었다.

애석하지만 이런 모자란 놈이라도 핏줄은 대단한 걸 타고 나서, 지금 이왕자를 죽이고 나면 왕비가 가만히 있지 않을 것이니.

힘이 생기고 나서 죽여도 늦지 않을 것이다.

'그때까지 조금 더 살려 놔야지.'

한문혜가 매끄럽게 입꼬리를 끌어 올렸다.

한문혜가 팔로 이왕자의 손을 내리쳤다.

픽!

"윽!"

이왕자는 생각보다 훨씬 아팠는지 얼굴을 찌푸렸다.

한문혜는 태연하게 이왕자가 구겨 놓은 옷을 정리했다.

"보는 눈도 있는데 자중하시지요. 천박한 건, 피를 타고 내려오나 봅니다."

"너 이 새끼!"

태복령, 태복령.

그 태복령이 사실 마차를 운영하던 초라한 평민 출신인 것을 모르는 사람도 있던가.

운이 좋아 당금 황제의 마부가 되어 지금의 자리까지 벼락출세를 한 것이라.

지금은 누구도 무시하지 못할 부와 권력은 모두 움켜쥐었지만, 출신만큼은 그의 어리석은 손자조차 달리 반박하지 못했다.

이왕자는 늘 천한 후궁 태생이라며 한문혜를 비아냥거렸

지만, 실상 한문혜의 어미는 대대로 명망 있던 지방 호족 출신이니.

'그래도 태복령이라, 괜히 황실까지 나서면 골치 아파지니까. 힘을 가지고 나면 네놈의 어미와 할아비까지 날려 주마!'

그 힘이란 것을 빨리 가지기 위해서라도, 한시라도 빨리 스승의 명을 수행할 필요가 있었다.

스승이 지금 하고 있는 일을 빨리 성공시킬수록, 천하는 더 빨리 혼란스러워질 테니.

혼란은 곧 황족들에게는 권력을 차지할 수 있는 기회였다.

한문혜가 꿈꾸고 있는 기회였다.

"제갈가주가 오왕부에 우리에 대한 소식을 전달한다고 했는데. 부왕께서 무슨 연유로 이 만남이 늦어졌는지 궁금해하실 겁니다. 천하에 모르는 것이 없다는 분인데, 형님의 소식을 어찌 전하셨을지……."

"뭐? 너, 이 씨! 두고 보자! 한 번만 걸려 봐!"

한문혜의 말에 놀란 이왕자가 급해졌다.

무림, 양청현에서 남궁진화가 얼마나 관심이 집중된 사람인지 모르는 이왕자는, 그의 일이 저자에 파다하게 깔린 것도 몰랐다.

하지만 한문혜의 말처럼 제갈가주가 연통을 보냈다면, 결코 제게 유리할 것이 없다는 것은 알았다.

무림 영웅담에 나오는 악당처럼 다음을 기약한 이왕자가

급히 움직였다.

어머니에게 연통을 보내서, 제갈가주의 전갈을 빼돌릴 작정인 듯했다.

"하하, 멍청하긴."

설마 제갈가주가 할 일이 없어 그런 사소한 것을 적어 보낼까.

한문혜는 도둑이 제 발 저리듯, 제 말에 꽁지 빠지게 달려가는 이왕자의 뒷모습을 마음껏 비웃었다.

그때, 갑자기 예상치 못한 목소리가 들렸다.

"짓궂은 면이 있으신지는 몰랐습니다."

"아, 소저."

한문혜가 깜짝 놀랐다.

학사에 불과한 그가 제갈지현을 보고 놀라는 것은 당연한 일이었다.

"부끄러운 모습을 보였군요."

"전혀요. 재기 넘치는 대응이었다고 생각합니다."

"하하하, 그런 제가 점수를 좀 딴 건가요?"

한문혜의 너스레에 이번에는 제갈지현이 조금 웃어 보였다.

우위에 있는 형제에게 한 방 먹여 주는 모습이 마음에 든 듯했다.

하지만 이어지는 한문혜의 말에 다시 뻣뻣하게 굳었다.

"저치보다는 제가 나을 것입니다."

"……차차 두고 보지요."

제갈지현이 굳은 얼굴로 인사를 하고 한문혜를 지나쳤다.

모처럼 좋았던 분위기가 순식간에 식어 버리자, 한문혜가 아쉬운 듯 입맛을 다셨다.

"어렵군."

역시 친분을 쌓고 나누는 것보단, 거래가 더 편한 듯했다.

진화의 이야기를 들은 남궁진휘는 급히 정의맹으로 들었다.

진화는 그곳에서 고통스러웠던 부분, 제가 독하게 굴었던 부분은 빼고, 알게 된 정보만을 전했다.

이제 확실해진 것은 제갈세가의 역천비록이 제 것이 아닌, 천살성을 찾는 것이었다.

혼자 남은 뒤, 진화는 동경을 보며 매끄럽게 웃어 보았다.

어쩐지 어색한 기분이었다.

이전 생에서도 이런 것은 느껴 본 일이 없었다.

아마도 이전 생에서도 천살성이나 아주 어렸을 적 기억을 떠올려 본 적이 없었기 때문일 것이다.

'눈 안에 혼돈성이 있다고 했나?'

진화가 동경에 비친 눈동자를 보았다.

동경 안에서도 새까맣게 빛나는 눈동자.

'그 간수들도 악마의 눈이라고 했지. 그건 그냥 내가 그들을 집요하게 관찰하기 때문이라고 생각했는데. 광마도 그렇고, 여기 안에 대체 뭐가 있다는 거지?'

진화가 제 눈을 보며 광소를 터뜨리던 광마를 떠올렸다.

오랜만에 기억해 낸 얼굴.

진화가 지금까지 떠올렸던 얼굴은 이전 생의 마지막 순간, 마르고 늙고, 추악한 탐욕만 남은 모습이었다.

그런데 지금 떠올린 광마는 훨씬 더 젊고 활기찬, 탐욕과 야심이 가득한 모습이라.

"오히려 깨부술 맛이 있겠구나!"

진화가 지금의 광마를 떠올리며 빙그레 웃었다.

그러고 보니 이 웃음…….

어릴 적 간수를 죽이고 싶을 때, 방심을 유도하기 위해 방긋 웃던 버릇이 남아 있었던 건가.

속에서 흉계와 살심이 들끓자 웃음부터 나왔다.

정신이 아득해질 정도로, 온몸이 갈기갈기 찢어져 나가는 것조차 감수했던 원한이 되살아나는 듯했다.

그때.

파지지직――!

진화의 살기에 반응한 것인지, 진화의 눈동자에 뇌기가 번뜩였다.

하지만 다른 때와 달랐다.

'뭐지?'

놀란 진화가 눈을 더 크게 뜨고 제 눈동자를 자세히 들여다보았다.

아니, 눈을 크게 뜰 필요도 없었다.

동경 안에서도 빛나던 새까만 눈동자 안에 번개가 내리치고 있었다.

너무 새파래서 차라리 흰색으로 보일 만큼 환한 번개, 수십, 수백 개가.

"이게 눈 안에 깃든…… 혼돈성?"

한 인간의 안에 우주가 있듯, 진화의 눈동자에도 우주가 있었다.

진화의 눈과 입이 호선을 그리며, 동경 속 진화가 환하게 웃었다.

혼돈성을 알게 되어 기뻤냐고? 아니.

진화가 기뻤던 부분은…….

"써먹을 수 있겠어."

혼돈성을 먼저 알았으니, 이것으로 적을 농락할 방법이 떠올랐기 때문이었다.

한번 대대적으로 첩자를 색출했음에도 아직 남아 있는 적을 모른다.

하지만 적도 아직 천살성은 물론 혼돈성도 알지 못할 테니.

제 발로 찾아오게 만들면 그만 아니겠는가.

동경 안에서 기분 좋게 웃고 있는 자신의 모습이, 사람들이 말하는 선동처럼, 간수가 말하던 악마처럼도 보였다.

'악마 같은 눈을 했다고? 상관있나. 귀천성을 부수기 위해선 기꺼이 악마가 될 작정이었거늘.'

진화는 동경 속 자신의 얼굴이 퍽 만족스러웠다.

다만 한 가지 걸리는 것은⋯⋯.

"가끔 못돼 먹은 거 같아서 걱정했는데, 나 원래 못됐었구나."

진화가 동경 안의 저를 보며 고개를 주억거렸다.

진화의 이야기를 들은 남궁진휘가 곧장 정의맹주를 찾았다.

출발과 동시에 연통을 보내 제갈가주 또한 불렀다.

"천살지체는 천살성을 타고난 자라⋯⋯ 천살성이라는 말을 들어 본 적 있는 듯하군."

남궁진휘의 말에 제갈가주가 고개를 주억거렸다.

남궁진휘는 일부러 진화가 혼돈성을 타고난 광마제의 최

종 제물이었다는 이야기는 뺐다.

정의맹주라면 몰라도, 아직 제갈가주를 완전하게 믿을 수 없었기 때문이다.

콩을 콩이라고 해도, 남들보다 비싸게 팔 인간이었다.

"살성이라는 말이 천살성의 그 살성을 뜻하는 거였나."

"진화의 말로는 거기 있던 모든 아이들이 약을 받아 마셨다 했습니다. 아마도 제갈무진의 비약처럼 뭔가 특별한 사람에게만 괜찮은 약이었지 않나 싶습니다."

"호, 괜찮은 추측이군. 의선의 말에 따르면 그 비약이 강박과 감정 기복이 커지고 환영을 보다가 실혼까지 유발한다고 했으니, 얼추 살성의 특성들과 비슷한 부분이지 않나."

"약을 먹여 만들어 놓은 몸이 필요했던 것만은 분명합니다."

남궁진휘와 제갈가주는 서로가 서로를 싫어하고 경계하면서도, 일적인 부분에서 뭔가 정보를 취합하고 앞으로의 일을 추측하는 데에는 잘 맞는 편이었다.

물론 두 사람은 그마저도 썩 달갑지 않은 눈치였지만 말이다.

"그렇다면 결국 천살성을 찾아야 한다는 것인데……."

제갈가주가 말꼬리를 흐리며 그때까지 입을 다물고 있던 정의맹주를 보았다.

남궁진휘 또한 덩달아 맹주를 보았다.

정의맹주 운현대사는 천살성이라는 말을 들었을 때부터 굳은 표정을 감추지 못했다.

그리고 마침내, 운현대사가 마음을 굳게 먹은 듯 낮게 불호를 외었다.

"부디 굽어살피소서. 아미타불 관세음보살."

남궁진휘는 운현대사에게 뭔가 있다는 것을 눈치챘다.

아마도 제갈가주는 그 이전부터 그 뭔가를 눈치채고, 말꼬리를 흐리며 운현대사를 기다린 듯했다.

마침내 운현대사가 두 사람과 눈을 마주하며 말을 꺼냈다.

"소림의 비서에 천살성에 대한 기록이 남아 있소."

"역시……!"

운현대사의 말에 남궁진휘가 탄성을 내었다.

"맹주께서는 천살성에 대해 알고 계시는군요."

오랜 시간을 함께한 만큼 제갈가주가 운현대사에 대해 더 잘 알았다.

제갈가주의 말에 운현대사가 감출 것도 없다는 듯 천천히 고개를 끄덕였다.

피를 머금은 혈월이 일곱 번 뜨고 지고.

다시 떠오른 보름달이 완전히 어둠에 잡아먹힌 날.

태어날 때부터 하늘의 별빛을 죽이고, 달의 운명을 빼앗은 자.

서쪽 하늘의 가장 밝은 별이 북두를 가리고 떨어질 때.

하늘의 운명을 바꾸었다.

역천(逆天)의 죄를 지은 자들.

하늘을 죽이는 자, 천살성(天殺星).

죽음을 쫓으리라.

하늘의 운명을 바꾸는 자, 혼돈성(混沌星).

길을 잃으리라.

"비서에 전해진 것은 그것이 다였소."

정의맹주의 말에 제갈가주와 남궁진휘의 생각이 깊어졌다.

"천살성과 혼돈성이라…… 세상에 살계를 열고, 혼란을 일으킨다는 말일까요?"

일차적으로 생각하면 그러했지만, 고사에 별을 인용한 예언은 다른 특별한 의미를 담는 일이 많았기에 아닐 가능성이 더 컸다.

"어떤 것도 확신할 수 없소. 다만 그 비서는, 역천마제 파륜이 무림 정벌을 시작하기 전 소림에서 반드시 가져가고자 했던 것이었소."

"역천마제가 무림 정벌 전에 움직였다면…… 비무행 때인가요?"

제갈가주가 물었다.

하지만 정의맹주는 깊은 애환을 담은 눈으로 고개를 저었다.

"소림은 묘림 조사전에 있던 비서를 지키기 위해 수백의 제자들이 희생되었소. 선승와 불승 사백들이 나서…… 불승께서 승화하시고 나서야 겨우 절반을 빼앗기고 절반을 지켜내었지."

그 말만으로, 제갈가주와 남궁진휘 모두 눈치챘다.

"그럼 전쟁이 시작되기 전, 귀천성의 소림 침탈이군요!"

"그러하오."

정의맹주의 인정에 남궁진휘가 탄성을 내며 고개를 끄덕였다.

역천마제의 배경은 전혀 알려진 바가 없었지만, 무림 출두 후의 행적에 대해선 정도 무림만큼 많이 아는 곳도 드물 것이다.

죽지 않으려고, 이기기 위해 머리털 하나까지 쫓고 쫓았으니 말이다.

하지만 그럼에도 소림비사의 이면에 그런 사연이 있는 줄 모르고 있었다.

제갈가주는 정의맹주의 고백을 남궁진휘처럼 가볍게 넘길 수 없었다.

제갈가주의 눈빛이 서늘하게 내려앉았다.

"……혹 천살성을 찾으셨습니까?"

남궁진휘의 눈이 커지고, 제갈가주는 운현대사를 압박하 듯 똑바로 직시했다.

하지만 말을 꺼낸 시점에서 이미 숨길 생각도 없었다.

운현대사가 소림에서 자라고 있는 천살성을 떠올리며, 자 애롭게 미소를 지었다.

"소림의 품 안에서 지키고 있네."

남궁진휘와 제갈가주의 눈이 커졌다.

진짜 표정은 내비치지 않기로 유명한 두 사람이 동시에 똑 같은 표정을 짓자, 운현대사는 그런 때가 아니라는 걸 알면 서도 웃음을 참지 못했다.

질색하는 표정마저 비슷했다.

무학관에 자주 없는 휴식 시간이었다.

오후 수련 자체가 자율적으로 주어진 시간이기에, 따로 휴 식을 챙겨 주는 일은 불필요하다는 인식이 강했기 때문이다.

하지만 귀천성과의 전쟁으로 동기를 잃은 홍의생들은 물 론 위기감을 느낀 관도생들 대부분이 자발적으로 연무장에 나오거나 수련을 하는 중이었다.

주변을 둘러보면 관도생들이 삼삼오오 모여 있었다.

어떤 이들은 동기끼리, 어떤 이들은 사문끼리.

진화의 곁에는 남궁구와 남궁교명이 있었다.

늘 함께 있던 현오와 팽가 형제가 수련을 위해 소림과 팽가 장원으로 갔기 때문이다.

"각우 사부가 그만둔다는 소리가 있던데."

"각우 사부의 수업에서 작년도 그렇고 올해까지, 두 번이나 인명피해를 내었으니까."

남궁구와 남궁교명이 대화를 주고받았다.

그들이 서로 지근거리에서 자연스러운 대화를 나눈다니.

불과 일 년 전을 생각한다면 상상도 할 수 없는 모습이었지만, 지금은 서로를 믿고 대련까지 하는 모습이었다.

일 년 전이었더라면, 어느 한쪽이 대련만 요청했더라도 '암살 시도인가?' 의심했을 것이다.

그러나 관도생으로서 일 년이 넘는 시간을 보냈다는 걸 가장 크게 실감할 수 있는 건, 역시 작년까지 그들이 입었던 백의를 입고 있는 후배들의 존재가 아닐까.

진화가 백의생들을 보았다.

정확히는 사결 매듭을 짓고 이쪽 눈치를 보며 수련을 하고 있는 백의생장을 보았다.

"개방의 심원. 개방의 팔장로 소주팔의 제자래. 무학관 삼 년을 마치고 나면, 개방의 소방주가 될 자지."

어느덧 다가온 남궁구가 정보를 주었다.

뭔가 재미있는 것이 생겼나, 남궁구의 눈빛이 반짝였다.

남궁교명 또한 진화가 왜 심원인가 하는 백의생장을 보는지 궁금한 눈치였다.

"너희…… 좀 비슷해지고 있지 않아?"

"무슨 악담이야!"

"누가 할 소리!"

진화의 말에 남궁구와 남궁교명이 펄쩍 뛰었다.

진화의 눈이 남궁구와 남궁교명을 빤히 보았다.

"사람은 말이야, 동조와 공감이라는 짐승과 뚜렷하게 구별되는 특징이 있지. 짐승에게 그게 없다는 게 아니라, 인간에게 유독 강하다는 거야."

"그게 왜?"

"저 거지와 상관있습니까?"

진화는 무학제 이후 자신에게 존대를 하고 있는 남궁교명을 보았다.

"방금도 너희가 똑같은 시점에, 비슷한 표정으로 같은 반응을 보였다고. 게다가 서로 말투는 다르지만…… 나를 대하는 감정이나 행동양식도 비슷해지고 있어. 서로 감정에 공감하고 서로의 행동에 동조하고 있다는 거야."

진화의 말에 남궁구와 남궁교명이 서로를 보다가 똑같이 질색하는 표정을 지었다.

그 모습에 진화가 피식 웃고 말았다.

그리고 다시 백의생장에게 눈을 돌렸다.

"광마제의 실험실에 있으면서 들었던 거니 얼추 정확할 거야. 너희처럼 오랫동안 함께 있거나 관심을 가지고 살펴보다 보면, 저도 모르게 비슷해지는 경향이 있어."

"그런 게 아니라니까!"

남궁교명은 입을 다물고, 남궁구는 펄쩍 뛰었다.

하지만 진화에게 괜찮냐고 묻는 서로 다른 방식일 뿐이었다.

남궁구와 남궁교명도 진화가 과거에 대한 것을 기억해 냈다는 걸 들었기 때문이다.

진화는 두 사람의 걱정 어린 시선을 받으며 고개를 저었다.

"그렇게 펄쩍 뛸 필요 없어. 다행히 너희가 인간이었다는 증거니까."

"어이."

"그런데 말이야 저 백의생장, 자꾸 칠왕자를 보고 있네."

"뭐?"

"얼마나 본 것인지 흉내가 제법이네."

진화의 말에 남궁구와 남궁교명의 시선이 백의생장에게 갔다.

"와, 방금 손끝 봤냐?"

"거지 주제에…… 기품 있게 움직이네."

"큭!"

남궁구와 남궁교명의 말에 진화가 참지 못하고 웃음을 터뜨리고 말았다.

"백매단으로 모자라서 주작단이 은밀하게 홍의생들을 지키고 있어. 그런데 개방의 제자, 그것도 소방주라고?"

"어. 개방은 특이하게 장로들의 제자들 중 가장 합당한 인물로 소방주를 정해. 비단 무공뿐 아니라 도량과 구걸, 품새와 청결도 등등 여러 가지를 본다더군."

"구걸이랑 청결도?"

남궁구의 설명에 남궁교명이 믿을 수 없다는 눈빛으로 백의생장, 심원을 보았다.

"어쨌든. 개방의 차기 소방주가 오왕부의 왕자를 감시하고 있다니, 이상하지 않아?"

"왕자가 부러웠나?"

"생각 좀 하고 말해라, 한심한 놈."

"농담이잖아! 재미없는 놈 같으니…… 어쨌든 정의맹의 정보처로 움직이는 개방이야. 차기 소방주에게 어떤 명령이 갔겠지. 그게 무슨 일인지는 모르지만. 개방이 다루는 정보는 종류나 목적을 불문하니까."

남궁구의 설명은 반은 맞고 반은 틀렸다.

개방이 정의맹의 정보처로서 움직이는 것은 맞지만, 귀천성과의 전쟁 이후 개방의 모든 정보력은 귀천성과 관련된 것에 집중되었다.

이유 불문, 목적 불문, 귀천성과 연관이 있는 자들을 모조리 살피는 것이다.

이러한 개방의 집요한 추적으로 수집된 정보는, 이후 거미줄처럼 퍼지고 얽힌 귀천성의 세력 연결망을 파악하는 데에 크게 도움이 되었다.

특히 이전 생에 진화는 개방의 정보를 바탕으로 몇 번이나 그들의 거점을 파괴하는 데에 성공했었다.

'문혜. 역시 귀천성과 연결이 되었던가. 그렇다면 제갈은……?'

제갈가주가 역천비록 연구에 몸소 나선 이후, 남궁진휘에게 제갈가주가 변했다는 이야기를 심심치 않게 들어 왔던 진화였다.

하지만 이전 생에 제갈지현은 한문혜와 정략혼을 맺었었다.

'그렇다면 제갈세가와 귀천성의 연결 가능성이, 아직 남은 것인가.'

진화의 눈매가 가늘게 변했다.

남궁구와 남궁교명과 비슷하게 남궁진휘와 제갈가주의 관계가 발전하고 있는 듯한데, 그의 자상한 형님이 슬퍼하는 일이 없었으면 했기 때문이다.

물론 진화가 제갈세가에 가진 억하심정과는 별개로 말이다.

그때, 오후 수련을 나갔던 현오가 돌아왔다.

"어이, 남궁 시주."

"수련을 갔다고 들었는데……."

"아아, 요즘 마음이 영 헛헛해서 말이네."

현오가 슬픈 듯 눈을 내리깔았다.

손에 소중한 만두 봉지를 들고.

진화가 말없이 바라보고 있자, 현오가 만두 하나를 건네주었다.

어차피 이제 숙소에 복귀할 시간이라.

진화는 만두를 받아 들고 입에 물었다.

남궁구와 남궁교명의 네 번째 대련이 마무리되는 대로 숙소로 돌아갈 예정이었다.

그런데 그때, 일련의 백의생 무리가 진화에게 다가왔다.

'저놈도 좀 수상하지.'

진화는 제게 다가오고 있는 한문혜를 보았다.

식당에서 부딪힌 이후로 한동안 저를 피하더니, 요즘 들어 갑자기 다시 접근하고 있었다.

얼굴 가득 불편한 기색을 하고서 말이다.

"선배님들."

"왕자 저하를 뵙습니다."

옆에서 남궁구와 남궁교명이 칠왕자에게 인사를 건네고, 진화와 현오는 멀뚱멀뚱 그를 보았다.

여느 명문 정파 자제들답게 예법을 차려 인사한 남궁구, 남궁교명과 달리, 만두를 하나씩 물고 그저 쳐다만 보고 있는 진화와 현오에게 측근들의 불편한 눈초리가 쏟아졌다.

하지만 첫날부터 이왕자가 당하는 것을 본 터라, 누구 하나 '무엄하다'라는 말을 꺼내진 않았다.

하나둘, 연무장에 있던 사람들의 시선이 모여들었다.

진화를 비롯한 면면이 워낙 관심을 끄는 인물들이긴 했지만, 특히 진화와 또 다른 왕자의 만남은 구경거리를 원하는 이들의 기대감을 부풀게 만들었다.

옆에만 해도 남궁구가 눈을 총총히 빛내고 있었다.

"무슨 일입니까?"

진화의 물음에 칠왕자의 뒤에 있던 인물이 있는 힘껏 진화를 노려보았다.

하지만 이왕자 때와는 달리 함부로 나서진 않았다.

"현오 스님이 계셔서 말입니다. 따로 조문을 못 하여⋯⋯ 얼마나 상심이 크십니까. 삼가 고인의 명복을 빕니다."

"아, 가, 감사합니다."

갑작스러운 칠왕자의 인사에, 현오가 얼떨떨한 기색으로 인사를 받았다.

"많이 늦은 조문이군요. 많이 바쁘셨나 봅니다?"

진화가 은근히 입꼬리를 올리고 물었다.

그러자 더는 참지 못하겠는지, 뒤에 있던 측근 중 하나가 발끈하고 나섰다.

"무엄합니다!"

언뜻 비꼬는 듯도 들리는 말에, 현오와 남궁교명도 놀란 눈으로 진화를 보고 있었다.

남궁구의 눈빛이 반짝였다.

그러자 진화가 고개를 갸웃거리며 칠왕자에게 물었다.

"내 말이 무례하게 들렸나?"

작정하고 무례하고자 한 것인지, 말까지 놓았다.

이쯤 되니 시비처럼, 아니 시비가 맞는 듯했다.

진화의 이런 태도에 측근들은 물론 한문혜마저도 당황했다.

'뭐, 뭐야? 왜 이렇게 노골적으로 적대감을 드러내는 거지? 이왕자 놈 때문에 왕가 자체에 감정이 좋지 못한 건가?'

한문혜의 생각에, 그게 아니라면 이유가 없었다.

"무……례하진 않았습니다. 무림인이고, 지금은 같은 관도생이니. 너희도 물러서거라."

한문혜가 싱긋 웃음을 지으며 진화에게 대답했다.

"하지만 저하!"

"어허."

한문혜의 명을 내리고 측근들이 억지로 물러서는 모습을 보며, 진화가 입꼬리를 말았다.

한문혜는 진화의 말을 받아들인 듯 말하면서 여전히 측근들에게 왕자로서 명령하고 있었고, 측근들은 신하처럼 저하라 부르며 명을 받들고 있었으니.

진화뿐 아니라 무림에서는 보기 드문 광경이었다.

"유감의 표시라면 모를까, 무림에서 늦은 조문은 하지 않습니다. 꼭, 상처에 소금 뿌리는 것 같거든요."

진화의 말에 한문혜가 눈썹을 꿈틀거렸다.

그리고 눈빛을 달리했다.

진화가 적대하기로 했다면, 한문혜라고 더는 참을 이유가 없었다.

"남궁 공자께서 참 예민하고, 민감한 분이신 것 같습니다. 오지랖도 넓으시고."

일전의 일까지 꼬집어 말한 것이었다.

그에 진화가 한문혜에게 성큼 다가갔다.

얼굴이 닿을 듯 가까운 거리.

진화가 한문혜의 눈을 똑바로 보고 속삭이듯 말했다.

"그런가요? 함께 겪은 일이다 보니…… 어쩐지 병 주고 약 주는 것 같아서 말입니다."

진화와 얼굴을 마주하고, 진화의 눈을 노려보고 있던 한문혜의 눈동자가 점점 커졌다.

진화의 눈에서 번쩍이고 있는 번개를 본 것이다.

그런데, 일전에 본 그것과는 또 달랐다.

아니, 그건 번개도 아닌 것 같았다.

"제, 제가…… 실례를 한 모양이군요."

한문혜가 눈빛의 동요를 숨기듯 한발 물러섰다.

"상황과 맞지 않는 말이었지만, 다시 상처를 들춘 것이라면 송구합니다. 그럼."

"아, 아니, 그건 아닌데……."

현오가 답을 하기도 전에 한문혜가 급히 자리를 떴다.

황급히 연무장을 벗어나는 한문혜를 보며, 진화가 싱긋이 웃었다.

⚓

진화가 한문혜를 쫓아내듯 보내자, 남궁구와 남궁교명이 고개를 절레절레 저었다.

"'우리 애는 물어요.' 하고 써 놔야 할까 봐."

"보통 '개 조심'이라고 쓰지 않나?"

"너 지금 도련님한테 개라고 했냐?"

"……."

남궁구와 남궁교명은 남은 대련을 마치기 위해 연무장으로 갔다.

그리고 현오는 만족스러운 듯 웃고 있는 진화를 매우 묘한 표정을 보았다.

"왜 그런 것인가?"

"아무래도 '널' 찾고 있는 게 저 녀석인가 싶어서."

"……!"

진화의 달라진 말투에, 현오가 두 눈을 크게 떴다.

그래 봐야 눈두덩 살 때문에 커지지도 않을 눈이지만, 처음으로 눈동자가 다 보인 것 같았다.

"역시, 너지?"

진화의 물음에, 현오가 표정을 굳히는가 싶더니 이내 히죽- 웃었다.

"이제야 날 알아보는 거야?"

설마 이렇게 쉽게 인정할 줄은 몰랐던 듯, 진화의 눈이 크게 뜨였다.

이전 기억을 찾으면서, 진화가 알게 된 것은 천살성과 혼돈성만이 아니었다.

진화가 되찾은 것은 그곳에 있던 모든 것이었다.

광마제의 얼굴, 간수, 환경, 생활하던 것.

거기서 함께였던 이들과 죽은 이들.

그리고 헤어졌던 사람.

현오는 진화가 헤어졌던 사람이었다.

갑작스러운 진화의 말에 놀라는가 싶더니, 현오가 현오처럼 웃었다.

눈동자가 보이지 않을 정도로 호선을 그린 눈매에, 볼살이 투실투실 올라가 실룩거리고 입꼬리가 내려가듯 활짝 벌어진 얼굴.

"왜 이제야 알아보는 거야?"

현오가 서운하다는 듯 말했다.

"나는 처음 보자마자 확신했단 말일세. 그런 인물이 어디 흔해야 말이지. 흐흐흐흐! 기억을 못 하고 있었던 건가?"

"……많이 변했네."

이건 진화의 기억 탓만 할 수 없는 거였다.

하마터면 기억을 찾은 뒤에도 알아보지 못할 뻔했다.

알아볼 만한 이목구비가 전부 살에 파묻혔으니, 마지막에 눈동자에 떠오른 붉은 환영이 아니었다면 확신하지 못했을 것이다.

"대체 소림에서 뭘 먹었기에 그렇게 살이 찌는 거야?"

진화의 물음에 현오가 피식 웃으며 만두를 들어 보였다.

"자네가 남궁세가에 구해진 것처럼 나도 소림 사백조님께 구해졌어. 이후에 각우 사부님께 거둬져서 쭈-욱 있었고.

아무도 날 죽인다고 하지 않고, 괴롭히지도 않는 삶이 그렇게 편할 수가 없더란 말이지."

"⋯⋯."

현오의 말에 진화가 공감했다.

하지만 그게 현오의 말을 납득한다는 것은 아니었다.

진화가 빤히 쳐다보자, 현오가 눈을 눈두덩 살로 덮으며 시선을 피했다.

"사실 내가 '그' 체질이 아닌가. 고기를 안 먹으면 견딜 수가 없네."

"⋯⋯."

진화가 눈도 깜빡이지 않고 현오를 보았다.

그러자 현오가 되려 어디 찔린 사람처럼 필사적이 되었다.

"아, 아니, 진짜일세! ⋯⋯꼭 피를 봐야 살 수 있다 그런 건 아닌데, 뭔가 한 번씩 주체할 수 없이 살기가 끓어올라."

이번에는 좀 진지해 보여서, 진화도 고개를 끄덕였다.

혼돈지체 또한 몸 안에 뇌전을 움직이니, 천살지체 또한 그러한 특징이 있으리라.

"살생을 할 수 없으니, 염불을 외고 불도식을 하며 정신수양을 하는 거지. 살생 욕구를 고기로 달래는⋯⋯ 식욕으로 전환했네."

"아."

어쩐지 소림에서 저 땡중을 그냥 두더라.

모두가 가졌던 의문이 이제야 풀렸다.

사실 그동안 말들이 많았다.

현오가 파계가 되거나 각우에게 다리가 부러져도 백번은 부러졌을 일을 태연하게 하고 있었으니. 그러면서도 소림 나한들이 현오를 아끼고, 현오 또한 그들과 정이 깊어 보였다.

그래서 다들 소림이 현오의 집안에 큰 빚을 졌거나, 사실 숭산이 현오 집안의 것이라고 믿고 있었다.

그런데 천살지체를 타고난 이유라면, 저 먹을 것에 미친 스님을 소림이 그냥 두는 것도 이해가 갔다.

"자네가 죽었을 거라 생각했네. 무학관에서 보고 얼마나 놀랐는지……."

"남궁세가에서 살려 주셨어."

진화를 구한 것은 제왕검이었지만, 진화를 살린 것은 남궁 세가의 가족 모두였다.

진화의 말에서 진심을 읽은 현오가 고개를 끄덕였다.

"나도 그러하네. 뜬금없이 중이 되었지만, 천살의 운명이라니. 차라리 중이 낫지. 게다가 다른 걸 생각할 것도 없이, 소림이 내 가족이네. 사형제들이 내 부모고 형제고 친구지."

현오의 말에 이번에는 진화가 고개를 끄덕였다.

그러자 현오도 싱긋이 웃어 보였다.

"네가 웃을 수 있을 거라 생각도 하지 못했는데……."

"둘이 마주 보고 웃을 수 있을 거라…… 아니, 자네가 웃을 땐, 간수를 죽였지."

"네가 손을 잡고."

"흐흐흐흐! 그립지는 않은 기억일세. 그래서 말인데……."

웃고 있던 현오의 눈빛이 돌변했다.

"아까 그자 맞나?"

천살의 운명보다 스님이 낫다고 하던 자라고는 믿을 수 없는, 살기가 눈 안에서 번들거리고 있었다.

"백매단과 주작단은, 홍의생들 중에 누구인지 모를, 아, 어쩌면 이제 알고 있을지 모르겠네. 정의맹주께서 결단을 내렸다면. 어쨌든 정의맹 무사들은 놈들이 노릴지 모를 홍의생들을 보호 중인데, 개방의 제자는 왕자를 훔쳐보고 있어서 말이야."

"그래, 저놈이라고…… 으드득!"

현오가 한문혜를 향해 이를 갈았다.

살기를 드러내는 현오를 향해 진화가 말했다.

"걱정 마. 조만간 기회가 있을 거야. 내 눈을 보여 줬거든."

"뭐?"

현오가 진화의 말에 깜짝 놀랐다.

"그럼 아까 급히 간 것이……?"

"놈이 정말 귀천성의 끄나풀이라면, 내 눈을 알아봤겠지. 나인 줄 알고 헐레벌떡 달려갈 거야. 주작단이든 개방이든 걸려 버리라지."

"허!"

진화가 씨익 웃으며 하는 말에, 현오가 기가 막힌 듯 헛웃음을 지었다.

그리고 볼살을 부들거리며 웃었다.

"ㅎㅎㅎㅎㅎ, 역시, 남궁 시주는 여전하군. 혹시 진짜로 착해진 줄 알았네."

"……."

진화가 현오를 빤히 보았다.

서로 알아본 이후, 진화와 현오는 대화를 나누는 일이 잦았다.

하지만 평소에도 만둣집에 줄 서러 가거나 남들 수련할 때 둘이서 어울린 적이 많았던지라, 누구도 이상하다고 생각하지 않았다.

"그럼 후각은? 그것도 천살지체의 특질인가?"

"글쎄. 하지만 아닐걸."

둘 다 서로가 천살성과 혼돈성을 타고났다는 것은 알지만, 그 외에는 아는 것이 없었다.

특히 현오는 무공 진전이 빠른 것이나 가끔 살의를 느끼는 것 외는 별다른 것을 느낀 적이 없다고 했다.

"하지만 난 이제까지 나보다 냄새를 잘 맡는 사람을 본 적이 없네."

현오는 이제까지 놀랍도록 특출난 후각을 천살지체의 특징이라 생각했지만, 진화는 고개를 저었다.

다른 모든 감각이 예민한 것도 아니고 후각만 유달리 뛰어날 이유가 없었다.

게다가…….

"쟤를 봐."

진화가 남궁구를 가리켰다.

"난 이제까지 저 녀석보다 소리를 잘 듣는 사람을 본 적이 없어."

"하긴 구 시주라면. 혹시 구 시주도 어떤 특별한 체질이 있는가?"

"그냥 특별하게 엿듣는 걸 좋아하지. 취미가 곧 특기가 된 경우랄까. 현오도 먹는 걸 특히 좋아하잖아. 식욕이 곧 감각 개발로 이어진 거지."

"그런가…….."

"게다가 현오는 지난번 당혜군 낭자가 독향 주머니를 넣어 줬을 때도 몰랐잖아."

"흠."

진화는 후각이 특정 부분에만, 특히 먹는 것에만 반응한다는 말을 들어 본 적이 없었다.

"난 사실 나 소저도 조금 의심했었네."

"확실히, 저 힘은 특별하지."

현오가 혹여 들릴까 봐 눈치를 보며 하는 말에, 진화가 고개를 끄덕이며 동의했다.

팽가 쌍둥이가 오늘도 숙청관과 인내관 바위를 뽑아 들고 연무장을 돌고 있는 가운데, 그 옆에 나하연이 현해관 바위를 들고 뒤따르고 있었다.

"너는 혼현마제로 의심 중인 제갈무진이 찾고 있고, 나는 광마제의 제물이었으니까."

현오에게는 숨길 것도 없었다.

그들은 함께 광마제의 제물 양육실에 있었으니 말이다.

"게다가 내가 듣기로 광마제에게 있던 역천비록은 총 일곱이라고 했어. 어쩌면 더 있을 수 있지만, 어쨌든 제갈세가에서 혼현마제에게 회수한 것을 더하면 총 여덟이야."

"팔현마제가 각기 자신의 역천비록과 제물을 가진 것이라 생각하는가?"

"지금으로서는 그렇게 보는 것이 합당하지."

어쩌면 진화와 현오처럼 특별한 체질이나 무언가로 인해 제물이 될 만한 사람이 더 있을 수 있다는 말이었다.

"어쨌든 지금 당장은 네가 들키지 않는 것이 중요해."

"그럼 넌?"

"나는 제갈무진이 가진 역천비록의 제물이 아니야. 칠왕자가 놀라서 달려갔겠지만, 천살지체를 생각하고 나를 봐 봤자, 내게서 알아낼 수 있는 건 아무것도 없을 거야."

개방에서 칠왕자를 감시 중이었다.

거기에 맹주와 남궁진휘에게 미리 알려 놓는다면, 칠왕자가 귀천성과 접촉하는 것을 놓칠 리 없었다.

제갈무진이 숨은 곳을 알아내면 된다.

그리고 저들이 진화를 노리는 때에 제갈무진을 찾아내 죽인다면, 결국 귀천성은 아무것도 알아내지 못할 것이리라.

문제는 남궁진휘, 아니 남궁진혜를 설득하는 것인가.

진화가 남궁진혜를 생각하며 고심에 빠졌다.

하지만 찌푸린 미간에도 불구하고 남궁진휘와 진혜를 향한 깊은 애정은 숨길 수 없었으니.

그런 진화의 모습을 보며 현오가 미소를 지었다.

"여전히 못됐는지, 착해진 건지 헷갈리는군. 관세음보살."

부디 저자에게 자비를 베풀어 주소서.

진화의 예상대로 한문혜가 움직였다.

아니, 움직일 수밖에 없었다.

'번개. 번개가 달랐어. 그 진득한 살기가…… 천지에 떨어지는 벼락 같았다고! 스승님은 내가 그걸 알아볼 것이라 하신 건가?'

한문혜가 쓴 전갈이 나무 위로 사라졌다.

그리고 전갈을 가져간 교성흑오대원이 길도 없는 숲을 내달렸다.

나무 위 자신들만 아는 현홍사 위를 타고 달리며, 빠르게 숭산 자락을 빠져나갔다.

스슷.

교성흑오대원이 지나가고, 그가 지난 나뭇가지 위에 한 인영이 나타났다.

하얀 가면, 하지만 특별히 눈 쪽이 붉은 가면을 쓴 백매단원이었다.

숲을 지나던 교성흑오대를 쫓았던 것이 분명한데, 그가 갑자기 멈춰 버렸다.

급히 따라온 다른 백매단원들이 그의 옆에 모여들었다.

"왜 그러십니까?"

백매단원 하나가 급히 물었다.

들키지 않으려 한참 떨어져서 쫓았는데, 여기서 더 거리가 멀어지면 더 이상 쫓기 힘들었다.

사실 이미 놓친 것일지도.

하지만 단원의 물음에, 붉은 눈의 백매가면을 쓴 사내가 대답 대신 손가락으로 나뭇잎 속에 살짝 반짝거리는 무언가를 가리켰다.

"현홍사다. 저걸 밟으면 다칠 것이고, 흑조보와 달리 밟으면 침입자를 알리는 거겠지."

"아! 단원들에게 현홍사를 건드리지 말고 추적하라 지시하겠습니다."

"나는 맹에 가서 이 일을 알려야겠다. 놈이 숭산 자락을 벗어나지 않은 것이 분명하다."

"칠왕자는 잡아들이지 않고요?"

"오왕부의 왕자다. 확실한 증거가 없는 이상 불가능한 일이다. 일단 단원을 보내서 칠왕자의 감시를 늘려라."

"충."

백매단주의 명령에 충실히 답한 백매단원들이 바쁘게 숲을 움직이기 시작했다.

한편.

한문혜의 전갈을 무사히 받은 제갈무진은, 전갈을 받자마자 교성흑오대에게 지시를 내렸다.

"모든 현홍사를 끊어라."

"충."

쫓고 쫓기는 관계에 생사가 달리게 된 지 오래.

추격술이 발전하는 만큼 그것을 피하는 쪽도 발전을 하게 된다.

"백매단이로구나."

제갈무진의 기감이 현홍사를 통에 거미줄처럼 주변 숲으

로 뻗어 있었다.

물론 그만큼 백매단이 가까이 다가온 것이겠지만, 그걸 두려워할 제갈무진이 아니었다.

"배웅 다녀오겠습니다."

교성흑오대 또한 겨우 백매단을 피하라 키운 무단이 아니었다.

뇌평이 모처럼의 전투를 반기며 교성흑오대를 끌고 나갔다.

그리고 제갈무진은 곧 산새를 울릴 짐승의 울음과 짙은 혈향을 기다리며 한문혜의 전갈을 펴 들었다.

"……!"

제갈무진의 눈이 찢어질 듯 커졌다.

그저 역천비록의 행방이나 알아 올까 했던 것이, 전혀 예상치 못한 내용이 있었기 때문이다.

"번개……라고? 뇌평! 뇌평—!"

드물게도 제갈무진이 잔뜩 분노한 목소리로 소리를 질렀다.

교성흑오대를 끌고 나섰던 뇌평이 조금 뒤에 급히 돌아왔다.

이런 경우는 처음이었기에 허겁지겁 달려온 모습이 역력했다.

하지만 제갈무진은 뇌평의 사정을 봐줄 여유가 없었다.

"놈들에게 속았다! 남궁진휘, 그 앙큼한 것이 나를 속였어!"

남궁진화에 대해 경지를 넘었느니 그렇지 않느니 말들은 많았지만, 무인이 경지라는 것은 본인 입으로도 밝히지 않는 것이 무림의 오랜 관습이었다.

무림에 나가면 실력의 서 푼은 감추라는 말이 있듯, 무위를 감추는 것도 무림인의 중요한 생존 전략이었기 때문이다.

공공연히 떠들어 대지만 앞에서는 쉬쉬하는 것도 그 때문이었다.

그래서 약에 일찍 대해 알려진 것, 비영문의 일이 틀어진 것 그리고 제갈세가에서 발각된 것까지, 그의 예상을 벗어난 발 빠른 움직임들을 남궁진휘의 짓이라고 알고 있었다.

정의맹의 공식적인 보고가 그리 갔으니까.

역천비록을 회수하는 데에 문제가 생겼을 때도, 남궁진휘로 인해 제갈가주가 적극적으로 나서 버린 탓이라 생각했는데…….

아니었다.

모두 그 애송이 꼬마가 끼어들면서 시작된 일이었다.

"스승님!"

"양주에 더는 기다리지 않는다 전하거라! 더 모을 것도 없이, 양주 늙은이를 쥐어짜든, 요구를 전부 들어주든, 아니 남궁 전체를 들쑤셔서라도 그 양자, 남궁진화에 대한 모든 것을 가져오라 해, 전부!"

"충."

제갈무진의 분노에 뇌평이 굳은 표정으로 움직였다.

'빌어먹을, 한문혜. 대체 뭘 알아냈기에 스승님이 저러시지?'

분명 놓치면 안 되는 것이 있는 듯하여 신경이 쓰였지만, 우선은 스승의 명이 먼저였다.

양주 잠삼현.

남궁세가, 창천원.

성을 방불케 하는 남궁세가 본가, 그중에서도 창천원은 남궁세가 직계들만의 처소라.

북으로는 천주산 자락의 날카로운 바위 절벽과 울창한 청림이 둘러싸고, 동서남쪽으로는 전 무림에 모르는 사람이 없다는 제왕무적단의 무사들이 철통 경계를 서고 있었다.

현재 창천원에 살고 있는 사람은 제왕검과 남궁가주, 가모 그리고 남궁제일검과 부인뿐이었다.

"우리 진화, 어쩜 글씨도 이렇게 귀여울까요?"

"그러게…… 그런데 뭐라고 적은 거야?"

정말 귀엽게도 글씨가 일곱 살 때와 변함이 없었다.

팽연화가 진화가 한 자 한 자 악필로 적어 보낸 전서를 읽으며 행복한 미소를 지었다.

남궁제일검의 부인이지만 늘 본인을 진화 엄마라 소개하는 팽연화였다.

진화를 정의무학관에 보낸 지 일 년이 넘었는데, 그리움만큼 애정이 더 깊어진 듯했다.

가모 하후민은 그런 팽연화를 보며 못 말리겠다는 듯 웃어 버렸다.

하지만 그녀 역시 진화의 전서 내용이 궁금했다.

"늘 그렇듯 안부를 묻고 안부를 전하는 거죠. 엄마가 걱정할까 봐 늘 기분 좋고 즐거웠던 것만……."

팽연화의 말처럼, 진화는 이제까지 큰 전투가 몇 번이나 있었는데, 팽연화에게 전하는 전서에는 그런 이야기는 하나도 적지 않았다.

그래서 그런지 팽연화의 전서에는 진화가 좋아하는 것들, 대부분은 남궁진휘와 진혜의 소식 그리고 만두 이야기였다.

"이번 만두는 소림 숙수가 만들었나 봐요."

"어휴, 야채만두?"

"아뇨, 고기만두."

"응? 대체 그 숙수는 뭐 하는 승려길래?"

팽연화의 말을 들은 하후민이 미묘한 괴리감에 이상한 표정을 지었는데, 그 모습이 웃겼는지 팽연화가 웃음을 터뜨렸다.

"호호호호! 사실 동기들이 형님처럼 물었는데, 글쎄 고기를 만지는 건 된대요. 좋아하는 오성반점의 것에 견줄 정도의 맛이라네요."

"뭐? 호호호호, 그것 참 재밌네. 소림 주방장이 만드는 고기만두라니."

팽연화의 말에 하후민도 같이 웃었다.

가까이 있으나, 멀리 있으나, 부모는 늘 자식의 이야기로 울고 웃는 법이었다.

그래서…….

"후우, 그래서 이번엔 뭐래?"

가모 하후민이 한숨을 푹 쉬어 각오를 다잡고 물었다.

그러자 팽연화가 난처한 듯 눈을 돌렸는데.

"동서, 괜찮아. 자식이라고 둘 있는 것들 중에 하나는 제 아비에게 보고서밖에 쓸 줄 모르는 놈이고, 하나는 본가로 보내는 청구서로 생존 신고하는 년이야. 괜찮아."

육 년쯤 되면 부모도 단련이 되는 걸까.

하후민이 자식들에 대한 애정과 분노를 동시에 표출했다.

"진휘가 부군사가 되었대요."

"어머, 우리 진휘가 벌써?"

"제갈가주가 다른 일로 바빠진 터라, 진휘의 일이 늘어나 덩달아 바빠졌다는군요."

"바쁘나 안 바쁘나 어미한테 관심도 없는 놈이야. 잘 있으면 됐어. 그러면 진혜는?"

"……진혜가 진화 보약을 만든다고 의선문 약재소를 썼는데, 청구서가 곧 올 거 같대요. 호호호호. 그래도 이번엔 뭘 부쉈다는 건 아니네요."

"……망할 년."

팽연화가 애써 긍정적인 부분을 말해 보려 했지만, 소용없었다.

"후우, 괜찮아. 어차피 우리 애들 소식은 가주전에 올라오는 보고서를 보는 게 나은데 뭘."

하후민도 이제 포기했다는 듯 웃어 버렸다.

"그나저나 그 망할 것들이 또 움직이고 있다는데……."

"아주버님께서 잘 해결하실 거예요."

"동서, 나는 서방님 걱정을 하는 거야."

"……호호호호."

혈을 찌르는 듯한 하후민의 말에 팽연화도 웃고 말았다.

저 집이 아들, 딸이 속을 썩인다면, 이 집은 아들 같은 남편이 문제라.

창천정.

가주의 집무실에는 아닌 밤중에 고성이 울려 퍼졌다.

콰—앙!

"이 망할 놈의 새끼! 머리통에서 면발을 뽑아 버릴 놈들! 제갈무진 그 새끼는 뭔데 자꾸 우리 진화를 가지고 지랄인 거요?"

"흥분을 가라앉히거라."

남궁경의 고성에 남궁가주가 차분하게 말했다

하지만 어쩐지 남궁가주의 말끝에 '안 되면 어쩔 수 없고.' 라는 말이 따라올 것만 같았다.

그도 그럴 것이, 자상한 형님인 남궁가주는 자신의 동생이 저렇게 성질을 낼 만큼 내고 난 뒤에야 차분해진다는 것을 알았다.

아니나 다를까.

한참 더 욕을 쏟아 내던 남궁경이 마침내 흥분을 가라앉혔다.

"그래서 이번이 몇 번째요?"

"네 번째. 남궁도의 요구는 모조리 수용한다고 전해 왔다는구나. 아마도 더 이상 시간을 끈다면, 남궁도를 끌고 가려 할지도."

"그럼 이제 어떻게 할 겁니까?"

남궁경의 물음에 남궁가주가 동생을 빤히 보았다.

"왜, 왜요?"

"잊은 것이냐, 잊은 척하는 것이냐?"

"……쳇. 그 개쉐이들, 우리 진화 털끝이라도 건들면……."

"알았다, 알았다."

남궁가주는 다시 욕 한 바가지를 쏟으려는 동생의 말을 황급히 끊었다.

하지만 동생의 마음을 그라고 왜 모르겠는가.

"진화가 위험하지 않도록 잘 대처해야지. 어째서 이렇게 위험한 전략을 내었는지는 알 수 없으나, 진화의 털끝이라도 다친다면…… 장담하건대, 제왕무적단을 제갈세가에 풀어 주마."

"……거래 성립."

남궁가주의 진지한 약속에, 남궁경이 아무 일도 없었다는 듯 자리에 앉았다.

"작전대로 남궁백이 정보를 전할 것이다. 남궁도가 직접 거래를 할지, 다른 자를 보낼지는 모르지만, 그 집 담장을 넘는 순간 천리호정단이 따라붙을 거다. 이참에 누굴 만나는지, 양주에 숨어든 놈들의 끄나풀을 찾아내야겠구나."

"창궁무애단을 대기시켜 놓겠습니다."

"이번 기회에 남궁도도 처리하자꾸나."

남궁가주의 말에 남궁경이 놀란 듯 눈을 크게 떴다.

"약에 대한 것도 밝혀졌고 이번에 진화의 정보까지 적에게 전한다면, 아버님도 섭섭하다고 하시진 못할 것이다."

"흐흐, 드디어 늙은 여우 놈을 사냥하겠군."

남궁가주와 남궁경이 서로 마주 보고 웃었다.

남궁세가의 오래 묵은 가시를 빼낼 때가 되었다.

"이게 옳은지 모르겠구나."

남궁진휘는 일을 진행하고도 연신 불안한 모습을 보였다.

그에 진화가 남궁진휘를 단단히 붙잡았다.

"형님, 들키면 큰일입니다. 누님이 아시면 당장 검을 들고 왕자의 목을 베어 버릴 것입니다."

"……그러고도 남지."

"적호단이 나서기 전에, 백매단과 주작단, 창궁무애단이 속전속결로 끝낸다면 아무 일 없을 것입니다."

"혹시 몰라서 당문암호대에도 협조를 구했다. 현홍사라는 것이 우리한테는 익숙하지 않아도, 당문에는 그런 현을 쓰는 사람들이 심심찮게 있어서."

"잘하셨습니다."

이번 작전을 두고 남궁진혜 때문에 고민하던 두 남자의 선택은 완벽한 '회피'였다.

사람이 나쁜 짓을 같이하면 공조감이 끈끈해진다고 했던가. 진화는 어쩐지 이번 일로 남궁진휘와 더 끈끈해진 느낌이었다.

그건 남궁진휘도 마찬가지라.

"알겠지만 이번 작전은 네가 다치지 않는 것이 무엇보다 중요하다."

"알고 있습니다."

"주작단이 지키고 있겠지만, 네 몸은 네가 지켜야 한다. 무모하…… 아니, 위험하게 나서선 안 돼."

남궁진휘가 진화에게 당부하고 또 당부했다.

"이제 곧 본가에서 전갈이 갈 것이다. 본가에선 네가 광마제의 최종 제물이었던 것을 빼고 단지 제물 양육실에 있었던 것으로만 정보를 줄 것이다. 칠왕자가 네 눈까지 보고 갔으니, 꼼짝없이 너를 혼현마제의 최종 제물로 알 것이다."

"주작단의 추적은 실패했지만, 결국 역천비록과 제가 있는 이상 놈들이 우릴 찾아올 것입니다."

"칠왕자를 감시하는 동시에 네 주변을 사람으로 가득 채우마."

"예."

마지막까지 걱정을 놓지 못하는 남궁진휘의 말에, 진화가 빙긋이 웃으며 고개를 끄덕였다.

그 정도는 부담 가지지 않고 받아들이겠다는 듯한 미소.

하지만 그것보다 더 기꺼운 것은, 진화의 입가에 저도 모르게 자연스럽게 지어진 미소였다.

웃는 것 하나도 남을 따라 하거나 과장스러울 정도로 환하게 웃는 것밖에 못 하던 진화가 이제 제 스스로 웃게 된 것이다.

남궁진휘는 저 웃음을 지켜 주기 위해 어떤 것이든 해 줄 수 있었다.

"이 일이 끝나면 역천비록을 찾을 것이다. 그러고 나면 제갈무진이든 누구든, 더는 귀천성의 그림자가 네게 드리우는 일이 없을 게다."

남궁진휘가 진화의 머리를 쓰다듬으며 말했다.

그건 제 자신에게 하는 다짐과도 같은 말이었다.

하지만 그건, 진화도 마찬가지였다.

"예."

제갈무진이 혼현마제의 후인이라면, 이 기회에 죽인다.

그리고 놈이 가진 역천비록을 없애 버리면, 귀천성은 영원히 천살성의 제물을 찾는 길을 잃어버리게 될 것이라.

생을 돌아오며 가장 꿈꿨던 일이었다.

그 기회가 제게 찾아오길 바랐으나, 어쩔 수 없는 일이었다.

아쉬웠지만, 한편으로는 괜찮았다.

진화의 머릿속에 제물 양육실에서 표정이 없던 아이 하나와 투실투실한 볼살을 불룩거리며 만두를 먹는 현오의 얼굴이 떠올랐기 때문이다.

진화는 현오라도 이 더러운 운명에서 벗어날 수 있으니 다행이라 생각했다.

"스승님, 양주에서 전갈이 도착했습니다."

"주거라."

제갈무진이 기다렸던 전서를 열었다.

그리고 긴 전서를 읽어 내려가던 제갈무진이 갑자기 광소를 터뜨렸다.

"하하, 하하하하하하하! 그러면 그렇지!"

"놈이 제물이 맞다고 합니까?"

"광마제의 제물 양육실 출신이라는구나."

제갈무진의 말에 뇌평의 얼굴도 화색이 되었다.

하지만 곧 애매해졌다.

이렇게 되면 문혜가 가져온 정보가 정확했다는 게 되지 않는가.

속에 있는 갈등을 그대로 드러내 보이는 뇌평을 보며, 제갈무진이 피식 웃고 말았다.

"남궁가주가 보통이 아닌 모양이야. 그동안 그 능구렁이가 꼼짝도 못 하고 있었던 것을 보면 말이야."

"예?"

뇌평이 의아한 듯 물었다.

"남궁가주가 남궁도를 감시하고 있었던 모양이다."

"네에?"

뇌평이 무슨 일인지 영문을 몰라 했다.

하지만 곧 이어진 제갈무진의 말에 뇌평의 얼굴에 대번에 화색이 돌았다.

"네가 직접 양주로 가야겠다, 최대한 빨리."

"가서 무얼 하면 됩니까?"

공을 가져올 기회였다.

"광마전에 연락해라, 놈들의 제물을 찾았다고."

"⋯⋯!"

생각지도 않았던 말에, 뇌평이 놀란 눈을 떴다.

그에 제갈무진이 기분 좋게 덧붙였다.

"정보를 가지고 내게 혼선을 줄 요량이었던 게야. 남궁도가 아니었다면 꼼짝없이 둘러 갈 뻔했구나. 남궁도의 요구 조건을 들어줘라. 공을 세웠으니 상을 줘야지."

"충."

뇌평이 살짝 들뜬 얼굴로 나갔다.

그리고 혼자 남은 제갈무진이 한쪽 입꼬리를 비릿하게 올렸다.

"능구렁이는 능구렁이야. 그 와중에 빠져나올 방법을 찾다니 말이야."

제갈무진이 양주의 능구렁이, 남궁도에게 감탄했다.

동시에 그 능구렁이 하나로 일이 비틀어진 줄은 꿈에도 모르고 있을 제갈가주를 비웃었다.

'제법 수를 잘 썼지. 잠시지만 내 눈을 가렸으니. 하지만 그 보답으로 네 눈앞에서 제물을 빼앗아 주마.'

하마터면 정말 속을 뻔했다.

그러니 이 더러운 기분은 돌려주는 것이 맞을 것이라.

"우선은 손님 맞을 준비를 해야겠구나."

제갈무진은 정의맹 그리고 총군사인 제갈가주의 공격을 기꺼운 마음으로 받아 줄 생각이었다.

숭산 산자락.

붉은 옷을 입은 무인들이 빠르게 풀숲을 헤쳤다.

팔 앞엔 철침이 박힌 방패를 들었다.

탕–! 탕탕––!

앞으로 나갈 때마다 무언가가 걸리고, 힘껏 밀면 매서운 소리와 함께 끊겨 나갔다.

"새끼들, 거미 새끼처럼 온 데다 쳐 났네. 어쨌든 이거 끝나고 돌아가면, 오라비고 뭐고 가만 안 둬."

남궁진혜가 감히 저를 빼놓으려고 했던 남궁진휘에게 이를 갈며 숲을 헤치고 나갔다.

거침없이, 가장 앞서서.

"감히 우리 진화를 노린 놈인데, 내가 가만둘 수 없지. 내장을 뽑아서 목을 매어 주마!"

그러나 거칠 것 없이 전진하던 남궁진혜도 얼마 가지 못해 걸음을 멈춰야 했다.

남궁진혜를 보호하며 현홍사를 걸러 주던 방패가 부서져 나갔기 때문이다.

파팟———!

피이이이잉———!

"헛! 피해!"

부서진 방패 파편 뒤로 불길한 파공성을 내는 무언가가 날아드는 것을 보며, 남궁진혜가 급히 검을 빼 들었다.

타—앙!

정의맹 군사부.

총군사의 집무실 문이 거칠게 열렸다.

역천비록의 연구 때문에 두문불출한 제갈가주를 두고 홀로 집무를 보고 있던 남궁진휘가 고개를 들었다.

총군사의 집무실 문을 이런 식으로 열 사람은 정해져 있었기에, 크게 놀라지 않았다.

실제로 문을 열고 들어온 사람은 그가 생각했던 세 사람 중 하나였다.

"이봐, 큰일 났어!"

적호단주 팽치가 소리를 질렀다.

적호단주의 말에 이번에는 남궁진휘도 놀란 표정을 지었다.

천하의 적호단주가 '큰일'이라고 말하는 건, 그를 안 지 칠 년 동안 처음 듣는 것이기 때문이다.

"숲으로 간 추격조가 놈들에게 잡혔다!"

"그게 무슨 말입니까?"

"이걸 봐!"

적호단주가 남궁진휘에게 화살과 본래 화살에 묶여 있었을 쪽지를 주었다.

남궁진휘가 급히 쪽지를 펴 보았다.

"이, 이런! 주작단이 인질로 잡힌 겁니까? 어떻게요!"

"제갈무진 그놈이 주작단을 유인한 거야! 처음부터, 추격을 하면서 발각이 되었던 게 분명해. 숲에 있는 진법 안에 가둬 놓았다는군."

"이건…… 제가 결정할 사안이 아닙니다. 단주께서는 당장 제갈가주와 주작단주를 모셔 와 주십시오. 저는 곧바로 맹주님께 가겠습니다."

남궁진휘가 최대한 냉정하게 말했다.

마음은 급했지만 마음만 급해 성급히 움직이다간 실수가 나올 수 있기에, 최대한 가슴을 냉정하게 식히고 행동을 빨리하기 위해 일어섰다.

하지만 그때…….

"저, 저기!"

적호단주 팽치가 더 이상 일그러질 수 없을 것같이 얼굴을 구기고 남궁진휘를 불렀다.

그가 이렇게 어려워하는 것 또한 처음이었다.

불길한 예감이 스쳤다.

적호단주가 남궁진휘조차 긴장해야 할 정도로 심각한 얼굴로, 쉽사리 말을 꺼내지 못했다.

하지만 더는 미룰 수 없었기에, 두 눈을 질끈 감고 입을 열었다.

"남궁진혜가 그쪽으로 갔어."

"……네?"

"그 망할 녀석! 분명 의선문으로 임무를 돌려 놓았는데, 어떻게 알았는지 숲으로 갔다고! 인질로 잡힌 추격조에 남궁진혜가 있다."

"……!"

최대한 냉정해야 하는데…….

남궁진휘의 마음과는 달리, 차게 식히려 애썼던 머리와 가슴이 진탕되어 뛰기 시작했다.

"쪽지 읽어 봐! 인질을 교환할 용의가 있다고 해."

"……?"

적호단주의 말에 남궁진휘가 쪽지를 다시 폈다.

아니, 펴기도 전에 적호단주가 대신 말해 주었다.

"남궁진화를 포함한 홍의생들을 숲으로 보내라는군. 그 빌어먹을 새끼가 다 눈치챈 거야!"

"아아!"

남궁진휘는 눈앞이 깜깜해지는 듯했다.

"지, 진화! 진화는 몰라야 합니다!"

남궁진휘가 말을 더듬거렸다.

하지만 그의 의도는 충분히 적호단주에게 전해졌다.

인질로 잡힌 것도 그의 동생.

놈들이 원하는 것도 그의 동생이었다.

누구도 선택할 수 없었다.

하지만 위험에 빠진 동생을 구하기 위해, 다른 동생을 위험에 빠뜨리는 건 있을 수 없는 일이었다.

"……맹주님께 가겠습니다. 말한 대로 총군사님, 주작단주님과 함께 맹주님의 방으로 오십시오. 대책을 논의해야지 않겠습니까."

남궁진휘가 억지로 마음을 가라앉혔다.

물론 마음은 이미 진탕이 되어 전혀 가라앉지 않았지만, 어쨌든 그의 말투만큼은 한결 안정을 찾았다.

"혹시 가능하시다면 남궁조 숙부님도 같이 와 주십시오."

"알았다."

적호단주에게 부탁을 남기고, 남궁진휘가 급하게 맹주의 방으로 갔다.

자신 또한 수하들이 인질로 잡힌 것이지만, 남궁진휘만큼 절망스러울까.

"제기랄! 망할 년! 이번에는 진짜 버르장머리를 단단히 고쳐 놔야겠어!"

적호단주가 욕지거리를 뱉으며 다급하게 움직였다.

탕─!

"뒈져라! 남궁도를 데려와라!"

남궁경이 제왕무적단에 명을 내리고, 무사들이 순식간에 사방으로 흩어졌다.

의천무학관(義天武學官).

"의천은 니미!"

꽈직!

남궁경이 발밑에 떨어진 현판을 보고 발로 밟아 부쉈다.

벼르고 별렀던 곳이라.

남궁경이 고개를 돌려 천천히 의천무학관 안을 구경했다.

소박하고 단정하게 지어진 것 같지만, 거대한 규모만큼이나 장정 두세 명의 팔 길이를 족히 넘길 듯 거대한 나무 기둥과 대들보만 수십 개였다.

남궁도의 방으로 보이는 곳은 또 어떤가.

거기에 남궁세가 오대 무단 무사들이나 연습에 쓰려고 마련한 귀한 흑단목이 사방에 가득했다.

심지어 침상을 받친 바닥마저 흑단목이었다.

"돈이 썩어 나는구먼."

남궁세가 가주의 방이라고 해도 될 정도로 고상하고 사치스러운 방이라.

물론 실제 남궁세가 가주의 방은 조금 더 화려했다.

전대 가주의 취향 때문이라 제 형은 죄가 없었다.

속으로 남궁가주를 옹호하며 주변을 둘러보던 남궁경이 멈칫했다.

바닥에 밟히는 마루의 느낌이 달랐다.

남궁경의 눈이 이채를 띠고, 남궁경이 힘껏 발을 굴렀다.

쿠-웅!

역시나 속이 비었다.

쿵! 쿵!

남궁경이 한쪽으로 벗어나 본격적으로 바닥을 밟아 뚫었다.

그리고 그때, 집 안을 뒤지던 제왕무적단 부단주 남궁해가 달려 들어왔다.

"형님, 없습니다! 어떻게 알았는지 죄다 튀었습니다!"

남궁경의 얼굴이 사정없이 일그러졌다.

"그러게. 여기로 죄다 튀었네."

"그, 그건! 비밀 통로입니까?"

부단주 남궁해가 그제야 남궁경의 발밑에 있는 비밀 통로를 보고 깜짝 놀랐다.

비밀 통로는 장정 다섯은 족히 드나들 정도로 컸다.

"젠장, 남궁백이랑 남궁문의 위치 확인하고 잡아들여! 일성상단에 오늘 시작되는 표국이 없는지 확인하고. 그리고 남은 인원은 지금 당장 추격 시작한다. 얼마 못 갔을 거다!"

"충!"

명을 내리고, 남궁경이 제일 먼저 비밀 통로로 뛰어들었다.

그리고 남궁해의 명에 따라 제왕무적단원들이 남궁경의 뒤를 따랐다.

남은 반은 남궁해와 함께 남궁경의 명을 수행하러 나갔다.

"허어, 우리 단주, 또 귀찮은 건 다 떠넘겼네!"

남궁해가 수하들을 보내는 동시에 가주전에 보고했다.

상황이 심각했다.

비밀 통로가 천주산으로 이어졌고, 거기서부터 흔적이 딱 끊겼기 때문이다.

"이 빌어먹을 늙은이! 본가로 돌아가자!"

남궁경이 욕지거리를 뱉었다.

흔적도 없는 남궁도를 찾아 수색하긴 천주산은 너무 넓고 험했다.

결국 단원들을 이끌고 본가로 돌아온 남궁경을 기다린 것은 형인 남궁가주였다.

"지금 당장 장강 포구로 가거라. 일성상단의 배가 움직일 예정이다."

"뭐야? 여주평, 이 새끼가 기어이 배신을 한 거요?"

"아니, 남궁도의 명을 받아 따로 움직였다. 남궁도가 여주평 몰래 일성상단 안에도 세를 만들어 놓고 있었던 모양이야."

"여주평, 이 한심한 돼지 새끼! 집 밖으로도 못 나오는 늙은이한테 상단을 뺏기고 있었어? 젠장! 일단 난 먼저 가 볼게요!"

"그래. 이쪽은 내가 맡으마."

남궁경은 쉴 틈도 없이 달려 포구로 향했다.

남궁경을 배웅한 남궁가주도 직접 무사들을 이끌고 나섰다.

"남궁도의 움직임과 같이 움직임이 있던 자들의 명단이다. 모조리 수색하고 조금이라도 수상한 자가 있거든 압송해 오거라."

"충!"

"남궁도의 집 안을 모조리 뒤지거라. 조그만 단서라도 찾아야 할 것이다."

"충!"

"남궁문과 남궁백은?"

"남궁백은 자진해서 찾아왔고, 남궁문은 사라졌습니다."

"크음. 처자식을 모두 버렸단 말이냐?"

"예."

"지독한 놈. 그래. 일단 처자식을 확보해 두거라. 그리고 남궁문의 집도 샅샅이 뒤져!"

"충!"

남궁가주의 명에 남궁세가 무사들이 일사불란하게 움직였다.

그러나 남궁가주의 얼굴은 날카롭게 굳어서 펴질 줄 몰랐다.

'일이 잘못되어도 크게 잘못되었구나! 남궁문이 배신을 한 것이라면, 진화에 대한 정보가 모조리 넘어갔을 수도 있겠어.'

남궁가주의 눈빛이 냉정하게 가라앉았다.

일이 잘못되었을 경우, 귀천성에서 정의맹에 있는 진화를 노릴 수도 있는 노릇이었다.

"정의맹 소가주에게 급전을 보내야겠다."

"충."

남궁도의 집으로 향하던 남궁가주가 일단 발길을 돌렸다.

진화의 일은 남궁세가 안에서도 극비에 해당하는 것이라, 전서를 쓰는 것도 남궁가주가 직접 해야 했기 때문이다.

당장 급하지만, 항상 무엇을 '더' 우선해야 하는지는 정해져 있었다.

남궁도를 잡는 것도 중요했지만, 아이들의 안전이 더 중요했다.

'일단 아이들의 안전을 위해 경이와 무사들을 정의맹으로 보내는 것이 좋겠군.'

남궁가주가 정의맹으로 급전을 보내고 얼마 뒤.

남궁가주에게 정의맹에 나가 있는 남궁조가 보낸 급전이 도착했다.

촤르르르. 촤르르르.

바다를 보지 못한 자라면, 이 강을 두고 바다라 칭할 것이라.

누런 황토물이 아니었다면, 바다만큼 넓고 끝이 보이지 않을 정도로 긴 강이라.

강을 거스르는 배 위에서 푸른 장포를 걸친 노인이 바람을 맞고 있었다.

그때, 한 사내가 다가왔다.

"어르신, 바람이 차니 안으로 드시지요."

양주로 출발했던 뇌평이 배 위에 있었다.

그리고 평소 그의 모습은 전혀 떠오르지 않을 정도로 공손하게 노인에게 말을 걸었다.

"허허허, 아닐세. 실로 오랜만에 씌는 강바람이야. 조금 더 즐기고 싶군."

푸른 장포를 걸친 노인, 남궁도가 부드럽게 웃으며 뇌평의 친절을 거절했다.

"실로 오랜만의 상쾌함이야."

의천무학관 장원에서 두문불출하던 남궁도가, 귀가 아릴 정도로 찬 바람을 마음껏 즐겼다.

뇌평은 수십 년 동안 자발적으로 집 안에서 나오지 않았다는 노인을 신기한 눈으로 보고 있었다.

"비결은 기다림일세."

"……!"

뒤돌아서 있으면서도 뇌평의 속을 읽은 양, 남궁도의 대답이 뇌평의 마음속을 정확하게 격중시켰다.

"자네도 조금 더 기다리게. 무공과 같이, 처음부터 많이 얻어지는 것은 없어. 꾸준하게 쌓아 올리는 것이지. 경쟁자 또한 마찬가지일세. 천천히 두고 보며, 발밑부터 망가뜨리는 거야. 서로 치고받고 싸우면 속은 시원하겠지만, 그러다 본인도 타격을 받으면 안 하느니만 못한 싸움이 되거든."

오늘은 기분이 좋은 건지, 남궁도가 이것저것 조언을 해 주었다.

하나하나가 뇌평의 속을 꿰뚫어 본 듯 필요한 말들뿐이라.

뇌평은 '늙은이'라 무시했던 것이 무색할 정도로, 그를 공손하게 대할 수밖에 없었다.

뇌평은 스승 제갈무진이 남궁도를 높이 평가한 이유를 알 것 같았다.

"스승님!"

선미에 있던 남궁문이 달려왔다.

"무슨 일이냐?"

"남궁경이 쫓아왔습니다."

"뭐?"

남궁문의 말에 남궁도와 뇌평이 함께 선미로 갔다.

"저기!"

남궁문이 손짓하는 곳에, 강을 따라 달려오는 무리가 보였다.

남궁도가 굳은 표정으로 말했다.

"배의 속도를 올리게. 포구에 들르지 않고 통과해야겠네."

"예. 그럼 좀 불편하시겠지만……."

"엇! 스승님!"

남궁도와 뇌평이 대화 중에, 남궁문이 놀라 소리쳤다.

"야아아아아아————!"

촤아아아아아악—————!

"스승님!"

"헛!"

강을 가를 듯, 배를 잘라 버릴 듯, 거대한 검기가 날아들고.

남궁문이 남궁도의 앞을 가린 사이, 뇌평이 도를 빼 들고 앞으로 나갔다.

퍼————엉!

굉음과 함께, 뇌평이 퍼-억 하는 소리와 함께 선창 위에 박혔다.

"큿!"

검기는 겨우 막아 내었으나, 이렇게 노골적으로 힘 대 힘에서 지며 밀려난 것은 처음이었다.

"이게 무슨……!"

뇌평이 힘겹게 몸을 일으키고, 믿을 수 없다는 눈으로 포구 쪽을 보았다.

"남궁경……!"

남궁도가 한 자 한 자 곱씹듯 검기를 날린 사내의 이름을 말했다.

그때, 남궁경이 그들을 향해 손짓했다.

자신만만한 태도로, 마치 놓치지 않고 쫓겠다고 하는 듯, 제 눈을 가리킨 후 그들을 가리켰다.

"속도를 올리는 것이 좋겠소."

남궁도가 남궁경을 노려보다 이내 싸늘하게 몸을 돌려 배 안으로 들어갔다.

기척.

'기척이 사라져?'

진화는 저와 현오를 중심으로 있던 주작단의 기척이 사라진 것을 느꼈다.

아니, 분명 몇몇은 있었지만 그 수가 턱없이 부족했다.

"무슨 일이지?"

의아함을 느낀 진화는, 장원으로 가서 남궁진휘에게 물어볼 요량으로 걸음을 옮겼다.

확실히 따라붙는 주작단의 수도 적었다.

그리고 왠지 모르게, 저자가 어수선하고 불안한 분위기였다.

"흐응. 이상하네."

"왜 그래?"

진화가 고개를 갸웃거리자, 남궁구가 의아한 듯 물었다.

하지만 진화도 정확하게 말해 줄 수 없는 것이라.

결국 이 또한 정확하게 말해 줄 사람을 찾았다.

그리고 도착한 남궁세가의 장원.

"형니……!"

진화가 웃으며 안으로 들려는데, 그 전에 안에서 흥분한 듯한 남궁진휘의 목소리가 먼저 들렸다.

"안 됩니다. 절대 진화가 알게 해선 안 됩니다!"

단호하고 필사적인 외침에, 진화가 얼굴을 굳혔다.

그리고 인사도 없이 문을 열었다.

안에서 남궁진휘와 남궁조가 그대로 얼어붙어서 진화를 보았다.

"형님, 숙부님, 제가 알면 안 되는 것이 무엇입니까?"

누가, 무엇이 남궁진휘를 필사적이도록 했단 말인가.

진화가 꽃같이 활짝 웃으며 물었다.

활짝 웃으며 문을 열고 들어온 진화.

진화를 본 남궁진휘와 남궁조의 표정이 마치 귀신을 본 듯했다.

"……."

"……."

진화가 빠─히 남궁진휘와 남궁조를 쳐다보고, 남궁진휘와 남궁조가 무형의 압박에 대항하려고 했다.

'네가……!'

'숙부님이……!'

남궁진휘와 남궁조가 서로가 서로에게 일을 미루려 했지만, 결국 진화가 주는 압박감에 못 이겨 어색하게 말을 돌리려 했다.

"숙부님이 너를 깜짝 놀라게 할 일을 하고 싶으신……!"

"네 형이 널 위해 준비하는 것이 있는……!"

남궁진휘와 남궁조의 말이 서로 겹쳤다.

밖에 나가선 그렇게 철두철미한 사람들이 왜 집안에서는 이 모양인지.

한숨을 푹 쉰 진화가 남궁조를 보며 말했다.

"숙부님, 거짓말은 형님이 하시는 게 나아요."

"그, 그렇지?"

"그런데 형님……."

"응?"

"들었어요."

"……어? 들었어?"

"그렇게 크게 소리치시면 아무나 다 들어요. 그러니까 그냥 말씀해 주세요."

진화의 말에 남궁진휘와 남궁조가 서로 눈을 마주치며 고민했다.

눈치를 보며 망설이는 그들의 모습에, 진화는 결코 쉽게 알려 주지 않으리란 걸 알았다.

그리고 그만큼 사안이 심각하다는 것도.

"누님, 제가 찾아갈까요?"

"진화야!"

"아서!"

진화의 말에 남궁진휘와 남궁조가 펄쩍 뛰었다.

"인석아, 게가 어디라고 네가 간단 말이냐! 너까지 잡히면 어쩌려고!"

"그래, 진화야! 일단 진정하고……!"

"그러니까, 누님이 잡히셨군요, 귀천성 손에."

진화의 얼굴이 뻣뻣하게 굳었다.

그리고 동시에 남궁진휘와 남궁조의 얼굴도 굳었다.

"우리 진화가…….."

"……우릴 낚은 게냐?"

남궁진휘가 놀란 눈으로 진화를 보고, 남궁조가 약간 배신 당한 눈빛이었다.

하지만 진화의 충격만 하겠는가.

'누님이 놈들의 손에 잡히다니, 어떻게, 왜!'

진화의 눈빛이 이리저리 흔들렸다.

'누님이 잡혔어. 왜지? 추격조에 들어가신 건가? 그런데 형님께서 내가 알면 안 된다고 소리치셨다. 물론 내 충격을 염려한 것일 수 있지만, 겨우 그 정도로 평정을 잃을 사람이 아니야. 귀천성 놈들이 추격조를 잡았다고? 죽이지 않고? 그렇다면······.'

머릿속이 어지럽게 얽히고, 속은 이미 진탕이 되는 듯 감정을 종잡을 수 없었다.

"진화야! 진화야!"

"······형님."

"괜찮아. 형님이 구해 낼 것이다."

"······형님, 제가 알아선 안 된다는 이유가 따로 있지요? 인질입니까? 저와 교환하자고 합니까?"

"헙!"

남궁조가 깜짝 놀라 숨을 들이켰다.

진화의 까만 눈이 남궁진휘를 향하고, 남궁진휘의 눈이 하염없이 흔들렸다.

"어, 어떻게······?"

"누님이 귀천성과 얽힐 만한 가장 최근 임무라면, 칠왕자를 쫓는 추격조밖에 없죠. 그 일은 주작단이 한다고 들었지만······ 누님이 그런 걸 따질 리가 없죠."

"······너도 아는 걸 내가 몰랐구나."

"갑자기 저를 보호하던 주작단의 기척이 사라졌습니다. 필시 주작단에 일이 생긴 것이니, 결국 놈들을 쫓다가 변고가 생긴 것이죠. 게다가 숙부님이 잡혔다 하셨는데. 놈들이 추격조를 죽이지 않고 잡았다는 건, 필시 원하는 것이 있어서일 터. 놈들이 원할 만한 것은 역천비록과 제물뿐이지 않습니까. 그런데 형님이 그리 펄쩍 뛰실 것이라면…… 저밖에 없죠. 마침 칠왕자가 제 눈도 보고 갔으니."

"허! 그놈, 무당도 아니고 다 때려 맞히네!"

그 짧은 시간에 어떻게 거기까지 생각했는지.

진화의 추리에 남궁조가 감탄을 쏟았다.

남궁진휘가 걱정했던 것처럼 진화의 충격은 컸다.

하지만 진화는 착실하게 상황을 분석하고 해결책을 찾았다.

아무리 머리가 어지럽고 속이 진탕이 되어도, 앞으로 나아갈 방법을 찾는 것.

이전 생에서 진화는 인생 대부분의 시간을 그렇게 살았었다. 최악의 상황 속에서 앞으로 나아가는 것도 습관이 되었던 것이다.

그만큼 필사적인 진화의 모습에, 남궁진휘의 눈빛이 단단하게 굳어 갔다. 냉정을 찾은 것이다.

"정의맹에서 의논할 것이나, 네가 갈 일은 결코 없을 것이다."

"하지만 형님!"

"안 돼."

진화가 반론하기도 전에 남궁진휘가 고개를 흔들었다.

"너희 모두 사사롭게 내 동생이지만, 혈육이 아니라도 마찬가지다. 정의맹의 원칙도 그러하지만, 우리는 창천의 제왕 남궁(南宮)이다. 우리는 누군가를 구하기 위해서 다른 누군가를 희생시키지 않는다. 싸워서 구해 낼 것이다."

"……!"

푸르른 창천을 입고 검을 드는 데에 한 치의 부끄럼 없는 의기의천(意氣義天).

귀천성으로부터 휘하의 모든 세력을 지켜 낸 제왕(帝王).

천하제일 세가라고 추앙받는 남궁세가가 당연한 듯 지켜 온 명예와 자존심이었다.

하지만 진화 자신이 지켜 낸 남궁세가의 소가주가 그 명예와 자존심을 말하는 건, 또 다른 감동이었다.

"저도 싸울 수 있습니다. 아시지 않습니까?"

"아니, 지금 널 보내는 것은 놈들의 요구에 굴복하는 것이다. 그건 싸우는 것이 아니야. 어떤 경우라도 남궁은 적에게 굴복하지 않는다. 놈들이 원하는 건, 그 어떤 것도 주지 않을 것이다."

남궁진혜가 이렇게 일찍 잘못되는 건, 이전 생에 없던 일이었다.

게다가 이 일이 제가 칠왕자에게 눈동자를 보이면서 생긴 일이라.

진화는 저로 인해 남궁진혜에게 불행이 생긴 것은 아닌지 크게 불안해하고 있었다.

그 와중에 남궁진휘의 말은, 진화에게 그가 틀리지 않았다고 말해 주는 것과 같았다.

'그래, 아직 틀리지 않았다.'

진화가 냉정을 찾았다.

"아무리 멋지게 말씀하셔도 누님을 구하는 데에 빠지지 않을 것입니다."

"……안 통하느냐?"

"통했습니다. 정의맹에서 방법을 강구하는 대로 알려 주셔야 합니다. 그리고 어떤 방식이든 누님을 구하는 데에 손을 보탤 것입니다. 절 빼놓으시면 안 됩니다."

"오냐. 알았다."

진화의 말에 남궁진휘가 크게 안심한 듯 웃어 보였다.

최소한 진화가 자신에게 거짓을 말한 적은 없으니, 혼자서 위험한 일을 하진 않을 터였다.

그렇게 한시름 넘겼으니, 이제 정말로 문제를 해결해야 했다.

"내일 오전에 총회의가 소집될 것입니다. 숨긴다고 숨겨질 사안도 아니니, 최대한 많은 문파의 협조를 이끌어낼 것입니다."

"여기가 양청현이라 무인들을 모으는 것은 문제가 안 될 것이라는 게 다행이구나."

현재 맹에 있는 무단은 주작단과 적호단, 백매단뿐이었다.

게다가 그마저도 현재 적호단은 의선문을 지키고 주작단은 홍의생들을 지키고 있으니, 가용할 수 있는 무사들이 부족한 것이 사실이었다.

하지만 남궁세가의 협조 요청이었다.

"우선 우리에게 우호적인 소림과 무당파, 화산파, 모용세가는 도움을 줄 것입니다."

"제갈무진이 환술과 진법에 능하다고 했다. 그러니 제갈세가나 공동, 계술문에도 협조를 구해야 할 것이다."

"그리하자면 시간이 너무 오래 걸립니다. 주작단 때문이라도 제갈세가에선 도움을 줄 것입니다."

남궁진휘와 남궁조가 내일 아침에 있을 회의에 대해 이야기를 나누었다.

그때, 진화가 한 가지 걸리는 것이 있었다.

"그런데 형님, 놈들은 누님을 알고 잡은 것입니까, 아니면 그냥 주작단이라 생각하고 잡은 사람들 중에 누님이 있는 것입니까?"

"아……!"

"……서둘러야겠구나. 들키는 것은 시간문제일 테니!"

진화의 물음에, 남궁조와 남궁진휘의 표정이 다급해졌다.

뒤늦게 남궁세가 장원으로 온 남궁구와 남궁교명은, 세가의 분위기가 이상하다는 것을 감지했다.

진화가 오면 알게 모르게 창궁무애단원들의 얼굴이 펴지고 분위기도 활기차게 변하는데, 오늘은 이상하게 분위기가 조용했다.

무엇보다…….

"왜 웃음소리가 안 들리지?"

남궁조와 남궁진휘의 웃음소리가 나지 않자, 남궁구가 고개를 갸웃거렸다.

진화라면 껌뻑 죽는 두 사람이 진화가 오는 시간에 정의맹에서 퇴근하지 않았을 리가 없었다.

"도련님, 집에 누가 죽었어? 왜 이렇게 다 조용해?"

"……."

남궁구의 장난스러운 물음에, 진화가 새까만 눈동자로 남궁구를 보았다.

뭔가 살기를 담았거나 분노를 담은 것도 아닌 담담한 눈동자인데, 남궁구의 가슴이 철렁 내려앉았다.

"헉, 진짜 누가 죽었어?"

"……제발 닥쳐."

보다 못한 남궁교명이 남궁구에게 눈치를 주었다.

그리고 진화가 덤덤하게 말했다.

"진혜 누님이 제갈무진의 손에 잡혔다."

"뭐어?"

남궁구와 남궁교명의 눈이 찢어질 듯 커졌다.

"주작단과 함께 인질로 잡혔다. 놈들에게 협박문이 왔다는군."

"……진짜야?"

남궁구는 언뜻 믿기 힘들다는 반응이었는데, 그도 그럴 것이, 납치 대상이 남궁진혜란다.

"그게 말이 돼?"

남궁교명 또한 남궁구와 같은 심경이었다.

진화에게나 자랑스러운 청명화, 착한 누님이지, 남궁구나 남궁교명에게는 힘센 마녀, 남궁세가의 이대 미친…… 여튼, 범접할 수 없는 무언가였기 때문이다.

"마녀는 살아 있는 겁니까?"

"놈들은 아직 잡은 이들 중에 남궁세가의 영애가 있는지 모르는 눈치야. 놈들이 알기 전에 어떻게든 빨리 누님을 빼낼 방법을 찾아야 해."

진화의 말에 이제야 남궁구와 남궁교명의 얼굴도 진지해졌다.

그들이 평소 어떻게 생각하든, 남궁진혜는 남궁세가의 금지옥엽이요, 하나밖에 없는 직계 영애였다.

그 상징성만으로도 귀천성이 망가뜨리려고 할 이유가 수백 가지였다.

약하고 귀한 여인을 농락하는 건, 적에게 분노보다 절망감과 무력감을 느끼게 하는 가장 좋은 방법이었다. 실제로 전쟁 중 귀천성은 여인들을 농락하고 발가벗겨 장대에 꽂아 놓은 적도 있었다.

제갈무진이 제 손에 남궁진혜가 있다는 걸 알게 된다면 그녀의 목숨만큼은 교환하지 않을 것이다.

"정의맹에서는요?"

"구출 작전을 펴겠지."

"놈들이 알아내기 전까지 절대 들키지 말고 조용히 있어야 하는데⋯⋯."

"우리 누님은 남궁진혜지. 조용히 있는 건, 누님에겐 가장 힘든 일이야."

진화의 말에, 남궁구와 남궁교명이 크게 낭패한 얼굴이 되었다.

조금 전 남궁진휘와 남궁조가 보여 준 표정과 비슷했다.

"어, 어쩌려고?"

"놈들이 일을 서두르도록 만들어야지."

진화의 눈빛이 이채를 발했다.

진화 또한 가만히 있는 일이 가장 힘들었다.

배가 항구에 닿았다.

선원들이 부지런히 닻을 내리고 배를 밧줄로 묶었다.

장강은 물도 많고 물길도 세차, 바다를 운행하는 배와 다름없이 단단하게 붙잡아 놓아야 했다.

"짐을 내려라! 서둘러라!"

"예!"

남궁문의 외침에 상단의 사람들이 부지런히 짐을 옮겼다.

그 뒤로 천천히 남궁도와 뇌평, 교성흑오대원이 밖으로 나왔다.

"이렇게 도와주셔서 감사하네."

"별말씀을 다 하십니다. 명 받은 대로 움직였을 뿐입니다."

"스승께도 내 말과 감사도 함께 전해 주게."

"예. 들은 대로 전하겠습니다."

"그래. 이리 일찍 헤어져서 아쉽지만, 다음에 인연이 닿으면 또 봄세."

"무사히 들어가십시오."

남궁도의 인사에 뇌평도 공손하게 답했다.

처음에는 도움받는 주제에 다짜고짜 하대를 해 짜증이 나기도 했지만, 따지고 보면 남궁도가 마냥 도움만 받은 것은 아니었고, 뇌평이 큰 도움을 준 것도 아니었다.

그가 한 것이라곤, 남궁도가 모든 탈출 준비를 끝낸 뒤 호위 명목으로 함께 배를 타고 온 것밖에 없었기 때문이다.

게다가 남궁도와 함께 있는 동안, 뇌평은 그가 생각했던 만큼 별 볼 일 없는 노인이 아님을 깨달았다.

제왕검 밑에 엎드리고 남궁가주의 감시 속에 숨죽이고 있는 줄 알았던 남궁도가 사실은 일평상단의 모든 것을 들고 나왔음을 알게 되었기 때문이다.

남궁도는 마치 이 사태를 기다렸다는 듯 자신과 일평상단의 근거지를 바꾸고, 앞으로의 사업 활로를 마련해 두었다.

"그럼."

뇌평이 느긋한 태도로 배에서 내리는 남궁도를 보았다.

마치 도망 나온 것이 아니라 새로운 거대 상단의 주인으로 무림에 출도한 듯 보였다.

'남궁이 만만치 않은 늙은이를 풀어 준 건 분명하군. 뭐, 우리에게 나쁜 일은 아니지.'

"출발하라!"

뇌평이 배를 출발시켰다.

뇌평이 떠나는 것을 보며, 남궁도가 입꼬리를 말았다.

"제갈무진이 있는 곳이 아니라 물길을 타고 간다? 놈이 어디로 가는지 정확히 알아 오거라."

"예."

뇌평이 타고 가는 배도 일평상단의 것이었다.

"광마제의 제물에 대해 알게 된 뒤에 움직이는 곳이다. 필시 놈과 연관이 있을 터. 남궁진화에 대해 자세히 알아봐야겠구나."

"더 자세히 말입니까?"

"모르긴 몰라도 놈들이 그 양자 놈의 일을 대단히 중요하게 생각하는 것은 알겠더구나. 조급하게 구는 것이 눈에 보이더군. 잘하면 내가 세가를 되찾는 데에 놈들을 이용할 수도 있겠구나."

남궁도의 말에 남궁문이 미간을 찌푸렸다.

"귀천성 놈들입니다. 놈들을 다시 써먹을 생각이십니까?"

남궁문은 스승이 귀천성과 손을 잡는 것은 내키지 않았다. 척 봐도 위험해 보이는 자들이었다.

게다가 귀천성이라는 것 자체부터 생리적인 거부감이 들었다.

"대남궁세가의 가주 될 자가 귀천성 놈들과 손을 잡아선 안 되지. 다만 놈들이 제왕검을 쓰러뜨리게 두는 건 괜찮지 않느냐. 모두, 귀한 세가에 그런 불길한 피를 끌어들인 제왕검의 실책이야. 남궁진화…… 그 양자가 결국 제왕검과 그 자식들의 발목을 잡을 것이다."

남궁도가 눈을 빛냈다.

그는 여전히 남궁세가를 포기하지 않았다.

아니, 오히려 남궁세가를 벗어나고서 더 열렬하게 남궁세가를 향한 욕망을 드러내고 있었다.

티끌 진塵 될 화化 : 기꺼이 나쁠 것이라

정의맹 연맹회의.

하나같이 이름난 무림 명사들이 굳은 얼굴로 고심에 빠졌다.

"주작단도 문제지만 남궁세가 직계 영애가 그곳에 있다는 것도 문제입니다. 어느 무사들 목숨이 더 귀하고 덜 귀하고가 아니라, 남궁세가 직계 거기에 적호단, 여인이라는 점에서 저들이 분풀이와 조롱의 상징으로 삼기 쉽다는 것입니다."

"아직 저들이 모르고 있다 하지 않았소?"

"참으로 송구한 말씀이나, 우리 진혜라면 들키는 것은 시간문제일 것이오. 다들 아시지 않습니까?"

"아! 흠흠. 시간이 없군요."

남궁조의 말에 다들 민망한 얼굴로 납득했다.

그 모습에 부군사로서 회의에 참석한 남궁진휘는 굳은 표정은 유지했으나 얼굴색이 붉어지는 것은 어쩌지 못했다.

"송구합니다."

"아닐세. 다 맹의 일을 하기 위해 움직인 것이 아닌가. 임무에 나선 무인을 비난하는 법은 없네."

남궁진휘의 사과에 무당의 장로 운허진인이 단호하게 고개를 저었다.

운허진인의 말에 대부분 고개를 끄덕였다.

막말로 귀한 남궁세가의 영애가 몸을 사리지 않고 적호단에서 임무를 수행하는 건, 정도 무림의 많은 후기지수에게 귀감이 되는 일이었다.

다만 상징성을 가진 만큼 지금과 같은 위험성도 커지니.

그런 문제라면 남궁진혜뿐 아니라, 여기 정의맹을 이끄는 이들 누구도 자유롭지 못한 부분이었다.

그때, 총군사인 제갈가주가 나섰다.

"남궁세가나, 적호단과 주작단에 적을 둔 무인들을 가진 많은 맹의 동지들에게 유감을 표합니다. 하지만 정의맹이 대처할 방향은 이미 나와 있습니다. 우리는 귀천성과 어떤 타협도 하지 않기로 정하였고, 그들의 어떤 요구도 들어주지 않을 것입니다. 그러니 그들과 타협하지 않는 방향에서, 고립된 적호단과 주작단 단원들을 구할 방도를 찾아야 할 것입니다."

제갈가주의 말에, 사람들이 남궁진휘를 보았다.

그래도 피를 나눈 여동생의 일이니, 자연스럽게 눈길이 갈 수밖에 없었다.

하지만 원칙에 관해선 정의맹보다 확고한 곳이 남궁세가였다.

다른 세가보다 직계 가족이 적은 곳이었지만, 귀천성과의 전쟁 때부터 타협은 없었다.

"다시 조사단을 꾸릴 것입니다. 진법과 환술에 능한 제갈세가의 학사 한 분과 적호단, 창궁무애단 그리고 당문암호대에서 선발할 것입니다. 추적조가 움직인 경로를 따라 위치를 파악하고, 발견 즉시 기습 작전을 펼칠 예정입니다."

"위험한 발상이네. 놈에게 들킨다면 잡혀 있는 이들의 죽음은 기정사실이 되네. 끔찍하게 죽임을 당할 수도 있어."

화산파 장로 육합신검 구선용이 심각한 어조로 말했다.

"차라리 기만책을 쓰는 것은 어떻습니까?"

"기만책요?"

"조사단이 잘못되면, 조사단의 목숨과 잡혀 있는 추격조의 목숨 모두 위험합니다. 감수할 위험이 너무 크다는 말입니다. 그렇다면 차라리 저들이 원하는 거래를 하는 척 접촉하는 것이 낫지 않겠습니까?"

당문 대리인인 고독권 당성문의 말에 몇몇이 고개를 끄덕였다.

하지만 제갈가주가 고개를 저었다.

"홍의생들 중 천살지체가 있다는 것을 알아 간 놈들입니다. 아직 맹 내에 첩자가 남아 있다는 이야기입니다."

칠왕자로 확신하고 있다는 말은 하지 않았다.

이들 중에도 누가 첩자일지 알 수 없었기 때문이다.

얼마 전 군사부, 그것도 부군사가 첩자로 밝혀진 데다, 그 외에도 감찰당과 비선당, 명성당 등등 허드렛일을 하는 잡부부터 집행부의 실세까지 많은 이들이 잡혔다.

수많은 이들을 아직 심문하고 있었고, 많은 이들이 추가로 잡혀 오고 있었다.

첩자 색출은 아직 끝나지 않았고, 언제 끝날지 확신할 수도 없었다.

"허어!"

한쪽에서 탄식이 터졌다.

같은 편을 믿을 수 없어서 더 위험한 일을 할 수밖에 없다니.

안타깝고 기가 막힌 일이었지만, 결국 제갈가주와 남궁진휘가 내놓은 방안을 따를 수밖에 없었다.

"그렇다 해도 너무 아까운 희생이오. 실패했을 경우 대비책은 있는 것이오?"

"없습니다."

"천살지체라는 그의 정체를 가지고 시도해 볼 수는 없는 것이오?"

"천살지체는 역천비록에 적힌 제물에 관한 것입니다. 귀천성의 역천대법이 정확히 무엇을 위한 것인지는 모르겠으나, 귀천성의 부활에 결정적인 것만은 분명합니다. 그 많은…… 아까운 이들을 잃는다고 해도, 그에 대한 보호가 더 중요합니다."

결국 선택지는 없었다.

"……아미타불. 조사단을 꾸리고, 모든 지원을 아끼지 마시오. 그리고 기습 공격에는 실패했을 경우 전투에서 승리할 수 있도록 최대한 많은 인원 동원합시다."

"주작단과 적호단, 창궁무애단은 준비가 되었습니다."

"무당 현문단을 지원하겠습니다."

"모용세가 은하대도 합류하겠습니다."

"화산 매화단도 나서겠네."

예상대로 남궁세가에 우호적인 세력에서 먼저 나서 주었다.

"군사부에서 최적의 전력을 구성해서 조사단을 출발시키겠습니다."

제갈가주의 말과 함께, 회의가 끝났다.

회의 결과에 따라, 제갈가주와 남궁진휘가 지휘하는 군사부에서는 무사 하나하나의 신상과 정보를 확인해서 조사단을 파견했다.

누가 언제 어떻게 출발했는지는, 다음 연맹회의에서도 보고되지 않았다.

휘리리리릭———!

"이런! 모두 피해……!"

쉐에에엑!

"적이다—!"

"발각되었다! 모두 철수한다! 신호 보내!"

쉐에에엑———!

챙! 챙!

조사단은 현홍사를 대비하면서 최대한 조심스럽게 이동했다.

처음에는 추격조의 흔적을 찾아 움직였고, 흔적이 끊기자 예상 경로를 따라서 조를 나눠 조사를 시작했다.

그러던 중 서쪽 계곡을 향해 가던 조사단이 습격을 받은 것이다.

까마귀들의 습격이 시작되고, 조사단은 그들의 공격에 대항하며 빠르게 숲을 나갔다.

그리고 그들과 조금 떨어진 곳에 있던 주작단원은 다른 조사조가 있는 곳에 철수 신호를 보냈다.

지이이이익!

쉽게 불이 피어올랐다.

"후우."

철수 신호를 맡은 주작단원이 연기가 올라가는 것을 보며 한숨을 쉬었다.

그리고 자신도 철수를 위해 움직이려는 순간.

그의 눈에 깜깜한 하늘에 희미한 연기가 오른 것이 보였다.

자신이 피운 것이 아니었다.

"왜……!"

다른 곳도 당한 것인가!

놀란 눈을 뜨는 순간, 두 개였던 연기가 하나 더 늘고, 하나하나 늘더니 마침내 다섯 개가 되었다.

조사단이 나누었던 다섯 조 전부가 신호를 올린 것이다.

쉐에엑――!

"헉!"

챙―!

주작단원이 급히 검을 들어 막았다.

하지만 그의 옆구리를 뚫고 들어오는 검은 미처 보지 못했다.

푸―욱!

"큭!"

질긴 가죽이 뚫리는 소리가 들린 것과 동시에, 주작단원은 온몸에서 힘이 빠지는 듯한 고통에 쓰러졌다.

꿀렁꿀렁 몸을 빠져나가는 피를 막을 힘도 없이 쓰러진 그의 위로, 그를 비웃는 목소리가 들렸다.

뇌평이 벌써 돌아온 것이다.

"쥐새끼 같은 새끼들이 기웃거리긴."

뇌평이 죽은 주작단원을 보며 이죽거렸다.

그의 곁으로 교성흑오대원들 몇 명이 내려왔다.

"남은 놈들 전부 처리해."

"충."

뇌평의 싸늘한 명령이 떨어지고, 교성흑오대이 바쁘게 움직였다.

스스스스슛――!

새가 날아오르고 고요한 숲이 흔들렸다.

잠시 후, 싱그러운 풀 내음 사이로 비릿한 혈향이 퍼졌다.

일이 끝나고 피 묻은 검을 턴 뇌평이 가옥 안으로 들어갔다.

마치 피를 뒤집어쓴 듯, 뇌평의 온몸이 피 얼룩으로 가득했다.

"또, 또, 성질을 부렸구나."

"쥐새끼처럼 움직이는 놈들을 보며 전부 찢어 죽이고 싶어 져요."

제갈무진의 타박에 뇌평이 어쩔 수 없다는 듯 웃었다.

"예상대로 주작단과 적호단, 남궁 놈들에 제갈세가 학사 두 놈과 당문 놈들이 합류했더군요."

"처리는?"

"보시는 것처럼 지저분하게 했죠, 흐흐흐!"

뇌평이 이를 드러내며 웃었다.

그의 옷자락에선 여전히 피가 뚝뚝 떨어지고 있었다.

"온몸의 피를 빼내듯 난도질하고, 살 거죽들은 나무 위에 걸어 놓았습니다. 머리통은 친절하게 입구에 놔뒀습니다. 한 놈을 살려 보냈으니, 놈들이 와서 본다면 깜짝 놀라 겁을 먹을 겁니다."

뇌평이 송곳니를 드러내며 웃었다.

오랜만에 피를 취한 맹수처럼 쉽사리 흥분을 가라앉히지 못하는 모습이었다.

그런 뇌평을 보며 제갈무진이 자애롭게 웃었다.

"놈들에게 모든 일엔 대가가 따른다는 걸 알려 줘야지. 잡혀 있는 놈들 중 몇의 목도 함께 보내거라."

"오, 팔딱팔딱 제일 싱싱한 놈들로 보내겠습니다!"

제갈무진의 말에 뇌평이 신이 나서 나갔다.

주작단과 적호단이라면 정도 무림 정예 중에서도 정예라.

그들을 죽이라는 명에 아이처럼 좋아하는 뇌평을 보며 제
갈무진도 피식 웃었다.

제갈가주나 정의맹이 이렇게 나올 것은 이미 예상한 바였
다.

"정의맹의 머리가 굳은 놈들은 꼭 피를 봐야 칼이 들어온
줄을 알지. 같잖은 명분에 얼마나 많은 목숨을 던질지 지켜
보마."

제갈무진의 눈이 요요하게 빛났다.

조사단으로 갔던 당문 암호대원이 돌아왔다.

돌아온 사람은 그, 단 한 사람뿐이었다.

갑자기 나타난 교성흑오대에 모두가 죽임을 당했다고 했
다.

교성흑오대와 맞붙은 적이 있었던 남궁진휘가 의문을 표
했다.

주작단이나 적호단, 창궁무애단이라면 무위 면에서 그들
보다 약간 우위에 있었다. 아무리 기습이라도 일방적으로 당
할 정도는 아니라는 말이다.

"감각이 이상했습니다. 방향감각, 아니 감각 자체가 좀 둔
해진 느낌이었습니다. 숲 전체가…… 환각에 당한 것도, 진

법이 설치된 흔적도 없었는데, 학사들조차도 이유를 알지 못해서 조심스럽게 접근하던 중이었습니다."

당문암호대의 말이었기에 더 신뢰가 갔다.

그들은 독이나 암기를 다루기에, 평소에 감각이 혼미한 상태에서도 실력을 발휘하게끔 훈련하기 때문이다.

"제갈무진이 숲 전체에 뭔가 해 놓은 모양이군."

"추격조도 어딘가에 그렇게 가둬 놨을 가능성이 있습니다."

남궁진휘의 말에 제갈가주도 고개를 끄덕였다.

남궁진휘의 표정이 다급했다.

그도 그럴 것이, 조사단이 실패했다는 건 남궁진혜가 그만큼 더 위험해졌다는 것이기 때문이다.

"한 사람을 살려 보낸 것을 보면, 뭔가 반응이 있을 걸세. 놈이 쉽게 포기하지 못할 거래이니, 추격조를 죽이지 않을 거야. 구출단을 짜 놓고, 반응을 기다려 보세."

"예."

제갈가주가 남궁진휘를 위로하듯 말했다.

어차피 할 수 있는 것은 그것밖에 없다는 것이, 남궁진휘의 가슴을 불안하게 만들었다.

'진혜야……'

정의맹에만 의지하여 남궁진혜를 죽게 내버려 둘 순 없었다.

하지만 그렇다고 진화를 보낼 수도 없으니.

'구출단에 양청현에 있는 남궁의 모든 전력을 동원해서라도 반드시 구해야 한다! 그래도 안 된다면…… 본가에 급전을 보냈으니, 어른들의 조치를 기다려 봐야지.'

남궁진휘가 애써 불안감을 억누르며, 어른들의 결정에 희망을 걸었다.

하지만 진화는 그런 희망만으로 기다릴 수 없었다.

희망이란 말 그대로 긍정적인 기대일 뿐 실질적으로 힘을 발휘하는 것이 아니라.

이전 생에서 희망을 품고 또 품었지만 사랑하는 이들 모두가 죽었다. 그리고 광마제의 대법을 망친 건, 온몸을 터뜨린 자해였으니.

결국 긍정적 기대보단, 극단적인 선택이 더 효과가 있었던 것이다.

"이, 이게 무슨 짓입니까!"

"글쎄. 네가 보기엔 무슨 짓인 거 같아?"

한숨을 쉬는 듯 묻는 말.

"본 왕자를 이렇게 하고도 무사할 듯싶습니까!"

"나도 알아."

여전히 태연한 대꾸.

한문혜는 더 이상 가식의 가면을 쓰고 있을 수 없었다.

놀란 마음이 좀 가시자, 수치심과 분노가 일었다.

"이이! 이건 멸망을 불러올 것이다. 아무리 본 왕자가 칠왕자라 해도, 네놈 따위의 목숨으로는 절대 끝나지 않을…… 아아아악!"

낮은 목소리로 협박하던 한문혜가 더는 말을 잇지 못했다.

발바닥부터 지독한 고통이 몰려왔기 때문이다.

다리의 혈맥을 모두 얼려 버리는 듯한 한기(寒氣)가 주는 고통이, 모순적이게도 다리가 타들어 가는 듯한 화상의 고통과 같았다.

생전 겪어 보지 못한 고통에 한문혜가 비명을 질렀다.

그런 그를 보며, 한문혜를 묶던 손의 주인이 깜짝 놀랐다.

"아, 도련님, 아무리 그래도 왕자를 고문하면 어떡해!"

그때, 한문혜의 앞으로 다가온 인영이 여상하게 대꾸했다.

"왕자를 납치도 했는데, 뭘. 안 그래?"

"너…… 남궁진화!"

한문혜가 이를 갈며 저를 노려보는 눈빛에, 진화가 생긋 웃어 보였다.

조사단이 죽임을 당했다는 소식을 들은 진화는 인내심이 다했다.

역시 희망이나 기대보다는 극단적인 선택이 나았다.

"이 일이 알려지면 정도 무림에서도 지탄받을 거다!"

"알 게 뭐야, 그런 거."

다시 말하지만, 희망이나 지탄 같은 감정이나 말은 아무도 구해 주지 못한다.

그건 연신 협박을 해 대는 한문혜의 말도 마찬가지였다.

마비혈이 잡혀서 의자에 묶인 칠왕자를 보는 남궁구의 눈이…… 썩었다.

'내 인생은 이제 완전히 끝났지…… 끝난 거야.'

그러면서 남궁구의 손은 착실하게 칠왕자의 손을 묶었다.

칠왕자를 잡아 오기 전.

"위험해!"

진화의 계획을 듣고 남궁구가 펄쩍 뛰었다.

하지만 진화는 단호했다.

"알고 있어. 그런데 조사단이 들켰어."

"뭐?"

남궁구가 깜짝 놀라 되물었다.

"조사단을 보란 듯이 찢어서 죽이고 나무에 내걸었대. 당문 암호대 한 명만 살려서 보냈다고."

뇌평, 그 거미귀신의 짓이 분명했다.

그때 어떻게든 죽였어야 했는데…….

"가, 같이 간 우리 창궁무애단도?"

"전부."

진화의 말에 남궁구가 할 말을 잃었다.

이번 조사단에 창궁무애단원도 나섰고, 당연히 남궁구와 친분이 있는 이들이었다.

"구일 아저씨는 애가 아직 세 살인데…… 개새끼들!"

남궁구가 짧게 욕지거리를 뱉었다.

가슴이 울컥하며 눈시울이 붉어졌다.

하지만 진화에게는 그들의 죽음을 슬퍼할 시간이 없었다.

"한 명 살려 보냈다는 건, 아직 거래를 깨진 않겠다는 뜻이야. 하지만 이쪽에 경고를 하기 위해서도, 추적조에 뭔가를 할 거야."

"총군사나 소가주님이 뭔가 방법을 찾으시지 않을까?"

"그 전에 누님이 들키면? 자꾸 잊어버리는데 우리 누님 남궁진혜야. 게다가 정의맹이기 때문에 할 수 없는 일이 더 많아. 협상 따윈 생각도 안 할 거라고!"

진화의 목소리가 떨렸다.

진화가 얼마나 초조한지 알려 주는 듯했다.

진화의 이런 모습은 처음인지라, 남궁구의 목소리도 덩달아 진지해졌다.

"그래서, 어쩌려고?"

남궁구의 물음이 진지했다.

그렇게 시작된 것이, 지금 남궁구가 왕자의 팔을 묶고 있
는 이유였다.

'속은 거지. 설마 왕자를 습격해서 끌고 올 줄이야.'

남궁구는 엄청난 일을 저지르고 있다는 사실을 깨닫자, 점
점 현실감이 떨어지는 듯했다.

"이러고도 내가 가만히 있을 거라고 생각하나?"

칠왕자가 죽일 듯이 진화를 노려보았다.

하지만 그가 착각하는 것이 있었다.

"그럼 넌, 네가 살아 나갈 수 있을 거라고 생각하나?"

진화가 덤덤하게 물었다.

차디찬 시선이 왕자를 내려다보고.

진화의 눈을 본 칠왕자 한문혜는 가슴이 철렁 내려앉았다.

'이놈, 정말 날 죽일 생각인가?'

살기조차 비치지 않는 검은 눈동자.

다른 사람은 몰라도 한문혜는 그게 무슨 의미인지 읽어 낼
수 있었다.

분노나 살기는 당장 죽이고 싶은데 그럴 수 없을 때나 비
치는 것이다.

하지만 진화처럼 상대를 언제든 죽이겠다는 생각을 가지

고 있는 사람은, 상대의 발언에 일일이 화를 낼 필요를 느끼지 못한다. 말 그대로, 언제든 죽일 수 있기에 죽은 사람이나 다름없이 여기는 것이다.

"와, 왕부에서 가만히 있을 것 같나?"

"왕부에서 어떻게 알고?"

"내 가신들이 가만히 있지 않을 거다! 왕자들과 가장 많은 마찰을 빚은 것이 너이지 않나?"

"아까 말을 그대로 돌려주지. 오왕부 주제에 남궁세가의 직계를 증거 없이 압박할 수 있을 것 같아? 많고 많은 왕자 중에 하나, 그것도 말석인 칠왕자 하나가 위험한 무림에서 사라진 거야. ……그러게 왜 혼자 있었어, 왕자가."

"……!"

한문혜의 눈이 커졌다.

진화의 말에서, 그가 정말로 자신을 죽인 후까지 생각하고 있음을 깨달은 것이다.

"내게 뭘 원하는 거지?"

한문혜가 태세를 달리했다.

"추격조는 어디 있지?"

"뭐, 뭐?"

<u>스으으으.</u>

한문혜의 되물음에 진화의 눈빛이 서늘하게 식어 내렸다.

동시에 다시 한문혜의 정강이로 한기가 스며들었다.

"크큭! 자, 잠깐!"

아까의 고통을 떠올린 한문혜가 시작도 전에 하얗게 질렸다.

하지만 진화는 멈추지 않았다.

"아아아아아악———!"

"미안, 못 들었어."

비명을 지르는 한문혜를 보며 진화가 천연덕스럽게 말했다.

"허억. 헉. 헉……."

"너, 내 눈 봤잖아. 그게 뭔지 아니까, 제갈무진에게 달려간 거잖아. 다시 물을게, 추격조는 어디 있지?"

"헉. 헉……."

진화의 말에 한문혜의 눈동자가 하염없이 흔들렸다.

'드, 들켰다고?'

정신적 압박과 고통이 한문혜의 판단력을 흔드는 것이 눈에 보였다.

궁지에 몰렸음에도 한문혜가 남궁진혜를 가지고 역으로 협박하지 않는 것을 보면, 저들은 아직 남궁진혜가 추격조에 있는 걸 모르는 듯했다.

진화의 마음이 급해지는 만큼 눈빛이 점점 차갑게 가라앉았다.

"추격조는 나도……."

"대답, 잘해야 할 거야. 내가 인내심이 없어서."

"나, 나도! 정확히는 몰라!"

한문혜가 급히 소리쳤다.

한문혜는 이미 무너져 있었다.

생전 처음 겪어 보는 고통도 고통이지만, 그는 진화의 눈빛을 읽고 완전히 겁을 먹었다.

사람의 감정과 심리를 읽어 내는 그의 재능이 오히려 그의 발목을 잡은 격이었다.

진화의 눈 속에 있는 깊은 증오를 읽고 말았으니 말이다.

"숲 어디쯤이야?"

"옥혼진을 설치한 건 뇌평이야! 숲 전체에서 가장 기운이 어질러진 곳을 찾는 건, 설치자밖에 모른다고! 정말이야!"

숲 전체에서 가장 기운이 어질러진 곳이라······.

진화의 생각이 깊어졌다.

'이전에도 제갈무진이 현홍사와 교성흑오대로 만든 진법을 사용했었지. 환각에 빠진 듯했지만 그것과는 달랐어. 시각을 속인 거였다.'

어쨌든 하나는 확실해졌다.

남궁진혜와 추격조는 아직 그 숲에 있는 것이다.

필요한 것을 알아낸 진화가 한문혜를 보았다.

진화와 눈이 마주친 한문혜가 다급해졌다.

"사, 살려 줘! 이 일은 절대로 함구하겠다!"

"……."

한문혜의 눈을 보던 진화가 씨익 웃었다.

"어차피 넌 칠왕자잖아. 귀천성의 성패가 네게 중요한가?"

"뭐?"

"네 목적은 귀천성에 충성하는 게 아닌 것 같아서. 아니야?"

"……."

진화의 물음에 한문혜가 입을 다물었다.

'살 수 있다는 희망이 생기자마자, 입을 다물고 머리를 굴리는군. 이런 인간은 절대 맹목적인 신념을 가질 수 없지. 역시 넌 귀천성도가 아니야.'

진화가 아는 귀천성도라면, 진화를 속이려 하든가 입을 다물고 죽었을 것이라.

한문혜가 입을 다무는 건 오직 자신을 위해서일 때뿐이었다.

"입 다물고 있어 주지. 서로 협력하자고. 어때?"

진화가 한문혜에게 제안하는 광경을 보며, 남궁구는 아주 오래전 진화가 남궁교명에게 손을 내밀던 것이 생각났다.

'그때도 저렇게 웃으면서 '어때?' 하고 물었었는데…….'

그러고 나서 남궁교명의 뒤통수를 때렸었다.

하지만 그걸 모르는 한문혜는 잠깐 고민하는 듯하다가 천천히 고개를 끄덕여 진화의 제안을 받아들였다.

남궁진혜와 추격조가 그 숲에 있다는 것을 알아낸 진화가 남궁진휘를 찾았다.

진화의 말을 들은 남궁진휘는 깜짝 놀랐다.

"왕자와 대화를 나눴다고?"

남궁진휘는 도무지 믿을 수 없다는 듯 진화를 보았다.

하지만 진화가 사안의 심각성을 모를 리도 없고, 다른 것도 아닌 남궁진혜의 일에 경솔하게 움직일 리도 없었다.

"왕자가 귀천성을 배신한 것이냐? 너는 무엇을 주었고?"

"그냥 서로 협력하는 것이 어떻겠냐는 식으로 설득했고, 그게 통한 겁니다."

"설득을 했고, 그게 통했다고?"

더더욱 믿기지 않는 말에, 남궁진휘가 남궁구를 보았다.

남궁구의 표정이 좀 이상하긴 했지만, 어쨌든 믿어도 좋다는 듯 고개를 끄덕였다.

"어쨌든 형님, 그 숲에서도 가장 기운이 혼잡한 곳을 찾아야 합니다. 그러니 제가 가야 합니다."

"뭐? 안 된다!"

진화의 말에 남궁진휘가 생각할 것도 없다는 듯 고개부터 저었다.

하지만 이렇게 물러날 진화가 아니었다.

"저는 제갈무진의 진법에 당해 본 적이 있습니다. 눈의 맹점을 파고들어서 시각을 속인 진법입니다. 눈에 보이는 것을 믿을 수 없는 곳에서 음과 양의 기운이 어지럽게 깨어진 곳을 찾으려면 제가 가야 합니다."

"진화야!"

"형님, 급합니다! 진혜 누님이 언제 나설지 알 수 없습니다!"

진화를 말리려던 남궁진휘도 이번만큼은 부정할 수 없었다.

진화가 순화해서 말했지만, 남궁진혜라면 벌써 난리를 치고도 남을 시간이었다.

"진법 파훼가 가능한, 경지를 넘은 무인입니다. 저를 믿어주십시오."

고민하는 남궁진휘에게 진화가 강인한 눈빛으로 말했다.

"진화야……."

무인인 자신의 경지를 숨기는 것은 목숨처럼 치키는 관습이라, 가족조차도 알지 못하고 묻지 않는 것이었다.

그런데 진화가 제 입으로 경지를 밝혔다.

남궁진혜를 구하러 가는 데에 빠지지 않겠다는 의지의 표현이었다.

남궁진휘가 진화의 눈을 보았다.

이글이글 불길이 타는 듯 진지한 눈빛.

"네가…… 숙부님 아들이 맞긴 하구나."

남궁진휘의 말속에 한숨이 섞여 나왔다.

남궁가주도 이런 눈을 한 남궁경은 말리지 못했다.

"반드시 누님을 구해 올 것입니다."

"하아. 부탁하마. 모든 전력을 동원할 것이다. 남궁조 숙
부님부터, 동원되는 무단의 단주들이 모두 동원될 것이다.
그러니…… 넌 제발 안전하게 물러나 있어 다오."

"예. 그리하겠습니다."

아아, 숙부님도 딱 저런 눈으로 거짓말을 했었는데…….

남궁진휘는 불안과 걱정을 감출 수 없었다.

콰―엉!

"아아아아악! 짜증 나네, 정말!"

남궁진혜가 날린 검기가 나무에 부딪혀서 굉음을 냈다.

하지만 나무가 쓰러지지 않았다.

"아, 미치겠네, 정말! 무슨 강철 나무야?"

남궁진혜는 숲이 날아가도 시원찮을 판국에 멀쩡하게 서
있는 나무를 보며 길길이 날뛰었다.

그녀의 뒤에서 수하 중 하나가 한숨을 쉬었다.

"벌써 열 번째구먼. 매번 저렇게 난리 치는 것도 신기하네."

"우리 조장 몰라? 한번 물면 포기를 모르는 남궁의 청견화!"

이미 적호단 조원들은 남궁진혜의 성향에 적응한 듯 보였다.

오히려 주작단원들이 불안한 듯 보고 있었다.

"좀 말려 보지그래? 저러다가 놈들을 불러오면 어쩌려고."

주작단원 하나가 적호단원의 옆구리를 슬쩍 찔렀다.

주작단 조장 또한 아닌 척 적호단원을 보고 있었다.

아무리 그라도 적호단주와 맞장뜬다는 청견화를 말릴 자신은 없는 듯했다.

"으아아아악! 누구라도 나타나라고!"

남궁진혜가 제 성질에 못 이겨 소리를 질렀다.

그걸 보며 적호단원이 주작단원에게 어깨를 으쓱해 보였다.

"우리 조장 사부님이 그랬다는군. '네 머리로는 함정을 피하긴 어렵고, 진법은 더더욱 피할 수 없다. 대신 그걸 만든 놈을 작살 낼 순 있을 것이다.'라고."

"아……."

적호단원과 남궁진혜를 번갈아 보던 주작단원이 고개를 끄덕였다.

"그래! 누가 이기나 해보자! 때리다 보면 어떤 놈이든 오겠지! 아아아악!"

악에 받친 남궁진혜가 아까 그 나무에 검기를 날렸다.

콰———엉!

꿍음과 함께 땅이 흔들리는 것을 느끼며, 적호단과 주작단이 진동에 몸을 맡겼다.

그렇게 효과가 있을 만한 행동은 아니었지만, 누구도 그 말을 하지 않았다.

그런데 그때.

쉐에엑———!

퍼—엉!

이전의 꿍음과 조금 다른 소리였다.

"누가 죽으려고 이렇게 발악을 하는 거지?"

나무 사이로, 한 사내가 걸어 들어왔다.

그와 함께 언제 왔는지, 그들 주변으로 빼곡하게 교성흑오대가 자리했다.

주작단과 적호단이 긴장하며 사방을 경계했다.

그 속에서.

"왜 이제 나타나고 지랄이야, 새끼야."

남궁진혜가 당장 분풀이할 상대가 등장하자 살기를 풀풀 날리며 앞으로 나섰다.

정의맹에서 구출단이 결성되었다.

"내 새끼들이 제일 위험하니, 난 무조건 갑니다!"

적호단주의 강력한 주장이 있었지만, 결론적으로는 반려되었다.

역천비록을 지키는 것이 무엇보다 중요한 때라, 의선문 방비를 맡고 있는 적호단주와 적호단의 인원을 뺄 수 없다는 이유였다.

게다가 이미 구출단을 위한 지원에 많은 문파가 나서고 있었다.

얼마 전 정의무학관을 우수한 성적으로 졸업한 무당일검 청수검 무현이 무당현문단을 끌고 합류했다.

"자네, 정말 장가 안 오겠나?"

"무량무술……."

청수검 무현은 마흔이 되기 전에 경지를 넘을 것이라 기대하는 무당 제일 기재라.

위험한 임무에 그를 내준 무당파에 남궁진휘가 특별히 감사를 표했고, 청수검이 겸허하게 사양했다.

남궁세가와 우호적인 모용세가에서는 은하영검(銀河獰劍) 모용관천이 이끄는 모용은하단 서른 명을 내주었다.

거칠고 사나운 북방의 검수들로 이뤄진 모용은하단은, 이민족과의 전쟁을 통해 난전 상황에 특화되어 있으며, 특히 적의 기습에 잘 대처하는 것으로 알려진 무단이었다.

그중에서도 은하영검 모용관천은 북방의 하얀 늑대, 백랑

(白狼)이라 불리며 전쟁을 통해 이름을 날리게 된 실전형 고수였다.

사실상 남궁조와 함께 이번 구출단의 후방을 이끌 예정이었다.

"역시 우리가 앞쪽을 맡는 것이 낫지 않나? 남궁세가의 사정은 이해하지만, 일의 성패를 생각하면 말이야."

은하영검 모용관천이 남궁조에게 은근슬쩍 물었다.

뇌선검 남궁조와 은하영검 모용관천은 지난 전쟁에서 함께 활약한 동료이자 친우 사이였다.

남궁조가 정의맹에서 웃으면서 지내는 몇 안 되는 사람 중 하나였고, 그건 모용관천도 마찬가지였다.

"오, 자네가 그 유명한 남궁세가의 뇌화공자인가?"

"처음 뵙습니다. 인사가 늦었습니다. 남궁진화라 합니다."

"아이쿠! 이렇게 예의 바른 남궁씨는 오랜만이네. 크험, 여기 있는 남궁은 영…… 알지?"

모용관천이 능청스럽게 눈을 찡긋해 보이며 진화를 친근하게 대했다.

모용관천은 남궁조보다 머리 하나 큰 장신에 단단한 체구, 옅은 색의 체모에, 찔러도 피 한 방울 안 나올 듯 날카로운 외모를 하고 있었지만, 장난스러운 미소를 지으니 한결 순해 보였다.

"흥, 하나는 알고 둘은 모르는군. 거기 그놈이 경이 놈의 아들이라고."

"엑? 경이 놈에게 아들이 생긴 줄은 알았지만, 정말로 이 꽃 같은 도련님이 그 불곰 같은 남궁경 놈의 아들이라고?"

남궁조의 말에 모용관천이 깜짝 놀란 얼굴을 했다.

과장된 행동에 장난기가 그득한 것이, 모용관천은 진화의 아버지인 남궁경과도 친분이 깊은 모양이었다.

"경이 놈의 아들이라면, 내게도 조카지. 앞으로 모용 백부라고 부르게."

"백부는 무슨! 나이도 제일 어린 놈이! 숙부지! 그것도 작은숙부!"

모용관천의 말에 남궁조가 발끈했다.

"진화야, 이놈과 나, 네 아버지는 의형제나 마찬가지니, 이 녀석은 작은숙부라 부르거라."

남궁조의 말에 진화가 눈을 동그랗게 떴다.

남궁조가 나서서 숙부라 부르라는 것을 보면, 아버지와 남궁조, 모용관천의 친분이 그의 생각보다 깊은 모양이었다.

"어떤가, 이번 임무는 이 지루한 남궁 숙부보다 유쾌한 모용 숙부와 함께하는 것이? 이 숙부가 다른 건 몰라도 쥐 새끼들이 파 놓은 굴은 기가 막히게 알아보거든."

"어딜!"

모용관천이 진화를 꾀는 듯하자, 남궁조가 얼른 나서서 사이를 가로막는 척했다.

"흐흐흐, 이 자식아. 우리도 비결이 다 있다고. 이번에는 후방으로 물러나."

남궁조가 진화를 보며 웃어 보였다.

눈빛이 마치 '우리 복덩이!'라고 말하는 듯했다.

진화는 중요한 임무 전 이렇게 농담을 나누며 자신의 어색함이나 긴장을 풀어 주려는 그들의 노력이 고마웠다.

남궁세가는 이번 임무에 뇌선검 남궁조와 진화를 비롯해서 오십 명 가까이 되는 창궁무애단을 선발했다.

남궁진혜가 막나가기는 해도 남궁세가의 유일무이한 직계 영애였다.

남궁세가는 양청현에 있는 창궁무애단원 중 정예만을 골라 임무에 나서는 동시에, 본가에 이 일을 알리고 지원을 요청해 둔 상태였다.

"출발은 어떻게 하시겠습니까?"

주작단주 구화검(九華劍) 구격용이 남궁조에게 와서 물었다.

"매화단과 주작단은 모든 준비가 끝났나?"

"예."

"그렇다면 바로 출발하겠네."

구화검 구격용은 화산매화단 부단주 출신의 고수로, 주작단주를 역임하며 두 무단을 함께 이끄는 데에 적임자였다.

"그런데 정말 이대로 괜찮으시겠습니까?"

"이 일을 양보해 줘서 고맙네."

"그런 거 괜찮습니다. 다만, 주작단은 이런 수색 작업과 적의 방어를 뚫는 데에 능한 무단입니다."

"허허허, 모용세가에서도 그러더니, 자네도 앞장서는 데에 욕심을 보이는가? 모용은하단이나 주작단의 능력이야 내 충분히 알지. 그러나…… 남궁이 나서야만 하는 일일세."

주작단주의 걱정 섞인 제안을 거절하며, 남궁조의 눈이 단호하게 빛났다.

인질로 잡힌 추격조에는 주작단원들도 있었지만, 아무래도 남궁세가의 직계와는 무게감이 달랐다.

남궁세가는 남궁진혜를 구하기 위해 귀천성과의 거래 외에는 어떤 일도 할 각오가 되어 있었다.

"준비한 전략에 따라, 창궁무애단이 인질이 잡힌 장소를 찾아 나가고 그 뒤를 무당현문단과 모용은하단이 따를 것이네. 주작단과 매화단은 약속대로 주변 경계를 맡아 주게."

"함정은 그렇다 해도, 진법에 대한 대비는 있으십니까?"

"글쎄. 귀천성 놈들을 상대하는 것이라면 우리 남궁세가도 누구에게 뒤지는 편은 아니네."

주작단주의 물음에 남궁조가 눈을 빛내며 씨익 웃어 보였다.

"……그럼 뒤는 맡겨 주십시오."

남궁조가 보이는 자신감에, 주작단주 구격용은 귀천성과

의 전쟁에서 남궁세가가 홀로 양주를 지켜 냈다는 사실을 떠올렸다.

단일 세가로 귀천성에게 단 한 번도 패배하지 않은 유일한 곳이 바로 남궁세가였던 것이다.

뇌선검 남궁조는 당시 남궁세가를 지키며 최전선에서 귀천성을 교란시키던 창궁무애단의 부단주였었다.

"그럼 출발하지."

구출단을 앞에서 이끄는 남궁조의 말과 함께 모두가 움직였다.

울창한 숲 깊은 곳.

적이 알 수 없는 진법으로 정찰조를 죽이고, 여전히 추격조를 인질로 잡고 있는 곳이었다.

남궁조와 모용관천이 진화의 긴장을 풀어 주려고 했던 것과 반대로, 긴장감이 극한으로 오른 창궁무애단이 가장 먼저 숲으로 들어갔다.

"기감 끌어 올리고 사방을 경계한다!"

창궁무애단의 뒤로 무당현문단과 모용은하대가 후방을 경계하며 뒤를 따랐다.

"산개하라."

주작단과 화산매화단은 그들의 주변으로 흩어졌다.

사람의 소리, 기척, 냄새가 완전히 사라진 깊은 숲.

진화의 눈썹이 꿈틀거렸다.

한껏 끌어 올린 진화의 기감에, 발을 딛는 순간 음양의 조화가 어그러진 것이 느껴졌다.

―숙부님, 여기서부터 기운을 끌어 올려 정신을 보호해야 합니다.

진화의 전음에, 남궁조가 고개를 끄덕이고 뒤로 조용히 명령을 전달했다.

그동안 진화의 눈이 매섭게 주변을 살폈다.

안력을 높인 시야에 나뭇가지 사이로 걸쳐진 가느다란 현홍사가 보였다.

진화가 다시 신호를 하고, 남궁조는 주변에 있는 주작단과 매화단에 현홍사의 존재를 알렸다.

―지금 끊어 놓으면 누님이 있는 곳을 찾지 못할 수도 있습니다. 일단 인지만 해 놓고 전투가 시작되고 난 후에 끊는 것이 좋겠습니다.

―알겠다. 현홍사가 있는 곳에 매화단원을 남겨 두마.

귀천성이 설치한 진법이라면 전쟁이 한창일 때에 종종 당해 본 일이 있었다.

많은 선배들이 섣불리 진법을 건드리고 죽는 일이 있었기에, 남궁조는 진화의 말에 고개를 끄덕였다.

하지만 속으로는 놀라움을 금치 못하고 있었는데.

'진휘가 왜 진화의 합류를 허락했나 했더니, 기운의 조화를 민감하게 느낄 수 있다라…… 천뢰제왕신공이 음양의 조화에 깊은 깨달음이 있어야 하긴 하지만, 나와는 또 다르군. 진화가 그분의 제자라는 소리를 들었는데, 그 때문인가?'

남궁조의 눈이 신중하게 앞을 나서는 진화를 향했다.

한 발, 한 발 앞으로 나서자, 확실히 진화의 말처럼 감각이 이상해졌다.

처음은 가벼운 울렁거림, 두 번째는 어지러움을 느꼈다.

─어지러움을 느낄 겁니다. 현홍사로 만들어 놓은 착시 때문입니다. 나무의 수평을 땅과 달리하여 괴리를 만들어 놓고, 곳곳에 기운의 조화를 깨뜨려 놓았습니다. 숲이 보이는 그대로 믿지 마시고, 아예 땅만 보고 가는 것이 좋겠습니다.

진화의 전음은 남궁조를 통해 그대로 다른 사람들에게 전달되었다.

창궁무애단에는 직접 명을 내리고, 다른 무단에는 단주에게 전음을 보냈다.

지휘 체계에 혼선이 없게 하기 위함도 있었지만, 진화에 대해서는 최대한 숨기는 것이 좋겠다는 남궁진휘의 부탁이 있었기 때문이다.

─동남쪽, 전나무의 현홍사 매듭에 매화단원을 배치하는 것

이 좋겠습니다. 나무 안에 박아 놓은 현홍사가 나무의 음기를 강하게 내뿜게 만들어서 이 주변 전체의 기운까지 어지럽게 만들었습니다. 전투가 시작되면 바로 끊어 내야 합니다. 되도록 저 나무 근처는 지나지 마십시오.

남궁조가 주작단주와 모용은하단주에게 진화의 전음을 전달했다.

'과연 남궁세가인가? 진법을 빠르게 파악하는군.'

앞에서 진법을 파악하는 사람이 진화인 것을 모르는 이들은, 거침없이 상대의 함정을 파악하고 앞으로 나가는 남궁조와 창궁무애단의 모습에 감탄하고 있었다.

특히 남궁조를 잘 안다고 자부하던 모용관천은 상당히 놀라고 있었다.

'남궁조 녀석이 이렇게 세심한 부분까지 지시를 내리다니, 놀랍군. 계속해서 발전하고 있는 건가.'

모용관천이 발전하는 남궁조에게 감탄하는 동시에 승부욕을 끌어 올렸다.

숲으로 들어갈수록 점점 어지러움 증상이 심해짐과 함께, 모두가 제갈무진의 진법 깊숙이 들어왔다는 것을 느꼈다.

비틀.

"큿!"

나뭇가지에서 떨어지려는 주작단원을 잡은 주작단주는, 한숨을 내쉼과 동시에 모골이 송연해졌다.

만약 살아남은 당문암호대원의 증언이 없었다면, 남궁세가로부터 주의사항이나 대처 방법을 듣지 않았더라면?

아마도 이전 조사단처럼 꼼짝없이 당했을 것이라.

그때, 진화가 걸음을 멈추었다.

진화의 손길을 따라 고개를 든 창궁무애단원들 눈앞에 보이는 광경에 할 말을 잃었다.

"헉!"

"크웃. 이 개새끼들!"

누군가 신음을 내고, 누군가는 참지 못하고 욕지거리를 뱉었다.

그도 그럴 것이, 조사단이었을 것으로 추정되는 이들의 시체 조각이 나무와 나무 사이, 현홍사에 주렁주렁 걸려 있었던 것이다.

바닥 곳곳에는 말라붙은 핏자국과 짐승에게 뜯어 먹히고 남은 뼛조각이 뒹굴었다.

─뒤에도 전달해야죠. 부패가 꽤 진행되었는데도 냄새를 알아차리지 못한 것을 보면, 감각이 상당히 둔해진 게 분명합니다. 이제부턴 진짜 긴장해야 해요.

진화의 전음에 얼굴을 굳히고 있던 남궁조가 고개를 끄덕였다.

─시신은 돌아가는 길에 수습해야 합니다. 지금 현홍사를 건드리면, 놈들이 우리 존재를 알아차릴 수 있어요.

-알겠다.

남궁조의 표정을 보며 진화가 고개를 젓고, 남궁조도 진화의 의견을 받아들일 수밖에 없었다.

죽은 이들을 수습하는 것도 중요하지만, 당장은 살아 있는 이들을 구하는 것이 먼저였기 때문이다.

그렇게 창궁무애단이 현홍사에 내걸린 동료들의 시신도 수습하지 못하는 분함을 안고 앞으로 나가고, 이어서 남궁조에게 전음을 들은 모용은하단과 무당현문단이 안타까운 표정으로 그곳을 지났다.

진화 또한 긴장감을 끌어 올렸다.

-시각을 한곳에 집중하고, 내공으로 기감을 유지해야 합니다. 사기가 침습하고 있습니다.

대체 숲에 무슨 짓을 한 것인지.

진화가 음습한 사기로 시커멓게 죽어 가는 나무와 풀 너머를 노려보았다.

'저기!'

진화의 눈이 날카롭게 빛났다.

그리고…….

-앞에 전투입니다!

"뭐?"

깜짝 놀라서 남궁조가 되묻는 것과 동시에, 진화가 검을 꺼내 들었다.

파지지지지직----!

쉐에에에엑----!

진화의 검에서 푸른 번개 줄기가 무작위로 앞을 향해 쏘아
졌다.

펑! 퍼벙! 펑펑!

굉음과 함께, 말도 안 되는 광경이 펼쳐졌다.

번개에 공간이 찢겨 나가듯, 죽은 나무 사이로 풀숲이 있
는 공터가 나타난 것이다.

그 너머로, 한창 전투를 벌이는 교성흑오대와 조사단 일행
이 보였다.

"모두 죽여라!"

남궁조의 명령과 함께, 창궁무애단이 검을 빼 들고 교성흑
오대를 향해 달려들었다.

"놈들이다! 전부 죽여라--!"

"무당 검수들은 지금부터 조사단을 구출한다-!"

모용관천 또한 모용은하단과 함께 검을 들고 교성흑오대
를 덮치고, 청수검 무현과 함께 온 무당현문단은 싸우고 있
는 주작단원과 적호단원을 돕기 위해 움직였다.

그리고 진화는 남궁진혜를 찾았다.

그녀를 찾는 건, 그리 어렵지 않았다.

채---앵! 챙! 챙!

"이 빌어먹을 새끼! 대가리 뚜껑을 따 버리겠어-!"

한껏 열이 받은 남궁진혜가 뇌평을 향해 검을 휘두르고 있었다.

"아이고, 저 형님집 망나니 딸 좀 보게. 늦었으면 큰일 날 뻔했군!"

흥분으로 혈관이 터진 것인지, 붉게 변한 눈을 희번덕이며 검을 몰아치듯 휘두르는 남궁진혜의 모습에, 남궁조가 안도하는 동시에 이마를 짚었다.

하지만 진화의 눈엔, 남궁진혜의 온몸에 있는 상처가 먼저 보였다.

온몸에 성한 곳 없이 크고 작은 상처들에서 피가 흐르는데, 등만 빼고 멀쩡한 부분이 없었다.

결단코 적에게 등만은 허락하지 않은 모습이, 참으로 남궁진혜답지 않은가.

목에 스친 듯 붉은 혈선.

특히 왼쪽 어깨와 팔과 오른쪽 허벅지는 남궁진혜 스스로 천을 동여매었을 정도로 심각했다.

'하나같이 치명적인 급소들…… 그런데 상처를 수습할 시간까지 줬다고?'

남궁진혜가 저렇게 흥분한 이유를 알 것 같았다.

농락당한 것이라.

언제든 죽일 수 있는데 죽이지 않고, 가지고 놀듯 남궁진혜를 모욕한 것이라.

'잠시 지나쳐 둔 벌레 따위가 감히-!'

파지지직-!

진화의 눈동자에 푸른 천둥이 내리쳤다.

그리고 공터에는 실제로 푸른 번개가 쏟아져 내렸다.

콰광-! 쾅! 쾅!

퍼---엉!

"너, 너는……!"

뇌평이 진화를 발견하고 눈을 부릅떴다.

하지만 곧장 진화에게 달려오진 못했다.

"어디로 눈깔을 돌려!"

쉐에에엑--!

상처 입은 짐승처럼, 남궁진혜가 이를 드러내며 검을 휘두르고 있었기 때문이다.

한편.

한창 전투 중인 공터와 떨어진 곳.

감각이 어질러진 숲에서는 알아채지 못할 만큼 먼 곳의 나무 꼭대기 위에서, 두 명이 공터에서 벌어지는 전투를 지켜보고 있었다.

"어떤가?"

제갈무진이 미소를 지으며 물었다

이미 문혜를 통해 눈을 확인했고 남궁도에게 광마전 제물이었다는 것을 들은 후였다.

지금은 그저, 광마전의 광인들에게 확인시키기 위한 과정일 뿐이라.

"저것이 주군의 물건이라고?"

귀면갑을 쓴 사내가 진화를 가리켰다.

콰—광!

굉음과 함께 기파가 퍼졌다.

"큿!"

"내 동생한테서 눈깔 치워, 새끼야."

뇌평과 검을 맞댄 남궁진혜가 이를 드러내며 웃었다.

가슴속에서 열이 들끓어서일까.

속에서부터 기운이 솟구치는 듯했다.

하지만 그게 꼭 남궁진혜의 기분만은 아닌 듯.

챙-! 챙챙--!

뇌평과 검을 부딪칠 때마다 남궁진혜의 기운이 강해졌다.

그녀의 검에 어린 푸르스름한 기운도 점점 짙어졌다.

"누님……."

진화가 놀란 눈으로 남궁진혜를 보았다.

붉어진 그녀의 눈이 점점 맑아지고, 상처에서 흘러내리던 피가 멈췄다.

'경지를 넘어서시려는 건가!'

진화의 눈빛이 울렁거렸다.

이전 생에선 남궁진혜가 경지를 넘어섰다는 얘기를 들은 적이 없었다.

저렇게 눈부신 재능이 남궁세가의 불행 속에 매몰되었었다는 생각이 들자 한없이 미안해졌다.

자신이 아주 조금 달라진 것만으로도 남궁이 변하는 것을 보았기에, 더더욱 그러했다.

'아무리 그래도 여기선 위험한데…….'

진화의 움직임이 빨라졌다.

쉐에에엑——!

푸—욱!

"큭."

진화가 찔러 넣은 검을 돌리자 교성흑오대원의 입에서 신음이 나왔다.

"누님의 곁엔 아무도 못 간다."

진화가 뇌평과 남궁진혜의 주변에서 바쁘게 움직였다.

다른 곳에선 이미 교성흑오대를 상대로 압도적인 전투를 이어 가고 있었다.

이곳에 온 무단들 면면이 실전에서 다져진 무인들로 구성된 데다, 남궁조와 모용관천이라는 전쟁 경험이 풍부한 고수들이 그들을 이끌고 있었으니.

전투가 시작되자마자 주작단과 매화단이 곳곳에 있는 현홍사를 끊으며 진법을 풀었고, 창궁무애단과 모용은하단, 무당현문단은 수적 우위에도 불구하고 한 치의 방심 없이 교성흑오대를 몰아붙였다.

쉐에엑—!

진화의 검이 남궁진혜의 뒤로 접근하는 교성흑오대원의 몸을 날카롭게 갈랐다.

동시에 진화의 왼손이 뇌기를 뿜었다.

파파팟——!

"크어억!"

천뢰장의 뇌기가 공중으로 뿜어지는 피를 타고 번지며, 다른 교성흑오대원의 접근을 막았다.

남궁조와 진화의 눈이 마주쳤다.

─진혜를 맡거라.

남궁조의 전음에 진화가 고개를 끄덕였다.

남궁조는 물론이고, 모용관천 또한 남궁진혜의 상태를 눈치챈 듯 교성흑오대를 뒤로 물리면서 싸우고 있었다.

이제 진화의 시선이 안심하고 남궁진혜와 뇌평에게 집중되었다.

'뇌평.'

죽여야 하는데…….

그를 놓치고 얼마나 많은 이들이 죽었던가.

귀천성 놈들은 기회가 되었을 때 죽여야 하는데, 지금 또 이렇게 보고 있어야 하는 것이 영 마음이 불편했다.

하지만 그렇다고 당장 죽일 수도 없는 것이, 지금 남궁진혜가 경지를 넘어서려 하고 있었다.

무인에게 경지라는 건, 단지 무재가 있고 수련이 오래되었다고 넘을 수 있는 것이 아니라.

가공할 무재에 오랜 수련과 깨달음 그리고 깨달음을 받아들일 수 있는 안전한 시간이 필요했다. 경지를 넘은 무인을 달리 하늘의 선택을 받았다고 하는 것이 아니리라.

저렇게 찾아온 깨달음의 기회를 놓치면, 또 언제 다시 올지, 어쩌면 다시는 찾아오지 않을지도 모르니.

이렇게 위험천만한 순간에 깨달음을 맞은 남궁진혜를 보며, 진화는 안절부절못하면서 바라볼 수밖에 없었다.

콰광─!

쾅! 쾅!

흥분은 가라앉은 듯했지만, 여전히 남궁진혜가 뇌평을 몰아붙였다.

공격 일변도처럼 몰아붙이는 것은 본래 남궁진혜의 성격이라.

계속 물러나는 것처럼 보였지만 뇌평도 만만치는 않았다.

좌아아아아———!

쉐에엑–!

휘어진 도가 남궁진혜의 검을 긁어내리듯 내려와 그녀의 팔을 그었다.

진화의 눈이 움찔했다.

"아……!"

진화가 탄성을 내었다.

푸욱–!

등 뒤로 쓰러지는 교성흑오대의 시체를 털어 내며, 진화는 안타까운 눈빛으로 남궁진혜를 보았다.

방금 뇌평의 공격으로 상처를 입으며, 남궁진혜의 각성이 끊긴 듯했기 때문이다.

깨달음의 목전에서, 남궁진혜는 호흡과 눈빛이 안정되는 것과 달리 내기는 요동치며 폭발할 기미를 보이고 있었다.

하지만 방금의 공격 이후 내기가 안정을 찾고 있었다.

요동치던 그것이 잔잔하게 가라앉고, 오히려 남궁진혜의 호흡이 흐트러졌다.

깨달음의 목전에서 깨어진 것이다.

하지만 진화는 오히려 안도의 한숨을 내쉬었다.

'자칫 이대로 내기가 폭주하면 주화입마에 들 수도 있었어. 차라리 다음을 노리는 게 나아.'

그러면서 진화의 눈이 매섭게 뇌평을 향했다.

남궁진혜가 안전하다는 건 다행이었지만, 뇌평이 그것을 깨어 놓은 것도 사실이라.

'저 세상 무용한 놈!'

그러나 진화가 눈으로 비난을 하든 말든.

뇌평이 남궁진혜에게서 승기를 잡아 갔다.

뇌평은 영리하게 남궁진혜의 힘과 속도를 이용하고 있었고, 남궁진혜는 점점 지쳐 가고 있었다.

하지만 그런 것보다, 넘어설 수 있었던 문턱 앞에서 꺼꾸러진 것이 먼저라.

남궁진혜의 표정이 일그러졌다.

"헉. 헉. ……젠장!"

욕지거리를 뱉은 남궁진혜가 이를 악물었다.

불리해진 정황은 남궁진혜 본인이 더 잘 알았다.

하지만 울컥한 마음도 솟구쳤다.

왜 하필 그때에……!

남궁진혜가 이를 악물고 뇌평을 노려보았다.

그녀의 선택은 아무래도 '일단 때리고 보자.'인 듯, 마지막 기운까지 쥐어짜서 공격을 감행했다.

"타아아앗-!"

남궁진혜가 위에서 내리치는 뇌평을 향해 솟구쳐 올랐다.

불리한 위치였지만, 그런 건 생각지도 않았다.

콰─광!

"크읔!"

남궁진혜가 제 모든 기운을 실어서 뇌평에게 갖다 박듯이 맞부딪쳤다.

공중에서 충돌하며 강한 충격을 받은 두 사람이 양쪽으로 튕겨 나갔다.

"헉. 헉. 씨이, 헉……."

진기까지 끌어다 썼는지 남궁진혜가 창백하게 질린 얼굴로 숨을 몰아쉬었다.

새파랗게 질린 입술로 욕도 제대로 못 할 만큼 기운이 빠졌지만, 두 눈은 여전히 뇌평을 노려보고 있었다.

그런 그녀의 귓가로, 진화의 목소리가 들렸다.

"누님, 큰어머니께 편지 쓸 겁니다."

"……뭐?"

"지금이야 정의맹 무인들이 가득하다지만, 다른 때였다면 목숨이 위험했을 겁니다."

"그야 뭐……."

"편지 쓸 겁니다."

"지, 진화야?"

남궁진혜가 놀란 듯 돌아보았다.

언뜻 들어 보면 동생의 귀여운 타박 같지만, 어쩐지 등골이 서늘했다.

아니나 다를까, 남궁진혜를 받쳐 든 채 검을 든 진화의 눈이 살기로 번들거리고 있었다.

"여기서 기다리십시오."

"아니, 진화야!"

파지지지직————!

남궁진혜가 뭐라 붙잡기 전에, 진화가 튀어 나갔다.

시리도록 푸른 뇌기가 진화의 검에서 번뜩였다.

쉐에에엑——!

쉐에엑!

진화의 검이 움직일 때마다 피가 튀었다.

진화는 한 치의 망설임도 없이 뇌평의 앞을 막아선 교성흑오대의 살과 뼈가 갈랐다.

검은 머리칼이 매끄럽게 흩날리는 사이로 푸른 뇌기가 번쩍이는 모습이, 마치 검은 하늘에 번쩍이는 거친 은하와 같았으니.

진화가 푸른 뇌전을 번쩍이며 검은 까마귀들 사이를 휘젓는 모습에, 싸움을 멈춘 무인들이 넋을 빼앗긴 사람처럼 멍하니 보고 있었다.

"저 아이……!"

"쉿."

모용관천이 경악하며 남궁조를 보고, 남궁조가 입술에 손가락을 갖다 댔다.

모두가 보고 듣는 것까진 어쩔 수 없지만, 입 밖으로 확인시켜 줄 것까진 없으니.

소문이 퍼지면 지금처럼 믿는 사람과 못 믿는 사람이 난무할 테니, 내버려 두면 될 일이었다.

"우리는 주변을 정리하지."

"포로는 필요 없네."

모용관천의 말에 남궁조가 냉정하게 답했다.

모두가 사방에 걸린 조사단의 시체를 본 후였다.

이곳에 있던 교성흑오대가 백여 명.

이미 전황은 굳었고, 점점 줄어들던 교성흑오대원도 이제는 반도 남지 않았다.

전부 죽여 시체를 사방에 걸 순 없어도, 조사단이 흘린 피보다 많은 피를 흘리게 할 순 있을 터였다.

남궁조와 모용관천이 상황 정리에 나섰다.

진화가 사냥감을 노리는 맹수처럼 뇌평에게 시선을 고정했다.

진화의 세계에서, 제 앞을 막아서는 교성흑오대는 그저 낙엽일 뿐이었다.

내가 통제할 순 없지만, 위협되는 것도 아닌.

바람을 타고 날아오는 낙엽 따위, 손으로 치워 버리면 그만이었다.

시리도록 검은 눈동자가 뇌평을 향했다.

파지직. 쉐에에엑-!

진화의 검이 뇌평을 향해 찔러 들어갔다.

푹! 푹!

교성흑오대원 둘이 몸을 날려 막았다.

하지만 진화 또한 그에 아랑곳하지 않고 검으로 흘리는 뇌기를 키웠다.

"크아아아악---!"

악명 높은 감찰당의 고문도 견디던 교성흑오대원들이 비명을 질렀다.

참지 못하고 터져 나오는 비명에, 사람들이 시선이 다시 한번 진화에게 향했다.

서늘하리만큼 순수한 얼굴로, 속을 태워 버린 교성흑오대원을 발로 떨구고 뇌평에게 향하는 진화를 보며, 많은 이들이 소름을 털듯 몸을 떨었다.

뇌평 또한 수하들을 죽이며 끈질기게 저를 노리는 진화를 보며 이를 갈았다.

저 아무것도 담지 않은 눈은 저를 우습게 여기고 있는 것이라!

"감히⋯⋯!"

상처 입은 짐승처럼 뇌평이 으르렁거리며 진화를 노려보았다.

혈관이 부풀어 오른 듯 붉어진 눈.

진화의 눈빛에 이채가 떠올랐다.

'폭주?'

진화는 눈에 익은 증상을 찾아 뇌평을 꼼꼼하게 살폈다.

몸 곳곳에 툭 불거진 혈관과 거친 호흡, 확장된 동공.

심상치 않게 요동치는 기운이 뇌평의 제어를 벗어난 것이
보였다.

'그렇군. 너희도 그걸 처먹었단 말이지.'

진화가 조용히 한쪽 입꼬리를 말아 올렸다.

"무슨, 컥!"

소리도 없이 검이 지나고, 매화단원의 경악한 얼굴 위로
붉은 선이 지났다.

털썩.

귀면갑을 쓴 흑의인이 별 감흥도 없이 죽은 매화단원을 딛
고 있는 나뭇가지 위에 아무렇게나 걸어 놓았다.

"진법이 깨졌군. 점점 정의맹 무인들의 움직임이 살아나
고 있다."

"허허, 괜찮네. 자네가 확인할 시간 정도는 충분히 벌어
줄 걸세."

나무 아래, 공터.

이제 상황이 끝나 가고 있었다.

교성흑오대원들이 모두 죽어 나가고 있었지만, 제갈무진은 태연한 얼굴로 여유를 부렸다.

귀면갑을 쓴 흑의인 또한 교성흑오대의 죽음에 그렇게 신경을 쓰는 말투는 아니었다.

그의 시선은 진화에게서 떨어지지 않고 있었다.

그는 오히려 더 많은 교성흑오대원이 진화에게 덤벼들길 원했다.

눈이 번쩍 뜨일 정도로 아름다운 얼굴이나 검에서 번쩍이는 뇌전은 그의 관심사가 아니었다.

'저 살기(殺氣), 저런 눈…….'

죽어 가는 교성흑오대원을 보며 귀면갑의 눈빛에 점점 흥분감이 떠올랐다.

마침내.

뇌평이 온몸의 기운을 폭발시키며 진화에게 달려들어 검을 부딪쳤다.

파지지직――!

진화의 왼손에 맺힌 거대한 뇌기가 그대로 뇌평의 복부에 꽂혔다.

그리고 뇌평의 허리가 숙여졌다.

진화가 몸을 굽힌 뇌평을 향해 푸른 번개를 꽂듯 검을 내리쳤다.

번뜩――!

귀면갑을 쓴 흑의인의 눈이 크게 뜨였다.

뇌평의 목에서 피가 분수처럼 솟구쳐 오르고, 온 사방으로 그의 피가 비처럼 떨어졌다.

붉은 혈우 속에서 뇌전이 번뜩이고, 남아 있던 모든 교성 흑오대원들을 꿰뚫듯 스쳐 지났다.

"크아아악―――!"

"아악!"

섬뜩한 비명이 울렸다.

하지만 비명을 지를 새도 없이 쓰러진 이들이 더 많았다.

비명이 가시고 침묵이 찾아왔다.

고요한 침묵이 무겁게 가라앉은 곳에, 홀로 선 사람처럼 덤덤하게 주변을 보는 까만 눈.

삭막하리만큼 아무것도 담기지 않은 검은 눈동자가 흑의인의 뇌리에 박혀 들었다.

"……하!"

귀면갑이 벌어지며 탄성이 터졌다.

제갈무진이 흑의인의 반응을 보며 요요하게 눈을 빛냈다.

'알아보았군.'

제갈무진의 예상대로, 귀면갑을 쓴 흑의인은 그가 원하는 대답을 들려주었다.

"주군의 물건이 맞군. 협조하겠다."

"거래 성립이로군."

"당신의 제물을 확인하는 것까지다. 그러고 나면, 나는 주군의 것을 찾아 돌아가겠다."

"허허허, 앞으로 잘 부탁하지."

귀면갑 사이로 흑의인이 이를 드러내며 웃고, 제갈무진 또한 만족스러운 듯 웃었다.

뇌평의 목이 떨어지고 교성흑오대 백여 명이 모두 죽었지만, 그것을 신경 쓰는 사람은 둘을 포함해 아무도 없었다.

기묘한 정적이 흘렀다.

극한까지 차오른 긴장과 흥분 속에 있다가 갑자기, 전혀 생각하지 못했던 방식으로 찾아온 평화에 현실감이 사라진 듯했다.

아직도 피를 울컥 뱉어 내고 있는 목 없는 시체.

방금 전까지 움직이고 있던 이들이 끈 떨어진 인형처럼 널브러져 있었다.

그리고 그 사이에 혼자 우뚝 선 소년.

흑단같이 검은 머리칼과 붉은 옷이 축축하게 젖어서 처연한데, 희고 아름다운 얼굴 위로 흘러내리는 것은 붉디붉은 피라.

투명하리만큼 맑은 눈이, 무덤덤하게 보고 있는 것이 죽어 널브러진 시체라니.

소름 돋을 정도로 간결하고 서늘한 장면이라, 평생의 대부분을 전장에서 보낸 무인들조차 쉽사리 입을 열지 못했다.

여러 무단의 무인들은 경악과 경외를 담고 소년을 보았다.

뇌화공자(雷花公子).

그 별호가 이처럼 어울린다 생각해 본 적이 있을까.

소년과 청년의 경계에 선 위태로운 꽃 같은 소년은 천둥번개처럼 갑작스럽고 위험했으며, 경이로웠다.

진화가 눈을 깜박일 때까지, 누구도 쉽사리 입을 떼지 못했다.

그것은 경험 많은 남궁조와 모용관천도 마찬가지라.

모용관천은 자못 심각한 눈으로 진화를 보고 있었다.

그때.

"진화야―!"

누구도 허락하지 않을 것 같던 기묘한 광경 속으로 남궁진혜가 뛰어들었다.

"괜찮아? 아휴, 더럽게 이게 뭐야? 예쁜 얼굴에 더러운 게 다 튀었네. 이리 와, 닦자! 저 개새끼는 죽을 때까지 똥 뿌리고 쳐 죽고 지랄이야! 아, 물론 우리 진화가 똥 맞았다는 건 아니야. 말이 그렇다는 거지."

언제 다 회복을 한 건지.

남궁진혜가 평소와 다름없이 달려가서 더러워진 진화의 얼굴을 보며 호들갑을 떨었다.

남궁진혜는 신경질적으로 목 없는 시체는 물론 진화의 주변에 있던 시체들을 발로 걷어차 치우고는, 진화의 얼굴을 붙잡고 문질러 댔다.

그녀가 손을 댈수록 피가 닦이기는커녕 피 칠갑이 되는 듯했지만, 진화는 가만히 그녀의 손길을 받고 있었다.

그 또한 어떤 의미로는 할 말을 잃게 하는 광경이었다.

"허허허, 우애가 좋군."

"저 미친 망아지 같은 년."

남궁진혜가 발로 설렁설렁 시체를 치우는 걸 보며, 남궁조가 고개를 절레절레 저었다.

어쨌든 인질로 있던 추격조는 몇몇 부상자를 제외하고 모두 무사했으며, 주작단과 매화단이 현홍사에 매달렸던 조사단의 시체도 모두 수습했다.

조각조각 흩어진 그들의 시체는 신변 확인이 불가능해 보였기에, 아마도 한데 화장하여 위령비를 세울 듯했다.

귀천성과의 전쟁에서는 익숙한 장례 방식이었다.

죽은 교성흑오대는 그조차도 없었다.

한쪽에서 교성흑오대의 시체를 한 번에 모아 놓고 불을 지르고 있었다.

숫자가 많아서 구덩이를 파서 묻는 건 생각조차 하기 힘들었다.

"저놈의 시체는 가져가지."

"저자는 누구입니까?"

"신원은 모르네. 하지만 교성흑오대를 이끌던 자인 듯하니, 의선문 부검대에 올려 보지."

"알겠습니다."

남궁조가 뇌평의 시체만 콕 집어 수습을 맡겼다.

"아, 저자의 머리는 저쪽쯤에 있을…… 남궁진혜—! 그거 밟지 마라———!"

남궁조가 기겁하며 막 뇌평의 머리를 밟아 터뜨리려던 남궁진혜에게 소리쳤다.

"인석아! 대체 죽은 놈 대가리는 터뜨려서 뭐 하게!"

"아, 이 새끼 주둥아리를 잡아 째려고 했는데, 그건 못했으니까 이거라고 해야죠!"

"글쎄, 그걸 해서 뭐 하게! 진화야, 여기 이 망나니 좀 데려가라!"

"누님, 그런 짓을 하면 신발 버리십니다."

남궁조와 남궁진혜, 조용히 서서 누님의 팔을 끄는 남궁진화까지.

남궁일가의 난리를 보며, 주작단주 구격용이 조용히 뇌평의 머리를 챙겼다.

남궁진혜가 인질로 잡혀 있던 주제에 개선장군처럼 돌아오고, 다른 추격조 일원들도 일상으로 돌아갔다.

그들을 구하기 위해 죽은 조사단원들의 장례가 엄숙한 분위기에서 치러진 가운데, 정도 무림은 귀천성의 악랄한 음모에 다시 한번 승리했다며 자축했다.

하지만 정의맹 수뇌부들은 이것을 결코 승리라고 말하지 못했다.

특히 남궁세가의 분위기가 심각했다.

"네가 위험하게 되었구나."

"무슨 일이 있습니까?"

"남궁도가 세가를 빠져나갔다."

남궁진휘의 말에 진화가 깜짝 놀랐다.

"남궁도가요? 어떻게요?"

"남궁문이 배신했다는구나. 남궁도가 예상보다 훨씬 일찍부터 일성상단을 손에 넣고 있었다. 단주인 여주평도 모르게, 모든 것이 일거에 넘어갔구나. 남궁문이 우리에게 협조하는 척 귀천성과 교류를 하고 있었어. 제왕무적단이 덮치기 전에, 비밀 통로를 통해 귀천성에서 준비한 배를 탔다는구나."

남궁도가 귀천성과 손이 닿아 있다는 것은, 비약이 나왔을 때부터 의심하고 있던 사안이었다.

하지만 결국 그가 제왕무적단을 피할 수 있었던 데에는 남궁문이 세가의 분위기를 읽고 먼저 움직인 것이 결정적이었다.

"큰아버지께서 남궁문의 배신을 눈치채지 못하신 것입니까?"

"아버지도 설마 처자식을 모조리 버릴 줄은 모르신 거지."

진화의 물음에 남궁진휘가 씁쓸한 얼굴로 답했다.

정파의 한계였던 건지, 남궁세가의 한계였던 건지.

누구도 임신한 아내와 어린 딸을 버리고 남궁도를 택할 것이라곤 예상하지 못했던 것이다.

"놈의 처와 자식은 어찌 되었습니까?"

"일단 잡아들였다. 하지만 버림받은 이들이 뭘 알겠느냐. 어찌 보면 그들이 제일 가엾게 되었지."

남궁진휘는 버려진 이들을 안타깝게 여겼다.

하지만 그들을 동정하고 있기엔, 당장 남궁세가에도 불씨가 던져졌다.

"남궁도와 남궁문이 너에 대해 귀천성 놈들에게 알렸을 것이다."

"……제가 광마제의 제물이었다는 걸 알았겠군요."

"흐음, 제갈무진도 네가 천살지체가 아니라는 걸 알았을 것이다. 계속해서 천살지체를 찾겠지. 그리고……."

"저 또한 노릴 가능성이 있습니다. 제가 광마제의 최종 제물이었다는 걸 알아내는 건 시간문제일 테니까요."

거기에 생존자는 진화밖에 없었다.

광마제가 제왕검과 다른 고수들에게 당하면서, 최종 제물이었던 진화가 역천대법의 직전에 살아남을 수 있었던 것이니 말이다.

'광마전 놈들이 곧 나에 대해 알게 될 것이라…….'

이전처럼 두렵진 않았지만, 불안 때문인지, 긴장감 때문인지, 심장이 뛰는 건 어쩔 수 없었다.

"광마전 놈들이 저를 찾아올 것입니다."

이전 생에 그랬듯이.

진화의 눈빛이 사뭇 무겁게 가라앉았다.

남궁진휘는 그런 진화를 아픈 눈으로 바라보았다.

"걱정 말거라. 우리가 너를 지킬 것이다!"

남궁진휘가 진화의 머리를 쓰다듬으며 그와 눈을 맞췄다.

"이 형을, 어른들을, 남궁세가를 믿거라."

단단하게 빛나는 눈.

진화는 저도 모르게 피식 웃고 말았다.

이전 생엔 제일 먼저 죽어 버렸던 주제에 대단히 듬직하게 말한다 싶었다.

하지만 그가 살아 있음으로써 남궁세가가 강건했다.

이전과 다르다는 건, 이제 그 누구보다 진화가 가장 잘 알았다.

"부검을 하면 나오겠지만, 뇌평이 그 약을 먹은 듯했습니다. 칠왕자 또한 그 약에 손댔을 가능성이 높습니다."

"칠왕자까지?"

"그자, 무공이 꽤 강했습니다. 몸에 근육이 그렇게 빈약한데도요."

"하나 그자가 약에 손을 대었던들 그걸 어찌한단 말이냐?"

"그 약에는 심각한 부작용이 있습니다. 그리고 의선에겐 해약이 있고요. 귀천성에 충성하는 자가 아니니, 언제고 다시 말이 통할 자입니다."

"그래?"

일전에도 그러했듯, 눈빛이 미심쩍었다.

"그래도 네가 그렇게 말한다니, 칠왕자의 약점을 파 봐야겠구나."

남궁진휘가 눈빛을 달리하며 말했다.

하지만 진화는 칠왕자의 약점을 이미 알고 있었다.

칠왕자처럼 신념이 아닌 자신의 이익을 위해 움직이는 자들은 '자기 자신' 그 자체가 약점이라.

진화가 본 한문혜는 누군가를 배신하는 데에 거리낌이 없을 자였다.

"그나저나 한 가지 이상한 점이 있더구나."

"이상한 점요?"

"양주에 나타난 귀천성도의 인상착의가 네 손에 죽은 자와 비슷하다는구나."

"누구, 뇌평이요?"

"뇌평?"

"아, 그…… 사람이 일전에 그리 말한 듯합니다."

아직 귀천성도의 신원이 완전히 파악되기 전이라.

진화가 대충 둘러댔다.

"그래? 어쨌든 숙부님이 본 인상착의와 완전히 일치한단다."

"그 뇌평이 양주에서 남궁도를 탈출시키고, 또 이곳에 와 있었다고요?"

남궁진휘의 말에 진화가 눈살을 찌푸렸다.

아무리 뱃길이라지만, 시간상 너무 빨랐기 때문이다.

일이 정리되었다는 소식을 듣고 한문혜가 조용히 움직였다.

남궁진화에게 납치를 당한 만큼 움직이고 싶지 않았지만, 제갈무진의 부름을 거절할 수 없었다.

결국 멀리서 보면 꼼짝없이 칠왕자로 믿을 만큼 유사한 대역을 두고, 제 측근인 이태성과 차를 마실 시간 동안 급히 움직였다.

뇌평의 일이 실패했다고 들었기에 마음이 급했다.

'당분간 여기에 집중하라더니, 난 왜 찾는 거지?'

불안하긴 했지만, 아무 일도 없을 것이라 스스로를 다독였다.

남궁진화는 제 일을 덮겠다고 했고, 저 또한 납치에 대한 건 입을 닫겠다고 합의하지 않았던가.

그런데 어째, 가옥의 분위기가 이상했다.

피부 위로 따갑게 시선이 꽂히는 느낌이라.

'설마 내가 말한 걸 들킨 건 아니겠지? 아니야, 괜한 느낌이겠지.'

한문혜가 긴장된 얼굴을 숨기며 조심스럽게 안으로 들어갔다.

"스승님, 저 왔습니다."

"들어오너라."

안에서 들리는 제갈무진의 목소리는 평소와 다를 바가 없었다.

살짝 안심한 한문혜가 문을 열고 들어가 공손하게 인사했다.

"부르셨습니까."

한문혜가 제갈무진에게 숙였던 고개를 드는 순간.

한문혜는 그제야 제갈무진만 있던 것이 아님을 알아차렸다.

제갈무진의 앞에, 왜 이제까지 몰랐을까 싶을 정도로 짙은 존재감을 풍기는 사내를 본 것이다.

흉측한 귀면갑을 쓰고 머리부터 발끝까지 흑의를 입은 사내는, 교성흑오대와는 비교할 수 없을 만큼 위험한 분위기를 풍겼다.

"광마전에서 오신 손님이다."

"아, 예."

"이 아이가, 오왕부의 그 아이일세. 자네가 도와줘야 할 아이이지."

제갈무진의 말이 있고서, 귀면갑을 쓴 사내가 한문혜에게 고개를 돌렸다.

'헙!'

한문혜가 저도 모르게 숨을 들이켰다.

'눈이…… 검어?'

한문혜가 놀란 눈을 뜨고 사내를 보았다.

다시 보아도, 귀면갑 속 사내의 눈이 흰자 하나 없이 검게 물들어 있었다.

짐승과 사람의 눈이 다른 점이 있다면, 바로 흰자가 있어서 눈동자의 움직임과 감정을 잘 구별할 수 있다는 점이라. 그런 의미에서 사내의 눈은 짐승과 같았다.

제갈무진에게 상대의 눈을 통해 속내를 잘 읽어 내는 재능을 인정받았던 한문혜조차도, 사내의 눈에서 다른 것을 읽어 낼 수 없었다.

숨이 막힐 듯이 까마득한 악의만 느껴지는 눈은 처음이었다.

'……조금 다르긴 하지만, 남궁진화 그자와 비슷하군.'

두려움을 느낀 한문혜가 먼저 시선을 피했다.

"역시 뇌평이 실패한 것입니까?"

한문혜가 주변으로 눈을 돌리며 물었다.

저와 경쟁 관계로 스승님의 곁을 떠나지 않던 뇌평이 보이지 않자, 궁금했던 것이다.

그러나 한문혜는 가벼운 마음으로 물었던 것인데, 돌아온 대답은 전혀 뜻밖이었다.

"뇌평은 제 임무를 다하고 갔구나."

"예?"

한문혜가 저도 모르게 되묻고 말았다.

하지만 자애로운 미소를 짓고 있는 제갈무진을 보자니, 섬뜩한 확신이 심장에 꽂혔다.

'뇌평이 죽어? 죽었다고?'

평소 서로를 꺼꾸러뜨릴 생각만 하던 관계였다.

한문혜 입장에선 뇌평만 없다면 교성흑오대 대주 자리는 제 것이라 확신했기 때문이다.

그런데 막상 뇌평이 죽었다는 소식을 듣게 되니, 그의 죽음이 마냥 반갑지 않았다.

아니, 오히려 허무할 정도로 간단한 문장으로 그의 죽음을 전하는 제갈무진의 모습이 두렵게 느껴졌다.

"그렇……군요."

한문혜가 아무렇지 않은 척 제 속을 숨겼다.

그런 한문혜를 보며 제갈무진의 미소가 조금 더 짙어졌다.

"확인은 해 보았느냐?"

"예. 주작단의 움직임이 홍의생들을 보호하는 중에, 인원이 딸리니 몇몇 인물에게 호위를 집중하는 것이 눈에 띄었습니다."

"몇몇 인물?"

"아무래도 무리를 지어 함께 다니는지라 한 명 한 명 확인하기는 힘들었습니다. 다만, 의심되는 이들은 있습니다."

"그렇다는군."

한문혜의 말에, 제갈무진이 귀면갑을 쓴 사내를 떠보는 듯 말을 전했다.

"곧 주인이 깨어나신다."

"오, 광마제가? 허허허, 그거 좋은 소식이군."

사내의 말에 제갈무진의 눈이 이채를 띠었다가 사라졌다.

"시간이 없으니 전부 죽이고 데려오지."

귀면갑을 쓴 사내의 광오한 말에 한문혜가 눈살을 찌푸렸다.

'놈들이 정의무학관에 있다는 걸 모르는 건가?'

정의맹 한복판에 있는 놈들을 어떻게 전부 죽이겠다는 건지, 대책 없이 오만하기만 한 사내라 생각했다.

하지만 제갈무진의 생각은 조금 다른 듯, 사내의 말에 크게 웃음을 터뜨렸다.

"허허허허, 천하의 광룡귀면대 부대주의 말이라면 믿을 만하지."

사내의 말을 진지하게 받아들인 듯한 제갈무진의 반응에 한문혜는 놀라움을 감추지 못했다.

제가 아는 스승은, 질 것 같은 승부는 하지 않는 사람이라.

스승이 저렇게 말했다면 정의맹 한복판을 공격하는 것도 가능성이 있다는 말이 아닌가.

'가만, 광룡귀면대 부대주라고? 광룡귀면대라면……'

한문혜도 소문으로 들어 본 적 있는 이름이었다.

스승의 교성흑오대처럼, 귀천성 팔현마제가 각자 친위 무단을 가지고 있었다.

하지만 그중에서도 광마제의 친위대는 역천마제조차 섬

기지 않는, 오직 광마제를 위한 신도들이라. 귀천성에서도 불패의 신화를 가진, 죽음을 몰고 다니는 광전사들이라 들었다.

한문혜가 새삼 귀면갑을 쓴 사내를 살폈다.

그때, 사내가 한문혜를 보았다.

"이봐."

"……!"

"주군의 것을 찾아 줬으니, 상을 주지."

"……네?"

바보같이 되묻고 말았다.

하지만 이어지는 사내의 말에 한문혜는 저도 모르게 실룩거리는 입술을 어찌할 수 없었다.

머리로 진화의 말이 스쳤다.

"괜찮겠어, 정파 주제에 나와 거래를 해도?"

"알 게 뭐야. 난 우리 누님만 괜찮으면 돼."

그래, 나도 알 게 뭐란 말인가.

"곧 소식이 갈 것이다."

"감사하게 받겠습니다."

한문혜가 덥석 고개를 숙였다.

숙인 고개 밑으로 웃음을 감추지 못했다.

늘어놓을 진陳 재앙 화禍 : 사냥꾼의 정체는

획- 획-!

숲이 소란스럽게 울었다.

바람이 없는데도 나무들이 흔들리고, 자리를 잃은 새가 날아올랐다.

그 아래로 수십 명의 사람들이 분주하게 움직이고 있었기 때문이다.

"여기도 없습니다."

"그런가."

안타까운 얼굴로 주작단원이 고개를 젓고, 주작단주가 실망스러운 표정을 지었다.

"임무 지역 주변으로 다시 찾아보겠습니다."

"시체를 수습할 때에도 없었다면, 현홍사 주변에 없을 수도 있네. 지역을 조금 넓혀 보지."

"예!"

"부탁하네."

"어인 말씀입니까? 동료의 일입니다."

주작단원의 말에 주작단주가 고맙다는 듯 웃음을 보였다.

그들이 전투 지역의 숲을 다시 찾는 수고를 하는 건, 화산의 매화단원을 찾기 위해서였다.

임무 이후 복귀하지 않은 매화단원을 찾아 화산파에서도 백방으로 움직였지만, 역시나 마지막 행적이 전투가 있었던 숲에서 끊겼다.

일반 무사들 중에는 전투 중 공포에 못 이겨 탈주하는 경우가 왕왕 있었지만, 화산 매화단은 화산파가 자랑하는 정예 중의 정예라. 아마도 전투 중에 습격을 당한 것이 아닌가 추정하고 있었다.

정의맹에서는 화산파를 위해 주작단을 지원했다.

주작단주 구화검 구격용이 화산파 출신으로 지난 임무에서 매화단과 함께했었고, 주작단 자체도 이런 추적 임무에 특화되어 있었기 때문이다.

"단주님! 여기!"

"사형!"

주작단원과 매화단원 하나가 급히 주작단주를 찾았다.

"뭔가 발견했나?"

"이것 좀 보십시오."

나무를 타고 개미들이 줄을 지어 움직이고 있었다.

주작단원 하나가 손가락으로 한곳을 찍어 보였다.

손가락엔 말라붙은 적갈색 가루가 묻어났는데, 그게 뭔지 몰라볼 주작단주가 아니었다.

"피군."

주작단주의 시선이 천천히 나무를 타고 올라가다가 어느 순간 눈빛이 날카롭게 변했다.

"위."

주작단주의 말에 주작단원과 매화단원의 고개가 올라갔다.

동시에 주작단주가 위를 향해 살기를 쏘았다.

푸드득!

푸드드드득――!

요란한 소리와 함께 까마귀 떼가 날아올랐다.

어떻게 몰랐나 싶을 정도로 많은 수였다.

나뭇잎이 울창하고 엮인 가지도 많아서, 위가 제대로 보이지 않았다.

"제가 가 보겠습니다."

"여선아!"

마음이 급한 듯, 매화단원이 먼저 나섰다.

그리고 주작단주가 말리기도 전에, 여선이라 불린 어린 매화단원이 사라졌다.

잠시 후.

"여기 있습니다!"

여선이 큰 소리로 실종된 매화단원을 찾았음을 알려 왔다.

울먹이듯 떨리는 목소리를 들은 주작단주와 주작단원의 얼굴이 좋지 못했다.

그들은 경험상 새들에게 뜯긴 시체가 그리 좋지 못한 상태일 것임을 알았기 때문이다.

어린 여선에게는 꽤 충격이리라.

"제가 수습해서 내려오겠습니다."

"저도."

어느새 소리를 듣고 온 주작단원과 매화단원 모두 표정이 좋지 못했다.

주작단원들이 거의 뼈만 남은 듯한 시체를 보자기에 싸서 내려왔다.

함께 내려온 여선은 눈물과 달아오른 얼굴을 다른 매화단원의 품에 숨겼다.

예상은 했지만 결국 죽어서 돌아온 동료의 시체.

성공적인 구출 작전인 줄 알았던 지난 임무에 나온 유일한 사망자였다.

"주변에 남아 있는 검흔은 없는지 살펴라. 시신은 화산파에 돌려주기 전에 의선문에 검시를 맡긴다."

"충."

주작단주의 명에 주작단원들이 빠르게 움직였다.

"사형, 저희도 이만 물러가겠습니다. 장로님과 본산에 연락을 취해야겠습니다."

"가 보게. 정의맹에는 내가 보고해 놓겠네."

"감사합니다."

매화단원들 또한 감사 인사를 한 뒤 슬픈 얼굴로 헤어졌다.

제갈지현이 오랜만에 수련에 나섰다.

최근 후계 교육에 들어가면서 수련 시간이 적어졌었다.

그러던 중, 오늘 갑자기 제갈가주가 정의맹의 연락을 받고 자리를 뜨면서 교육이 취소되었다.

뜻밖에 생긴 자유 시간에, 제갈지현은 그동안 못 한 수련을 하기로 했다. 후계 교육을 받는 것도 중요했지만, 무림인의 기본은 어쨌든 무위를 유지하는 것이 아니겠는가.

하지만 곧 제갈지현은 자신이 하필 이 시간에 나온 것을 후회해야 했다.

연무장에 만나고 싶지 않은 사람이 있었기 때문이다.

"……오라버니."

"네가 이 시간에 웬일이지?"

반갑다는 말도 없었다.

제갈후현이 깨어났다는 소식을 들은 후 제갈지현이 몇 번 찾아갔지만, 제갈후현이 만남을 거절했었다. 제갈후현이 제 갈세가에 돌아온 후엔, 제갈지현이 제갈후현과 마주치지 않으려 피해 다녔다.

바로 지금처럼 불편한 상황을 피하기 위해서였다.

"몸은 좀 괜찮으신가요?"

"아직 회복이 덜 끝났다."

"세가에 돌아오신 건가요?"

"글쎄……."

제갈후현이 가만히 제갈지현을 보았다.

제갈지현은 예의상 으레 물어봐야 할 안부를 물은 것뿐이었다.

하지만 상대에 따라서 어떤 말에서든 의미를 찾기도 하는데, 지금의 제갈후현이 그러했다.

제갈후현이 한쪽 입꼬리를 삐뚜름하게 올리며 제갈지현을 비웃었다.

"네가 날 생각해 주는 것이 의외구나. 내가 돌아오지 못해야 네게 좋은 것이 아니더냐?"

"……!"

직접적인 제갈후현의 말에 제갈지현이 놀란 듯 눈을 크게 떴다.

하지만 이내 차분하게 표정을 가다듬었다.

"무슨 의미인지는 알겠으나, 순수하게 걱정되어 물은 것입니다. 한배에서 난 남매가 아닙니까."

"호오, 그래? 하긴 넌 항상 그랬지."

제갈후현이 과장되게 고개를 끄덕이며 말했다.

결코 제갈지현의 말을 인정하는 뜻은 아닌 듯했다.

역시나 제갈후현이 점점 독살스러운 눈빛으로 제갈지현을 노려보기 시작했다.

"고분고분한 척, 욕심 없는 척, 조신한 척, 고상한 척……. 뒤로는 종을 부려 '한배에서 난 남매'를 염탐하고, 가주전의 명령을 엿보았지. 아, 다른 배를 타고 난 남자의 재물도 챙겼던가?"

"……."

제갈후현의 말에 제갈지현이 어떤 답도 하지 않았다.

그런 제갈지현을 보며 제갈후현이 피식 웃었다.

"네가 여주관을 움직이는 걸 아버지가 몰랐을 것 같으냐? 네가 제갈용성이 가진 상단의 지분을 꿀꺽한 걸 모르셨을 것 같냐고."

"용성 오라버니의 지분이라면, 아버지께서 주신 겁니다."

"아니, 그런 것 말고. 지화상단! 처음 소현이가 들고 있었던 그것."

"……!"

제갈후현의 비아냥에도 표정 변화 없이 굳건하던 제갈지
현이 움찔하고 말았다.

눈이 크게 떠진 것을 들키고 만 것이다.

그제야 제갈후현의 표정이 한결 편해졌다.

"내게 몸을 완전하게 회복하라시더군. 이전 그대로 회복
하지 못한다면 내 자리는 없다고. 실망스러웠지. 충격이었
어. 그런데 말이다. ……그건 달리 말하면, 난 이전처럼 돌아
가기만 해도 내 자리를 다시 찾을 수 있다는 것이더구나."

제갈후현의 눈빛을 받으며, 제갈지현은 뱀 같은 눈빛이 자
신의 팔다리를 하나하나 얽어매는 듯했다.

"……빠른 쾌유를 빌지요."

"하하하하! 그래, 빌어. 많이 빌어 둬."

제갈지현이 힘겹게 내뱉는 대답을 듣고, 제갈후현이 만족
스럽게 웃으며 연무장을 나갔다.

혼자 남은 제갈지현은 한동안 부들부들 떨리는 주먹을 쥐
고 서 있어야 했다.

그렇게 잠시.

이를 악물고 마음을 가라앉히던 제갈지현이 고개를 들었
다.

"후우……."

'그래, 이제까지 참아 왔는데 뭘 새삼.'

한숨을 내뱉으면서, 남은 분노의 찌꺼기도 내려놓았다.

그때.

"이제 좀 괜찮으십니까?"

"……누구!"

마치 기다렸다는 듯 들리는 목소리에 깜짝 놀란 제갈지현이 돌아보자, 거기엔 칠왕자 한문혜가 서 있었다.

'언제 내 옆에 온 거지?'

제갈지현이 놀란 마음을 숨기며 한문혜를 보았다.

제갈지현의 경계심 어린 눈초리에, 한문혜가 부러 미소를 지어 보였다.

"노려봐야 할 사람이 제가 아닐 텐데요?"

"전부 지켜보신 건가요?"

"예비 정혼녀가 상처받는 모습이 마음이 아프더군요."

한문혜가 능청스럽게 말했다.

제갈지현은 한문혜의 말투보다 자신의 그런 초라한 모습을 보였다는 것에 더 큰 수치심을 느꼈다.

"아직 '예비'조차 아니지요."

제갈지현이 입술을 깨물며 쌀쌀맞게 말했다.

하지만 그런 제갈지현이 가소롭다는 듯 한문혜의 미소는 더 짙어졌다.

"저런 자에게도 자리를 내줘야 할 위치라는 게 비참하지 않습니까? 당당하게 제갈세가를 가지고 싶지 않나요?"

한문혜가 제갈지현에게 다가섰다.

"제 손을 잡으십시오. 그럼 저런 머저리가 아닌 당신에게 제갈세가를 쥐여 드리죠."

제갈지현은 한문혜의 목소리가 마치 제 속에서 속살거리는 마귀의 목소리 같았다.

그리고 제갈지현은 평생 그 목소리를 들어 왔고, 그 목소리를 견뎌 왔다.

방금의 상황이 어떠했든, 그리 호락호락하게 넘어갈 제갈지현이 아니었다.

"흥, 전에도 말씀드렸지만, 그렇게 자신하시기엔 옥좌가 너무 멀지 않나요, 일곱 번째는."

하지만 이번엔 그 말도 통하지 않았다.

"하하, 멀기는 하지만 그 정도로 먼 건 아닙니다. 이제 다섯 번째가 되었거든요."

"네?"

"위에 있던 두 형제가, 불행히도 얼마 전 유명을 달리했습니다."

한문혜가 짙게 미소하며 말했다.

그의 미소가 마치 '앞으로 고작 네 명밖에 남지 않았다' 그리 말하고 있는 듯했다.

이번에는 제갈지현도 조금 흔들린 듯, 떨리는 눈동자를 숨기지 못했다.

남궁세가 장원.

정의맹에서 돌아온 남궁진휘가 남궁조와 진화를 찾았다.

"사라진 매화단원이 오늘 죽은 채 발견되었습니다."

"음, 현홍사를 제거하던 중 습격을 당한 것이 맞더냐?"

"일단 의선께서 검시해 주신다고 합니다. 다만 시체의 훼손이 심해서 자세히 알 수 있을지 모르겠습니다."

남궁진휘의 말에 남궁조와 진화의 표정도 좋지 못했다.

어쨌든 매화단원이 남아서 현홍사를 제거하기로 한 것은, 진화와 남궁조의 의견이었기 때문이다.

"그렇게 멀리 떨어진 곳이라면…… 역시 전투를 지켜보고 있었던 건가? 그런데 왜 지원을 오지 않은 거지?"

"상황을 지켜본 것이겠죠. 나무가 매우 높았다고 합니다, 공터가 훤히 보일 정도로."

"내 탓이로구나. 주변을 더 살폈어야 했는데……."

"아무리 숙부님이라도, 진법 때문에 주변 기척을 느끼기 쉽지 않았습니다."

남궁조가 자책하는 말에 진화가 나서서 위로했다.

진법에 의해 기운이 어그러진 곳이라, 진법이 완전히 와해되기 전엔 남궁조가 아니라 누구라도 쉽지 않았을 일이었다.

단, 진화는 제외하고 말이다.

"하나, 제게도 기척이 느껴지지 않았던 것을 보면 일반적인 교성흑오대는 아닐 것입니다. 제갈무진 본인이거나 아니면, 또 다른 경지를 넘은 고수가 있었던 것이 분명합니다."

"또 다른 고수라……"

"그 바퀴벌레 같은 새끼들은 계속 어디서 기어 나와!"

진화의 말에 남궁진휘와 남궁조의 표정이 심각해졌다.

남궁조는 이제 귀천성도라면 지긋지긋한 듯했다.

하지만 진화에겐 다른 누군가가 나타난다는 것이 그리 놀라운 일도 아니었다.

'죽여도 죽여도 끝이 없었지. 이전에도 한 놈을 죽이면 아무렇지 않게 다른 놈이 다시 찾아왔고, 더 많은 놈들이 나를 쫓아왔었다.'

이미 귀천성의 끈질김을 겪어 본 진화였다.

게다가 제갈무진이 진화의 예상대로 혼현마제가 맞다면, 결코 이대로 물러나지 않을 것이라.

'혼현마제는 단 한 번도 실패한 적이 없는 자다. 전투에서 패배하더라도, 전쟁에서 이길 때까지 상대를 몰아붙였으니까. 필시 다른 대책이 있을 것이다. 그러니 뇌평의 죽음을 그대로 지켜보았겠지.'

진화의 눈빛이 사뭇 진지해졌다.

뇌평이 남궁도를 구했다면 자신에 대한 정보가 간 곳은 제갈무진일 것이나, 어쨌든 광마전에도 전해질 것이기 때문이다.

"제갈무진의 다음 계책이 뭔지 알아야 대책을 세울 것인데……."

"광마전이 진화에 대해 알게 된 것도 불안한데 말이다."

남궁진휘와 남궁조가 걱정스러운 기색을 숨기지 않았다.

'칠왕자를 다시 납치해야 하나.'

진화가 남궁구가 알면 펄쩍 뛸 생각을 하고 있던 때였다.

"남궁교명입니다. 잠시 들겠습니다."

남궁교명이 심각한 얼굴로 남궁진휘의 집무실 문을 열고 들어왔다.

"소가주님과 이공자님, 지부장님께 급히 알려야 할 일이 있습니다."

고개까지 숙이면서 정식 보고 형식을 취하는 남궁교명을 보며, 남궁진휘와 남궁조, 진화가 의아한 얼굴로 그를 보았다.

"교명, 무슨 일이야?"

"남궁도에게서 지령이 떨어졌습니다."

남궁교명의 말에 남궁진휘와 남궁조가 깜짝 놀라는 가운데, 진화의 눈이 번쩍 뜨였다.

"형님, 숙부님, 남궁도를 먼저 잡으면 됩니다!"

진화가 반색하며 말했다.

정의맹 회의가 소집되었다.

정의맹주를 비롯해서 총군사인 제갈가주, 감찰당주와 현재 맹에 머무르고 있는 백매단과 적호단, 주작단의 단주들만 자리한 내부 회의였다.

남궁진휘 또한 부군사의 자격으로 회의에 참석했다.

남궁진휘가 먼저 전달해야 할 내용들을 설명했다.

"남궁도라……."

남궁진휘의 설명을 들은 제갈가주가 조용히 이름을 읊조렸다.

제갈가주는 아주 어릴 적 남궁도를 본 기억이 있었다.

그때 제갈가주가 본 남궁도는, 청순한 학자처럼 보였지만 꼿꼿하게 세운 고개를 누구에게도 숙이지 않는 사람이었다.

'이미 한 세대가 지나갔음에도 가주 자리를 포기하지 못하고 사달을 만들었구나.'

본래 욕심과 욕망이란 그런 것이다.

나이나 성별, 처한 상황에 따라 다르겠지만, 인간이라면 누구나 마음속으로 무언가를 갈망한다.

그리고 갈망하는 것을 '꿈' 혹은 '소망'이라 말하는 순간,

어느 누구든 그것을 포기하기는 쉽지 않다.

"남궁세가 내부의 일로 처리하려고 했으나, 한 가지 걸리는 것이 있어서 말입니다."

"걸리는 것?"

"이번에 구출단에 속해서 남궁진화가 죽인 인물이, 남궁도의 탈출을 도운 것 같습니다."

"잠깐!"

제갈가주가 눈살을 찌푸리며 남궁진휘의 말을 끊었다.

그리고 이상하다는 듯 물었다.

"방금 남궁도의 탈출이 '얼마 전'이라 하지 않았나?"

"이레 정도 되었습니다. 계산을 해 보니, 뇌평은 나흘 만에 움직였겠더군요."

"말도 안 되네!"

남궁진휘의 대답에 백매단주가 소리쳤다.

"양주에서 이곳까지, 육로로 말을 바꿔 달려도 스무날, 수로를 통해도 이레는 넘게 걸리는 길이네!"

뇌평이 천하제일 고수라도 되면 모를까, 절대적인 거리는 어쩔 수 없었다. 게다가 배를 탔다면 경공을 썼다는 것도 말이 안 되었다.

그러나 제갈가주는 남궁진휘가 나이는 어려도 누구보다 철두철미한 사람이라는 것을 겪어 알고 있었다. 남궁진휘가 그런 것도 몰랐을 리 없었다.

잠시 생각을 하던 제갈가주가 진지한 눈빛으로 남궁진휘에게 물었다.

"다른 경로를 만든 것이라 보는가?"

제갈가주의 질문에 남궁진휘가 속으로 감탄했다.

척하면 척, 바람만 불어도 어느 산기슭에서 시작되었는지 추리해 낼 사람이 아닌가.

"뇌평이 남궁도를 구하러 갔다가 다시 이곳에 온 시간이, 우리의 상식으로는 거의 불가능한 시간입니다. 만약 놈들이 새로운 길을 만들었거나 수로를 연 것이라면……."

"정의맹이 있는 양청현에 우리가 모르는 길이 있다면 큰일이지. 혹시 귀천성이 대대적인 습격을 해 와도 모를 수 있으니까."

남궁진휘의 말을 제갈가주가 이어서 받았다.

그제야 회의에 참석한 모두의 얼굴이 심각해졌다.

"그게 그 쥐새끼 같은 놈들의 특기였지!"

감찰당 당주 정속마검 견강위가 이를 갈았다.

견강위가 속한 종남파가 지금까지 귀천성과 어려운 전쟁을 하는 이유가 바로, 그들이 몰랐던 길을 통해 기습을 당했기 때문이었다.

종남파만이 아니었다.

아미파나 사천당문이 속수무책으로 사천을 떠난 것도, 생각지도 못한 경로로 귀천성에 기습을 당했기 때문이라.

정의맹은 이 일을 심각하게 받아들일 수밖에 없었다.

"현재 정의맹에는 역천비록과 천살지체가 있습니다. 뿐만 아니라, 남궁도에 의해 진화가 광마의 제물이었다는 것도 전해졌을 겁니다."

"광마까지……."

정의맹주 운현대사가 깊은 한숨을 내쉬었다.

이제까지 부딪친 제갈무진이나 교성흑오대와 광마제(狂魔帝) 구훤은 이름이 주는 무게감부터가 달랐기 때문이다.

"귀천성 놈들은 절대 물러나지 않을 겁니다. 반드시 다시 올 것입니다."

"그때 우리가 모르는 경로로 움직인다면 크게 당할 수 있습니다. 거기에 광마전까지 합류한다면…… 길을 알아내 없애거나 대비책이 꼭 필요합니다."

정의맹을 움직이는 두 군사의 확언이 아니라도, 모두가 예상할 수 있는 위험이었다.

"그래서 자네의 생각은 뭔가?"

"남궁세가에서 남궁도를 잡아들일 겁니다."

"남궁도를 사로잡아 뇌평이 이동한 경로를 알아낼 생각인가? 음, 가능성이 있군."

제갈가주가 대번에 남궁진휘가 말하는 바를 꿰뚫었다.

그때, 두 군사의 이야기를 듣고 있던 정의맹주가 물었다.

"그래, 정의맹에서 뭘 어떻게 해 주면 되는가?"

"세가에서 남궁도를 잡아들일 동안, 놈들의 눈을 돌려 주셨으면 합니다."

"그렇게 하지."

정의맹주의 결정이 떨어졌다.

당장 귀천성이 노리는 곳은 남궁세가가 아닌 정의맹이니, 어찌 보면 당연한 결정이었다.

"그런데 남궁도는 확실히 잡을 수 있는 건가? 그를 사로잡는 것이 가장 중요하네. 필요하다면 정의맹 무단을 파견해 줄 수도 있네."

제갈가주는 남궁도를 잡는, 어찌 보면 가장 중요한 일을 남궁세가에만 맡겨 둔다는 것이 불안한 듯했다.

가문의 반역자를 잡는 일에 함부로 끼어들긴 조심스러웠지만, 정의맹이 큰 위험에 처할 수도 있는 사안이었기 때문이다.

특히 역천비록과 천살지체를 빼앗기면, 이후의 상황은 예상조차 되지 않았다.

하지만 그것에 대해서는 남궁진휘도 자신 있게 말할 수 있었다.

"본가, 가주님께서 지휘하시고 제왕무적단이 직접 움직일 것입니다."

"으음!"

남궁진휘의 말에 제갈가주가 짧은 신음을 흘렸다.

제갈가주는 물론 누구도 더는 뭐라 말을 꺼내지 못했다.

현 남궁가주는 제갈가주가 그토록 원했던 천하제일 세가의 위명을 남궁세가 앞에 달아 놓은 수완가였다.

게다가 남궁세가의 제왕무적단이라면, 이곳에 있는 백매단과 적호단, 주작단조차 한 수 접어준다는 최강의 무단 중 하나였으니. 게다가 그 제왕무적단을 이끄는 사람이 바로, 남궁제일검이라 불리는 창천일검(蒼天一劍) 남궁경이었다.

제왕검의 아들들이 직접 움직인다니, 반대할 사람이 있을 리 없었다.

남궁세가 가주전.

전서응이 급보를 달고 날아왔다.

남궁가주가 전서를 보다가 곧 눈살을 찌푸렸다.

"이상하군."

"뭔데 그래요?"

남궁가주의 반응에 남궁경이 물었다.

"진혜가 무사하다는구나."

"잘됐네요. 근데 그게 뭐가 이상해요?"

남궁경이 남궁가주야말로 이상하다는 듯 물었다.

지금까지 누구보다 걱정했던 주제에 이제 와서 아무렇지

않은 척하는 것도 우스웠지만, 그걸 가지고 뭐라 놀리진 못했다.

그러기엔 남궁가주의 표정이 몹시 진지했기 때문이다.

"네가 봤다는 그자, 뇌평이라는 자가 인질로 있던 추격조를 죽이려다가 진혜와 부딪힌 모양이야. 결국 구출단과 함께 온 진화의 손에 죽었다는구나. 뭐 느끼는 바가 없느냐?"

"뭐요? 느끼는 거?"

남궁가주의 질문에 남궁경이 고개를 갸웃거렸다.

남궁도의 옆에서 제 검기를 막은 놈이 내 아들 손에 죽었다라…… 여기에서 느끼는 점이라면 한 가지였다.

"하핫! 꼴좋다, 그 얌생이 새끼!"

남궁경이 통쾌하다는 듯 뇌평을 비웃었다.

"……후우, 그래."

남궁경의 대답에 한동안 말을 잃었던 남궁가주가 깊은 한숨을 내쉬었다.

남궁경은 남궁가주의 반응을 보며, 이유는 모르겠지만 어쨌든 제 답이 틀렸다는 건 알았다.

"진혜가 무사한 건 잘된 일이고, 내 아들이 안 다쳤다면 더더욱 잘된 일인데, 또 뭘 느껴야 합니까?"

남궁경이 전혀 모르겠다는 듯 물었다.

남궁가주도 더는 남궁경에게 뭔가를 묻거나 공감을 얻길 포기했다.

"너무 빨리 도착했어. 아무리 뱃길이라도 말이야."

"아!"

남궁경이 그제야 알았다는 듯 무릎을 탁— 쳤다.

"남궁도부터 찾는 것이 시급하구나."

"그 쥐 새끼 같은 영감탱이! 내 새끼 정보를 팔아먹고, 내가 편하게 발 뻗고 자게 냅둘 것 같소? 양주 근처, 서주로 가는 수로에 있는 포구 중에서 최근 새로 생긴 상단은 죄다 뒤져 보고 있습니다!"

남궁도를 생각하며, 남궁경이 씩씩거리며 말했다.

하지만 남궁경의 말처럼 수색 작업이 그리 간단하진 않았다.

수로 근처에는 크고 작은 표국이며 상단이 수천수만 개였다. 거기에 하루에도 수십 개가 새로 생기고 수백 개가 사라지는 데다, 비슷하거나 같은 이름도 수십 개씩 되니.

아무리 남궁세가라도 그걸 일일이 확인할 수는 없었던 것이다.

"일단 강을 타고 가는 길, 그 중간 어디쯤에서 남궁도가 내렸겠지. 남궁도의 성격상, 남궁세가와 멀리 떨어지지 않은 곳에서 남궁세가의 소식을 듣고 싶어 할 것이다. 게다가 상단의 이름을 바꿔야 한다 해도, 그 집착을 생각하면 남궁의 정체성을 드러내고 싶어 할 것이니……. 잠삼현과 직접적인 거래가 있는 포구 주변! 그리고 의천, 의기, 창천, 남궁 중에서 비슷한 자를 쓰는 곳부터 뒤져 보거라."

남궁가주가 남궁도의 성격을 생각하며 범위를 좁혔다.

하지만 남궁도는 이미 한차례 그들의 감시를 빠져나간 만만치 않은 인물이었다.

"길이 어렵다면 돌아서 가는 방법도 있지."

남궁가주의 눈빛이 반짝였다.

"그 일은 창궁무애단에 맡기고, 너는 다른 일을 하거라."

"다른 일요?"

"소문을 퍼뜨려라, 배신자 남궁문의 처자식이 노비로 팔려 나갈 것이라고."

남궁도가 어렵다면 그와 통하는 문을 건드리면 그만이었다.

혈연을 괜히 천륜이라 부르겠는가.

처자식을 한번 버렸다곤 하지만, 노비로 팔려 가는 것까지 두고 보진 못할 것이다.

남궁경이 남궁가주를 보며 입을 벌렸다.

"우아, 진짜 나쁜 놈이오?"

"아니, 소문만 그렇게 퍼뜨리라고!

남궁경의 비난에 남궁가주가 펄쩍 뛰었다.

물론 가문의 역도의 처자식이니, 그렇게 처결한다고 해도 비난받을 일은 아니었다.

하지만 그 처가 임신 중이고, 딸은 아직 어려 아무것도 몰랐다.

특히 처는 대대로 잠삼현에서 남궁세가의 녹을 먹은 가솔 가문의 사람이라, 그들 스스로 나서서 죄인이라 칭하며 남궁 가주의 처분만 기다리고 있었다.

협조를 구한다면, 성심성의껏 협조해 줄 것이었다.

"아아. 시시하구면."

"대체 어쩌란 거냐!"

맥 빠진 듯 귀를 후비는 남궁경의 모습에 남궁가주가 울컥하고 말았다.

"애초에 내 망아지 같은 딸이 그런 들소 같은 망나니로 큰 게 다 너 때문이다! 망아지를 명마로 만들지는 못할망정, 들소로 만들어 놔?"

"그게 왜 내 탓이오? 우리 진화는 꽃같이 잘만 컸는데! 이제 보니 그래서 아까부터 꽁해 있었구면."

결국 속상한 마음을 누르고 있던 남궁가주의 성질이 폭발하고, 천하제일 세가의 가주와 남궁제일검의 다툼은 가모 하후민이 올 때까지 계속되었다.

하루에 천 리를 간다는 남궁세가의 전서응이 다시 양청현에 도착하고.

남궁진화가 급히 정의맹으로 갔다.

정의맹이 남궁세가에 협조하기 위해서도, 일의 진행 정도는 알고 있어야 하기 때문이다.

그리고 남궁경이 자랑하는 꽃 같은 아들은, 진지한 얼굴로 남궁교명의 어깨를 잡고 있었다.

"흘려."

"뭐……요?"

남궁교명이 뭔가 잘못 들었다는 듯 되물었다.

그러자 진화가 더없이 진지한 얼굴로 말했다.

"가족들이 노비로 팔릴 거라고, 남궁문에게 흘리라고."

소문 따위보다 같은 편이 흘려 주는 정보가 확실하지 않겠는가.

"그리고 제갈무진이 제물 때문에 남궁진화를 잡으려 한다는 것도 알려 줘. 내가 어딜 가는지, 무얼 하는지 일거수일투족 전부 다 알려 줘."

진화의 말에 남궁교명의 눈이 커졌다.

"안 됩니다. 남궁도가 무슨 짓을 할 줄 알고요!"

남궁교명이 펄쩍 뛰었다.

남궁도는 남궁세가를 가지기 위해 귀천성과도 손을 잡은 인간이었다.

게다가 남궁교명이 아는 남궁도라면 정보를 가지고 무슨 짓을 할지 몰랐다.

"그러니까. 무슨 짓을 좀 하라고 알려 주라는 거야."

진화가 생긋 웃으며 말했다.

"남궁도는 지금 뭐든 힘을 가져야 하니, 나에 관한 정보를 빌미로 제갈무진에게 연락을 할 거야. 그리고 남궁문이 제 가족을 구하려고 나서다 남궁도의 소재지를 흘리는 순간, 다급해진 남궁도가 제갈무진을 물귀신처럼 물고 늘어지겠지. 두 마리 뱀을 모두 잡을 수 있는 좋은 기회야."

"하지만 소공자께서 두 배로 위험해질 수 있습니다."

진화의 말에 남궁교명이 심각한 표정으로 경고했다.

그러자 진화가 까만 눈을 휘면서 웃었다.

"그거 기대되네."

어쩌면 남궁세가의 원수라 할 수 있는 남궁도를 제 손으로 죽일 기회였다.

진화는 이 기회를 놓칠 생각이 없었다.

결국 남궁교명은 남궁도의 전서응에 몰래 쪽지를 실어 보냈다.

본가 급보. 수로를 따라 수색. 칠장로 식솔들이 사흘 후 노비로 팔려 나갈 예정.

한쪽 옆에서 진화와 남궁구가 흡족한 눈빛으로 보고 있었다.

눈이 마주치자, 남궁구가 엄지손가락을 들어 보였다.

"……미친놈아."

남궁교명이 남궁구에게 욕을 했다.

어쩐지 기분이 나빠진 진화가 남궁교명을 빤히 보았지만, 남궁교명은 결코 그쪽으로 고개를 돌리지 않았다.

일과 생활 중. 변동 사항 없음.

"후우."

남궁교명이 전서구에 쪽지를 붙여 보내고 한숨을 쉬었다.

최근 남궁교명은 매일매일 진화의 일과를 남궁도에게 보내고 있었다.

오전 수업 일과는 물론이고 오후 수련 일정을 어떻게 보내는지, 진화가 남궁진휘의 집무실에 들어가 자신이 알지 못하는 경우에도 그곳에서 얼마나 시간을 보내는지 적어 보냈다.

'이래도 되려나.'

남궁교명은 진화가 시키는 대로 쪽지를 보면서도 걱정을 지울 수 없었다.

사실 남궁진휘에게 따로 이 일을 보고해야 하나 잠깐 고민도 했었다.

하지만 남궁교명은 그러지 않았다.

전서구를 보낼 때마다 진화와 남궁구가 곁에 있었는데, 그들과 함께 뭔가를 하는 느낌이 싫지 않았기 때문이다.

특히 진화의 옆에서 한 대 딱 때려 주고 싶을 정도로 얄밉게 웃고 있는 남궁구를 보면서, 이제야 겨우 동등하다는 기분이 들었다.

남궁교명도 아직 인정하기 힘들었지만 말이다.

'이건 은혜를 갚기 위해서다.'

자신을 포함해서 아버지와 가족들의 목숨을 구해 주었다.

살려 준 것은 남궁가주였지만, 구명의 기회를 준 것은 분명 진화라.

복수의 기회마저 진화가 주었고, 남궁교명은 복수를 위해 진화의 손을 잡았다.

하지만 지금 남궁교명은 자신의 복수보다 진화의 안위를 더 걱정하고 있었다.

변한 것은 남궁교명만이 아니었다.

한숨 쉬며 돌아오는 남궁교명을 보며 진화가 입을 열었다.

"이제부턴 더 조심해."

진화가 남궁교명에게 경고하듯 말했다.

"비약에 대한 해약이 나온 것은, 아직까진 중원 전역에 알리지 않고 정의맹 수뇌부만 아는 사항이야. 해약에 대한 소식이 혹시라도 남궁도의 귀에 들어가면, 남궁도가 널 버릴 수도 있어."

"오오. 남궁교명, 위험한데? 짜릿짜릿하겠어?"

듣기에 따라서 진화의 경고는 남궁교명에 대한 걱정처럼 들렸다.

그래서인지 남궁구가 음흉한 표정으로 웃으며 장난스럽게 남궁교명의 옆구리를 찔러 댔다.

'왕자를 납치할 때는 말리는 척이라도 하더니…… 신났군.'

진화가 한심한 듯 남궁구를 보았다.

'남궁도가 남궁교명의 배신을 눈치채고 일이 틀어지면 남궁도를 놓칠 수도 있는 판국에, 그게 그렇게 재밌나? 과연 의천재룡(義天災龍)이다.'

생각해 보면 이번에 진화가 살린 사람은 비단 남궁진휘만이 아니었다.

이전 생에 재미와 호기심 하나로 비영문 조사에 끼어들어 남궁진휘와 함께 죽었던 인물이 바로 남궁구였으니.

이전 생과 사건은 달라졌어도, 사람의 성격은 달라지지 않은 모양이었다.

'유의해서 봐야지.'

진화가 집 밖으로 나가 사고 치는 똥개를 보듯 남궁구를 보았다.

그리고 남궁구를 향해 주먹을 들고 있는 남궁교명을 향해 말했다.

"치료는 끝났어?"

퍽!

"윽!"

남궁교명이 주먹을 내리는 척 남궁구의 옆구리를 쳤다.

그리고 아무 일 없다는 듯 공손하게 답했다.

"예. 덕분에 잘 끝났습니다. 몸 상태를 이전으로 돌리기 위해, 약재를 쓰면서 경과를 지켜보는 중입니다."

진화 또한 아무것도 못 봤다는 듯 고개를 끄덕였다.

"당분간 약재는 세가를 통해 지급받고 의선문 출입은 자제하도록 해. 남궁도라면 네가 의선문 출입이 잦다는 걸 알자마자 네 배신을 의심할 거다."

"조심하겠습니다."

남궁교명이 고개를 숙이는 동시에, 남궁구의 깐죽거리는 목소리가 이어졌다.

"쪼심하겠습니다. 에베베베. 좋아?"

퍽─!

"아프잖아!"

"아프라고 때린 거다."

"그래서, 좋아?"

픽―!

남궁구와 남궁교명이 투덕거리는 것을 보며 진화가 한숨을 쉬었다.

'이놈들은 대체 왜 사이가 좋아진 거지?'

남궁구와 남궁교명이 들으면 펄쩍 뛰겠지만, 적어도 진화가 보이게 죽일 듯이 싸우는 것과 정말 죽이려고 싸우는 건 확실히 달랐다.

이전 생과는 다른 남궁교명을 받아들인 진화의 변화가 남궁구와 남궁교명에게 영향을 준 것은 분명했다.

다만 진화는 결단코 둘이 사이좋게 지내게 하려는 의도는 없었다.

단출해 보이지만, 검게 그을려 옻칠을 한 값비싼 가구들이 자리한 방.

찾아볼 수 있는 색이라고는 방을 들어오기 전에 가려 놓은 푸른색 휘장, 그리고 전신에 푸른색 무복과 비단 장포를 걸친 노인뿐이었다.

잠삼현에 있을 때에는 한 번도 걸치지 않았던 푸른색 의복을 입은 남궁도는, 제 모습을 찾은 듯 그때보다 더 위풍당당해 보였다.

자애로운 미소로 포장하고 있던 표정을 걷어내자, 부리부리하면서 날카로운 눈이 오히려 이제야 제왕검의 형제 같았다.

"뇌평이 어디로 움직였는지 알아보라 보낸 배들이 모두 침몰했다는군."

"전부 말입니까?"

남궁도의 말에 남궁문이 크게 놀란 듯 되물었다.

남궁도의 명에 따라, 뇌평을 데려다준 선원들의 정보에 따라 배를 보낸 사람이 남궁문이었다.

근처에서 작은 나룻배를 구해 옮겨 탔다는 이야기에, 남궁문이 그 일대로 보낸 나룻배만 열 척이 넘었다.

그 배와 사람을 모두 잃었다는 이야기였는데, 남궁도는 그다지 손해를 본 표정이 아니었다.

오히려 남궁도의 입가에 미소가 걸렸다.

"사람이 죽어 떠내려온 곳으로 다시 배를 보낸 것이 맞았다. 확실히 그쪽에 뭔가 있는 것이 확실하구나."

"다시 보낼 배를 구할까요?"

"두어라."

남궁도가 남궁문의 의견에 고개를 저었다.

"투자를 해서 원하는 것을 얻었다면 멈춰야지. 더 나아가면 도박꾼이고, 과욕은 도박꾼이 실패하는 이유다."

남궁도는 열 척 넘게 잃은 작은 배와 사람을 일종의 투자라 말하고 있었다.

　"허허, 오히려 그렇게 철저하게 가리고 있다는 걸 알았으니 잘된 일이다. 그곳에 있는 것이 중요하면 중요할수록, 제갈무진을 움직이긴 쉬울 테니 말이다."

　남궁도는 좋은 투자를 했다고 생각했다.

　"교성흑오대라는 것들은 이번에 우리를 따라 나온 수하들보다 강해 보이지 않았습니다."

　"제갈무진이 가진 힘은 교성흑오대도 있지만, 그보다는 귀천성이라는 배경이다. 우리가 가진 무력이 아무리 강한들, 남궁세가의 모든 무단과 제왕검을 치워 버릴 정도는 아니다. 하나 귀천성은 다르지. 놈들에게 제왕검을 치워 버리게 할 것이다."

　남궁도가 눈을 빛내며 입꼬리를 말아 올렸다.

　"제갈무진에게 연락하거라. 남궁진화에 대한 정보가 있다고."

　"네? 아직 별것 없는데요?"

　"우리가 원하는 것도 아직 별것 없다. 그저 이렇게 연통이나 트여 놓자는 것이다."

　남궁도가 제갈무진에게 연락할 방법이라곤 은밀하게 신호를 남겨서 그쪽이 찾아오게 하는 것뿐이었다.

　하지만 그래서는 너무 늦었다.

남궁도가 원하는 것은 제가 필요할 때 제갈무진의 힘을 빌려 쓰는 것 외에, 귀천성이 제대로 움직이고 있는지 수시로 확인하는 것이었기 때문이다.

"아직 제갈무진에겐 우리가 뭘 알아냈는지 모르게 하거라."

"예, 그리하겠습니다."

남궁도가 눈을 빛내며 말하고, 남궁문은 조용히 고개를 숙였다.

남궁도의 명을 수행하기 위해 밖으로 나온 남궁문은, 평소와 달리 발걸음이 급해 보였다.

남궁문이 제일 먼저 찾은 곳은 표국이었다.

상단에서 전서를 보낼 때 따로 사람을 쓰지 않고 행선지를 지나는 표국에 부탁하는 것은, 수로 근방 상회와 표국 사이에선 일반적인 일이었다.

"의성상단입니다. 이걸 소실에 전해 주시오."

"소실요?"

"공산 포구에 도착하면, 사람이 알아서 찾아갈 것이오."

"아, 예, 알겠습니다. 은자 한 냥입니다."

남궁문이 은자 한 냥을 던져 주었다.

하지만 오늘 남궁문의 볼일은 아직 끝나지 않았다.

"포성으로 가는 배 중 가장 빨리 출발하는 건 무엇이오?"

"포성요? 요즘 포성 쪽은 영 분위기가 흉흉해서…… 오, 운이 좋으시네. 반 각 후에 종래호를 타면 될 것입니다."

"고맙소."

배에 대한 정보를 알아낸 남궁문이 빠르게 걸음을 움직였다.

제갈세가.

제갈후현이 돌아온 후, 제갈세가의 분위기도 조금 어수선해졌다.

가솔들은 더 이상 소가주가 아닌 제갈후현을 어떻게 대해야 할지 혼란스러운 듯했다.

제갈후현의 처소는 그가 태어나 지금까지 '소가주전'이라는 이름 외에 다르게 불린 이름이 없었고, 제갈후현 또한 '소가주' 외에 달리 불린 이름이 없었다.

만약 제갈후현의 처소가 소가주전이었다면 그는 다른 처소로 옮겨야 했으나, 아직 가주전에서 아무 말도 나오지 않았다.

해서 제갈세가 가솔들은 제갈후현을 '대공자님'이라 칭하고, 처소를 '대공자전'이라 임시로 바꿔 부르면서 적응 중이었다.

다만, 달라진 명칭과 분위기에 결코 적응하지 못하는 사람도 있었으니.

바로 제갈후현 본인과 임시 소가주로서 업무를 보고 있는 제갈지현이었다.

"아가씨, 가주전에서 찾으십니다."

"야! 너 말 똑바로 못 해?"

"예?"

제갈지현의 직속 하녀인 양선이 말을 전하러 온 하녀를 잡았다.

"아가씨? 감히 뉘께 아가씨야!"

"아!"

양선의 말에 하녀가 얼굴이 하얗게 질려 제갈지현의 눈치를 살폈다.

"소, 소가주님, 가, 가주님께서 찾으십니다."

하녀가 더듬더듬 다시 말을 이었다.

제갈후현이 돌아오기 전까지 제갈지현이 '큰아가씨'로 불리고 있었지만, 제갈후현이 돌아온 뒤엔 아가씨라는 호칭에 제갈지현의 심경이 복잡해질 수밖에 없었다.

양선은 그런 제갈지현의 속을 알고 주변에 예민하게 구는 것이었다.

"곧 나서마. 가 보거라."

"예! 예!"

제갈지현의 말에 하녀가 목숨이라도 구한 듯 헐레벌떡 자리를 피했다.

그리고 하녀를 노려보는 양선을 말렸다.

"선아, 되었다."

"하지만 소가주님……."

"되었어. 어차피 임시이지 않니."

"소가주님까지 그러시면 어째요!"

양선은 웃으며 말하는 제갈지현이 안타까운 듯 발을 굴렀다.

양선은 제갈지현이 얼마나 오래 세가를 바라 왔는지 알기 때문이다.

"포기하시면 안 돼요! 임시라도 아가씨가 소가주세요! 대공자께서 오신 지 꽤 되었지만, 아직 가주님께서도 별말씀 없으시잖아요!"

"아직…… 별말씀 없으신 거지, 오라버니의 몸이 원래대로 돌아오지 않았으니."

"아가씨!"

웃으며 대꾸하는 제갈지현의 모습에 양선이 흥분하며 소리를 질렀다.

지난번 제갈후현과 마주친 이후, 제갈지현은 고민이 많은 듯 보였다.

그 모습을 보며 양선은 제갈지현이 제갈후현에게 밀려날

것을 걱정하는 것이라 생각했다.

"자포자기하시면 안 돼요! 그런 건 아가씨답지 않으세요! 대 공자님의 몸이…… 원래대로 돌아오지 않을 수도 있잖아요?"

"양선아!"

양선이 제법 표독스럽게 해선 안 될 말까지 하자, 제갈지 현이 놀란 듯 그녀를 말렸다.

아직 세가 내에는 제갈후현의 사람들이 남아 있어, 잘못해 서 그들의 귀에 들어가기라도 한다면 양선의 목숨이 위험할 수도 있었다.

"아서. 허튼 생각 말거라."

제갈지현이 양선을 달랬다.

양선은 하나도 겁이 안 난다는 듯 고집스럽게 입을 다물었 다.

어릴 적부터 그녀를 친여동생처럼 여겨 온 제갈지현은, 그 모습을 걱정스럽게 보았다.

양선은 그런 제갈지현의 모습에 제가 더 억울한 듯 눈시울 을 붉혔다.

"아가씨를 위해선 뭐든 할 수 있어요, 제 목숨을 바쳐서라 도!"

"후후, 알아. 하지만 그럴 필요 없단다."

양선이 진심이라는 걸 알기에, 제갈지현이 부드럽게 웃어 보였다.

"누가 자포자기한단 말이니. 그럴 일 없을 거다. 그러니 너도 걱정 말고 날 지켜봐 주렴."

"아가씨……."

제갈지현의 말에 고개를 든 양선이 감동받은 듯 그녀를 보았다.

어릴 적부터 저는 감히 품지 못할 큰 꿈을 품고, 저는 결코 하지 못할 노력을 아무렇지 않게 하던 아가씨가 아니던가.

"그래요. 잘난 우리 아가씨께서 다 생각이 있으시겠죠."

양선이 다부진 얼굴로 제갈지현의 옷매무새를 만졌다.

"어서 가 보세요, 가주님께서 찾으시는데."

"다녀오마."

제갈지현이 부드럽게 웃으며 방을 나왔다.

제갈후현을 만난 날 이후로, 제갈지현의 고민이 깊어진 것은 사실이었다.

하지만 오늘로써 제갈지현은 오랜 고민의 마침표를 찍었다.

제갈가주의 결정이 그녀의 결심을 더 쉽게 만들었다.

"오라버니의 혼인을 추진하신다고요?"

"그렇다."

제갈지현이 처음으로 독기 어린 눈빛을 하고, 제갈가주를 노려보았다.

"제가 있는데도요?"

"너와 상관없는 일이다. 그 아이도 자리를 잡아야 하니까."

"아버님!"

제갈지현이 크게 저를 부르는 소리에, 제갈가주는 냉담하게 그녀를 보았다.

"제게 기회를 주실 생각이 처음부터 없으셨군요."

"그건 내 선택지다. 처음부터 네게 말하지 않았더냐. 제갈세가를 위해 네가 해야 할 역할은 다른 것이라고. 너는 네 선택만 하면 된다. 택하거라. 너는 어떤 삶을 살 것이냐?"

"……."

제갈지현이 입술을 질끈 깨물며 꽉 쥔 주먹이 바르르 떨렸다.

제갈지현이 침묵을 지키며 제갈가주를 보았다.

제갈가주는 선택하라 했지만, 제갈지현의 입장에서는 강요나 다름없었다.

하지만 그럼에도 제갈지현은 답을 해야 했다.

가장 원하는 선택지를 가질 수 없다면, 차선이라도 가질 것이라.

"제가 가주가 될 수 없다면, 다른 것이라도 가져야지요. 다만, 앞으로는 제 운명은 제가 끌어갈 것입니다."

제갈지현이 제갈가주의 눈을 똑바로 보며 말했다.

"……그렇구나."

제갈가주가 조금 늦게 고개를 끄덕였다.

그리고 조금 안타까운 눈빛으로 방을 나가는 제갈지현을 보았다.

"자, 마지막 물건입니다!"

장사꾼의 말에 사람들의 발길이 멈추었다.

어느 정도 장이 마감되어 떠날까 하려는 찰나, 마지막이라는 말이 오히려 사람들의 이목을 끌었다.

"기대하시라, 마지막 물건!"

장사꾼이 '물건'으로 가져온 것은 여러 인종의 사람이었다.

손목과 팔이 묶인 채 목에 사슬을 메고 주렁주렁 딸려 나오는 이들은 대부분 장족 사내였다. 나라에 전쟁이 계속되면서 부쩍 장족 출신의 노예가 늘었다.

그런데 웬일로 제일 끝에, 배가 볼록한 젊은 여인과 어린 여자아이가 끌려 나왔다.

"엥? 여자잖아!"

"여자랑 꼬마는 왜 데리고 나온 거야?"

물건을 구경하던 사람들이 실망스러운 듯 외쳤다.

여자와 아이는 다른 이들과 달리 제법 고급스러운 복장에 말끔한 모습을 하고 있었지만, 노예를 사러 온 이들에게 가장 쓸모가 없는 부류였다.

임신한 여자는 유곽에 팔 수도 없고, 꼬마는 다 클 때까진 밥만 축내는 식충이나 다름이 없었기 때문이다.

"이, 이 사람들은 떨이예요, 떨이. 몇 달 지나면 이 미색 좋은 여자는 해산도 할 거고, 십 년 지나면 꼬마도 쓸 만하게 클 거라고요! 그런데 가격은 한 사람 가격! 어때요, 떨이지요?"

"에이, 십 년은 무슨!"

장사꾼이 사람들이 혹할 말을 늘어놓았지만, 사람들의 반응은 좋지 못했다.

특히 뒤쪽에 얼굴을 가리고 서 있는 사내는 당장 장사꾼을 때려죽일 듯 노려보고 있었다.

"자, 여기 떨이들부터 계산하자고요. 단돈, 닷 냥! 닷 냥에 팝니다! 누구 없습니까? 오! 저기 있네요!"

장사꾼의 말에 사람들이 심드렁한 얼굴을 하고 있을 때, 뒤에 있던 사내가 손을 들었다.

"잘생긴 어르신은 저쪽에 가서 대금을 치르고 데려가시면 됩니다!"

장사꾼이 신이 난 듯 사내를 한쪽으로 안내했다.

그리고 여자와 아이는 둘만 사슬로 엮여 사내에게 안내되었다.

　사내는 여자와 아이를 데리고 포구에서 배를 탔다.
　장사꾼이 직접 사내를 배웅하고, 떠나는 배를 향해 손을
흔들었다.
　장사꾼은 배가 안 보일 때가 되어서야 손을 내렸다.
　"남궁문은 간 것이냐?"
　"예, 아버지."
　장사꾼의 곁으로 한 중년인이 다가왔다.
　까만 얼굴에 건장한 체격, 매서운 눈초리가 서로 닮아 있
었다.
　"널 알아보는 기색은 없고?"
　"저자가 절 어찌 알아보겠습니까? 쭉 밖으로만 돌았는데.
전혀 그런 기색도 없었고, 제 마누라와 새끼 얼굴에서 눈을
떼지 못하더라고요."
　"흥, 그런 놈이 마누라와 새끼를 버려?"
　중년인이 아내와 딸을 구해 간 남궁문을 향해 서늘하게 눈
을 빛냈다.
　"대명아, 제왕무적단주에게 연락해라."
　"예, 아버지."
　중년인의 말에 장사꾼이 답했다.
　그때, 그들의 위로 사람의 그림자가 졌다.

"그럴 것 없어, 여기 왔으니까."

제왕무적단주 남궁경이 부르기도 전에 나타나 있었다.

"저 배가 어디로 가는 배지?"

"경산 포구입니다."

"허! 남궁도 주제에 제법 멀리 도망갔네?"

남궁경이 감탄하듯 이죽거렸다.

남궁도가 자리 잡은 경산포구는 양주에서 남양으로 직행하는 길목에 있는 곳이었다.

양주를 벗어나진 못했을 거란 남궁경의 예상은 벗어났지만, 남궁가주의 예상까지 벗어나진 못했다.

"잠삼현과 직접 거래가 많은 곳입니다."

"그래? 어쨌든 이번엔 수고했어. 내가 이장로의 도움을 받을 줄은 몰랐는데 말이야."

남궁경이 중년인을 향해 씨익 웃자, 중년인 또한 민망한 듯 웃었다.

"이장로라뇨. 이제 그냥 작은 상단의 단주일 뿐입니다."

중년인, 남궁경옥은 이제 이장로라는 말을 사양했다.

이전에 어깨에 힘을 주고 다닐 적에는 이장로라는 직함이 그렇게 자랑스러울 수가 없었는데, 이제는 부끄럽기만 한 과거의 상징이 되어 버렸다.

"어디 배를 타고 왔는지는 확인했어?"

"예. 역시나 경산 포구에서 탔다고 합니다. 의성(義成)상단이라고 한다는군요."

"하! 의성상단이라!"

남궁경이 남궁도가 바꾼 이름을 비웃었다.

이름 또한 남궁가주의 예상을 벗어나지 않았기 때문이다.

"똑똑하면 뭐 해, 늙은이 집착이 아주 대쪽 같은 것을. 우리는 이 길로 출발하지. 정의맹 지부에 서찰을 보내 놓게."

"예. 저쪽 배를 타시면 됩니다."

남궁경옥이 한쪽에 있는 제법 큰 배를 가리키자, 남궁경의 얼굴이 와락 구겨졌다.

"……육로로 가면 안 되겠지? 진짜 빨리 달릴 수 있는데."

"경산 포구까지, 아무리 빠른 말도 이틀 꼬박입니다."

남궁경옥이 웃음을 참으며 말했다.

남궁경이 이곳에 오면서 뱃멀미를 하느라 거의 기다시피 배에서 내린 기억이 떠올랐던 것이다.

"남궁제일검의 약점을 노출하지 마시고, 배에 오르시지요."

"어쭈? 지금 날 비웃는 건가?"

"어이쿠, 죄인 주제에 그럴 리가요."

"와, 남궁경옥 많이 컸네."

"어서 오르십시오. 단원들은 전부 배에 올랐습니다."

남궁경옥이 남궁경의 등을 떠밀었다.

그리고 남궁경이 배에 오르기 전, 남궁경옥은 무언가 하고 싶은 말을 망설였다.

그 모습에 남궁경이 먼저 말을 꺼냈다.

"걱정 말게. 이번에 꼭 남궁도를 잡아서 다시는 자네 아들에게 접근하지 못하게 할 테니."

"이게 다 죄 많은 아비 때문이지요. ⋯⋯부탁드립니다."

남궁경옥이 어렵게 진짜 하고 싶은 말을 전했다.

남궁경 또한 자식 가진 아버지라, 남궁경옥의 어깨를 두드려 주고 배에 올랐다.

🐙

남궁세가 정의맹 지부 장원.

급히 말을 타고 달려온 표사 하나가 전서를 전했다.

"음⋯⋯."

"준비할까요?"

"헉! 이, 인석아! 기척 좀 내거라!"

전서를 읽던 남궁진휘가 깜짝 놀라 돌아보자, 진화가 눈을 빛내고 있었다.

"욘석! 그 대단한 무위가 형님 모르게 전서 훔쳐 읽는 데 쓰라고 있는 것이 아닐 텐데?"

"그러니까요. 열심히 수련한 무위를 발휘하러 경산에 가면 될까요?"

남궁진휘의 말에 진화가 능청스럽게 답했다.

그 모습에 남궁진휘가 한숨을 쉬었다.

어느 틈에 그걸 다 읽은 것인지.

"꼭 가야겠느냐?"

"창궁무애단을 보낼 것이 아닙니까? 남궁조 숙부님도 바쁘시고 형님도 움직일 수 없으니, 제가 가는 게 맞지 않습니까."

"진……."

"진혜 누님은 전에 한번 보았던 벽을 넘겠다고 수련 중이십니다."

진화가 준비라도 한 듯 남궁진휘의 말문을 막았다.

그리고 강렬한 눈빛으로 남궁진휘를 보았다.

"마치 '저요, 저요.' 하고 손이라도 들 것 같구나."

"그리할까요?"

"아니, 그리하지 않아도 이미 졌단다. 그래, 가거라, 가!"

남궁진휘가 일찌감치 손을 들었다.

"어차피 제왕무적단을 지원하는 것뿐이니 크게 위험하진 않을 거다. 게다가 오랜만에 숙부님 얼굴도 뵙고."

남궁경을 본다는 말에 진화의 입꼬리가 스르륵 올라갔다.

부모님을 보지 못한 지 벌써 일 년이 넘어서, 진화의 양 볼이 기대감으로 상기되었다.

"단, 호현기가 따라나설 것이다."

"구와 교명도 나서고 싶어 합니다."

보호자를 붙이려는 남궁진휘에, 진화가 혹 두 명을 더 붙였다.

가진 무력이 뛰어난 것과 별개로, 남궁구와 남궁교명 역시 아직 약관이 되지 못한 나이였다.

게다가 남궁교명은 아직 남궁도의 충실한 제자 역할을 하고 있던 참이었다.

"이제 끝을 볼 테니까요. 교명은 제 눈으로 직접 끝을 보고 싶어 합니다."

진화가 진지한 눈으로 말했다.

남궁교명은 한때는 스승으로 존경했던, 그러나 결국 아버지를 몰락으로 이끌고 자신들을 버린 남궁도의 끝을 보고 싶어 했다.

그리고 진화는 남궁교명에게 분명 복수의 기회를 준다 약속했었다.

"하지만 남궁교명은…… 일이 잘못되었을 경우를 대비해서 남궁도와의 끈을 유지해 놓는 편이 좋을 수 있다."

남궁진휘가 망설였다.

남궁진휘는 만에 하나의 실패까지 생각하며 앞일을 대비할 필요가 있었다.

하지만 진화의 생각은 달랐다.

"형님, 저도 교명에게 끝을 보여 주고 싶습니다."

망설이는 남궁진휘에게 진화가 재차 부탁했다.

군자의 복수는 십 년도 늦지 않다지만, 수십 년을 거슬러 와 다시 십여 년을 보낸 진화는 그것이 얼마나 답답한 시간인지 알았기 때문이다.

남궁진휘도 진화의 마음을 알아차렸다.

'귀천성에 복수하고 싶어도 할 수 없으니, 교명의 복수라도 이뤄 주고 싶은 모양이구나.'

진화를 보는 남궁진휘의 눈이 먹먹해졌다.

하지만 남궁진휘의 생각은 딱 반만 맞았다.

'남궁교명의 복수는 이게 마지막이야. 이번에는 반드시 남궁도를 죽여 버릴 테니까.'

진화야말로 아주 오래 기다렸다.

바라는 대로 남궁세가가 굳건해진 이상, 진화를 잡고 있던 족쇄는 모두 사라졌다.

'이제 곧 광마전도 오겠지.'

진화가 느끼는 떨림은 두려움 때문이 아니었다.

오랜 기다림이 끝이 나는 순간이 다가오고 있음에, 흥분되는 마음이었다.

"함께 가렴."

"감사합니다!"

남궁진휘의 허락이 떨어지고, 진화가 활짝 웃었다.

그리고 신이 난 발걸음으로 남궁진휘의 집무실을 나갔다.

"녀석, 저리도 좋을까."

남궁진휘는 교명의 바람을 이뤄 주게 되어 진화가 기뻐하는 것이라 생각하며, 흐뭇한 얼굴로 진화의 뒷모습을 보았다.

흠칫.

잔뜩 신이 난 듯 얼굴 가득 미소를 지으며 오는 진화의 모습에 남궁구와 남궁교명이 일어서다 말고 움찔했다.

"재밌는 일이 있나?"

"불길하군."

아니나 다를까.

남궁구와 남궁교명에게 다가온 진화의 눈빛엔 살기가 가득했다.

"짐 싸. 경산으로 갈 거야. 빨리 가지 않으면, 아버지가 남궁도를 차지하실 거다."

"아, 남궁도를 잡아서 귀천성 놈들의 이동 경로를 심문한다고 했지?"

"우리가 먼저 가서 잡자는 겁니까?"

남궁구와 남궁교명의 물음에, 진화가 고개를 저었다.

"남궁도는 앞에 나서서 스스로 뭔가를 하는 인간이 아니야. 뒤에 숨어서 지시나 내리는 인간이지."

진화의 말에 남궁구가 고개를 갸웃했지만, 남궁교명은 진지하게 고개를 끄덕였다.

"탈출할 때도 남궁문과 함께했고, 새로운 상단도 남궁문을 움직여서 만들었겠지."

"특히 위험한 귀천성과의 연락은, 다른 사람, 믿을 수 있는 남궁문에게 시켰을 겁니다."

진화의 말에 남궁교명이 맞장구를 쳤다.

진화가 그런 남궁교명을 보며 씨익 입꼬리를 올렸다.

"그러니까 꼭 남궁도를 붙잡아야 하는 건 아니야. 우리에게 필요한 정보는 남궁문이 더 잘 알 테니까."

"……그렇다면?"

남궁교명이 떨리는 목소리로 물었다.

그에 진화가 눈빛에 살기를 번들거리며 환하게 웃어 보였다.

"우린 먼저 가서 남궁도의 목을 날려 버리자고."

진화는 오래 기다렸다.

그러니 이제 남궁세가를 망친 자의 목을 치며 복수를 시작할 것이다.

남궁문이 급하게 단주의 집무실로 뛰어 들어갔다.

"스승님!"

"무슨 일이냐?"

"제왕무적단이 포구에 나타났다고 합니다!"

"뭐야? 놈들이 어떻게!"

남궁문의 말에 놀란 남궁도가 자리에서 벌떡 일어섰다.

"배! 배를 쫓아온 것인가?"

"지금으로선 알 수 없습니다! 제 수하가 놈들이 포구에서 내리는 것을 보았다 하니, 지금쯤 이곳을 향해 오고 있을지도 모릅니다. 어서 자리를 피하셔야 합니다!"

탕―!

"이, 이런 끈질긴 놈!"

남궁도가 제왕검 남궁강을 생각하며 이를 갈았다.

남궁도는 남궁가주가 아닌 제왕검이 아들들을 시켜 저를 감시하고, 이곳까지 쫓은 것이라 생각했다.

"남궁강! 앞에서는 자애로운 형인 척, 정의로운 척하더니, 뒤로는 은근슬쩍 가주 자리를 차지하고 제 놈의 일가로 하여금 남궁세가를 장악했지! 그 음흉하고 끈질긴 놈이 결국 예까지 따라왔구나."

"스승님, 이럴 때가 아닙니다. 어서 자리를 옮겨야 합니다!"

남궁문이 남궁도를 재촉했다.

하지만 제왕검을 향해 이를 갈던 남궁도는 이대로 순순히 물러날 생각이 없는 듯했다.

"남궁경이 여기까지 찾는 데는 시간이 걸릴 것이다. 그러니 너는 제갈무진에게 연락해라."

"구하러 오라 할까요?"

"아니. 제왕검의 아들의 목숨을 거둘 수 있는 기회라고 전해."

남궁도가 증오로 가득 찬 눈빛을 번뜩였다.

"당분간 산속의 부락에 들어가 있으면, 제갈무진이 올 때까지 버틸 수 있을 것이다. 너는 제갈무진에게 연통을 보내고 금송 부락으로 오거라."

제갈무진에게 연락을 하는 방법은 포구로 가서 표국을 통해 전서를 전하는 것밖에 없었다.

하지만 앞서 포구에 제왕무적단이 도착했다고 하지 않았던가.

이런 상황에 지금 포구로 가는 것은 죽으러 가는 것과 다를 바 없었다.

"서두르거라."

"……예."

남궁문의 대답이 조금 늦었지만, 남궁도는 이만 나가 보라는 듯 손을 저었다.

남궁도는 위험한 상황이나 남궁문의 목숨 따윈 안중에도 없는 듯했다.

마치 제가 명령을 내리면, 그게 어떤 것이든 남궁문이 따르는 것은 당연하다는 듯한 태도였다.

그건 남궁문에게도 당연한 일이었다.

지금까지는 말이다.

남궁도의 방을 나온 남궁문의 발걸음이 점점 느려졌다.

고민이 많은 얼굴.

그러다가 결국 수하들이 있는 곳으로 걸음을 옮겼다.

"마차를 준비해라. 곧 단주님이 나오실 것이다. 너희가 먼저 단주님을 모시고 금송 부락으로 가 있어라."

"에? 장로님께서는요?"

"나는 할 일이 있어서 조금 늦게 갈 것이다."

"예, 그럼 먼저 가 있겠습니다."

수하에게 명을 내린 남궁문이 빠르게 상단을 나왔다.

그리고 포구가 아닌 다른 쪽으로 급히 말을 몰았다.

"와아!"

포구에 있던 상인 하나가 입을 턱 벌렸다.

경산 포구는 낙양과 관도항을 잇는 지류에 있는 꽤 이름난 포구라, 종종 무림인들이나 군사들을 구경할 수 있었다.

하지만 지금 배에서 내리는 이들은 그런 경산 포구의 상인들조차 눈을 휘둥그레 뜰 정도라.

남궁(南宮) 제왕무적(帝王無敵).

청룡을 품은 깃발을 가지고, 푸른색 무복을 입은 무인들이 우르르 내리자, 포구에 있는 모든 사람들의 시선이 그리로 향했다.

하나같이 건장한 체구에 부리부리한 안광을 빛내며, 열 하나 흐트러짐 없이 배 옆에 도열하는 제왕무적단의 모습은 이제까지 그들이 본 어떤 정예 군인들보다 절도 있고 위압감이 느껴졌다.

"저, 저기!"

"저 사람이 남궁제일검!"

마지막으로 남궁경이 내리자, 사람들의 입이 쩌억 벌어졌다.

다른 무인들보다 머리 하나는 큰 키에 바위같이 단단해 보이는 체구, 미간을 잔뜩 구긴 사나운 눈초리는 누구도 감히 정면으로 보지 못할 정도로 살벌했기 때문이다.

과연 귀천성 마제들을 때려잡았다는 제왕검의 아들이자 남궁제일검다운 모습이라 감탄만 늘어놓았다.

―괜찮으십니까?

-죽겠다!

-땅을 밟았으니, 곧 나아지실 겁니다.

-에헤! 단주, 주변에 보는 눈이 있지! 여기서 토하면 그게 무슨 망신이오! 조금만 참아요!

남궁제일검이라는 남궁경이 살벌하게 인상을 구긴 이유가 뱃멀미 때문이라는 걸 사람들이 눈치를 챌까. 남궁경은 몇 번이나 속을 게워 내고 싶은 것을 겨우 삼켰다.

이때다 싶어서 수하들이 놀려 대니, 남궁경은 더 살벌한 눈으로 주변을 노려보았다.

-빌어먹을! 반드시 죽여 버릴 거다! 뒤져!

남궁경이 이를 꽉 깨물고 전음을 보냈다.

남궁경의 명에 제왕무적단원들의 눈초리가 매섭게 빛났다.

-오른쪽으로 두 번째 놈.

-봤습니다.

-저기, 수레에 짐 싣는 놈.

-짐 싣는, 어느 놈이요?

-눈 짝 째져서 족제비같이 생긴 놈!

-아, 봤습니다.

부단주 남궁회와 남궁해는 본래의 임무인 창천원의 경계를 맡아 오지 않았지만, 대신 경험 많은 조장들이 나서서 수상한 자들을 찾았다.

몸에 무기를 숨긴 것으로 보이는 자.

몸놀림이 무공을 익힌 것으로 의심되는 자.

사람들 사이에서 이질적으로 행동하는 자.

―인시 방향. 남궁문인 것 같습니다!

―뭐?

남궁경은 가장 경험이 많은 일조 조장 고승진의 말에 따라 눈을 돌렸다.

얼굴을 가리고 최대한 주변 사람과 어우러진 채 걷고 있었지만, 타고난 덩치나 오랜 세월 굳어진 걸음걸이까지 숨길 수는 없었다.

특히 사람의 걸음걸이는 모두 고유의 움직임을 가지고 있었다.

무인이 아니더라도, 비단 걷는 방식이 앞발바닥부터 닿는지 혹은 뒤꿈치부터 닿는지, 좌우 어느 쪽에 힘이 실리는지, 거기에 오랜 세월 비틀어진 골격이나 아픈 부분에 따라서도 미세하게 달라지기 마련이었다.

걸음걸이는 무공 수련보다 오래된 습관이고, 그 습관은 다시 보폭이나 무릎의 쓰임, 몸의 흔들림과 머리의 반동까지 거슬러 영향을 주며, 사람이 가진 고유의 자태를 만들어 내었다.

―왼발 뒤축, 그리고 저 어깨의 흔들림. 남궁문이군.

―어찌할까요?

─······잠깐 모르는 척 지켜봐. 저 새끼가 죽으려고 여길 기어 온 건 아닌 듯하니까.

남궁경이 눈을 빛내며, 일부러 남궁문을 등졌다.

제왕무적단 역시 전열을 정비하며 남궁문에게는 곁눈질도 하지 않았다.

남궁문은 한쪽에 서 있는 남궁경을 보며 심장이 터질 듯했다.

'설마, 정말로 남궁경이 왔을 줄이야!'

남궁문은 여기서 남궁경에게 들키는 건, 곧 죽음이나 다름 없다고 생각하며 호흡이 흐트러지지 않는 데에 온 신경을 집중했다.

'저 괴물 같은 놈은 내 숨소리만 달라져도 눈을 돌릴 것이다. 절대로 박자를 달리해선 안 돼!'

마치 은신하는 사람처럼 기척을 죽이고, 주변 사람의 호흡 소리에 자신의 호흡을 맞추었다.

그리고 겨우 포구 한쪽에 마련된 집무처를 찾았다.

"이거······."

"아이코, 놀라라! 간 떨어질 뻔했습니다."

갑자기 말을 건 남궁문에, 포구 직원 하나가 너스레를 떨었다.

하지만 지금 남궁문에겐 그 작은 농담 하나 주고받을 여유가 없었다.

"그제와 같은 것이네."

남궁문이 은자 하나와 함께 전서를 주었다.

그러자 포구 직원이 곤란한 표정을 지었다.

"아, 공산으로 가는 거지요? 그런데 오늘은 공산으로 가는 배가 없는데……."

포구 직원이 말끝을 흐리자, 남궁문이 은자 하나를 더 던졌다.

"아니, 나리, 은자가 문제가 아니라……."

툭.

이번에는 은자가 주머니째로 떨어졌다.

"헉!"

포구 직원이 두 눈을 번뜩 떴다.

"이거 참……."

주변의 눈치를 살피던 포구 직원이 은자 주머니를 챙기고, 전서도 받아 들었다.

"이러면 안 되지만, 이 돈이면 따로 배를 알아보겠습니다요. 헤헤헤."

"곧바로 가야 하네."

"아이고, 물론입니다."

주머니를 펼쳐 보진 않았지만, 묵직한 소리만으로도 배를 따로 알아보고도 남을 금액이라.

포구 직원이 만개한 웃음으로 남궁문을 배웅했다.

그리고 자리로 돌아가, 주머니 먼저 확인해 볼 참이었다.

"어이쿠, 이게 얼마야?"

포구 직원이 한 말이 아니었다.

분명 제가 하려던 말이었지만, 아직 입 밖으로 내진 않았기 때문이다.

"응?"

포구 직원이 놀라 고개를 들자, 아직도 검은 그림자가 저를 가리고 있었다.

그래서 더 위로 고개를 들자…….

"어이쿠!"

생전 처음 보는 살벌한 얼굴에, 포구 직원이 놀라서 그 자리에 주저앉고 말았다.

그사이 은자는 거대한 사내의 손에 쥐어졌다.

"방금 저 사내가 부탁한 게 뭐지?"

"예, 예?"

얼이 빠진 듯 되묻는 포구 직원의 말에, 거대한 사내가 얼굴을 구겼다.

그러자 포구 직원은 당장 오줌이라도 쌀 것처럼 겁에 질렸다.

그때, 누군가가 포구 직원을 부축하며 그를 일으켜 의자에 앉혀 주었다.

"제발요. 단주님은 얼굴부터 들이밀지 말라니까요."

"내 얼굴이 뭐!"

제왕무적단 일조 조장 고승진이 저를 돌아보는 포구 직원에게 친절하게 웃어 보였다.

"걱정 말아요, 묻는 말에만 대답하면 다치지 않으니까. 그래서, 방금 저 곰 같은 사내가 뭘 부탁하고 갔습니까?"

고승진의 물음에 포구 직원의 시선이 남궁경에게 향했다.

"아니, 여기 있는 곰 말고, 방금 다녀간 조금 더 작은 곰."

남궁경이 발끈하기 전에 고승진이 웃으면서 말을 정정했다.

정정하지 않았더라도 어쨌든 포구 직원은 답을 했을 테지만 말이다.

"매, 매번 전서를 찾아가시거나, 전서를 보내십니다."

"어디로?"

"으헤헥! 고, 공산 포구요! 거기 소실로 보냅니다."

남궁경이 조금 더 가까이 다가왔을 뿐인데, 답이 빨라졌다.

"소실? 소실이라는 곳도 있나?"

"아니요! 사, 사람이 나와 찾아간다고 합니다!"

포구 직원이 소리치듯 답했다.

주변에서 포구 직원이 얻어맞는 줄 알고, 놀라서 쳐다보았다.

억울할 수 있는 상황이었지만, 남궁경과 고승진에겐 그들이 원하는 답이 나왔다는 것이 더 중요했다.

"있지도 않은 곳에 보내는 전서에 따로 사람이 나온다라…… 허! 요것들 봐라? 나 오늘 횡재한 거 같은데 그래?"

남궁경이 눈을 빛냈다.

"오늘도 전서를 맡겼지? 줘 봐."

남궁경이 눈을 반짝이며 손을 내밀자, 포구 직원은 오히려 겁에 질려 움츠러들었다.

"참 나, 그렇게 건달처럼 말하면 겁을 먹잖습니까!"

"그런가?"

"어휴, 가주님이 또 나가서 새는 꼴통 망나니 어쩌고 하실 겁니다."

"그럼 네가 해 보든가!"

"가만히 계십시오!"

고승진이 버럭 하는 남궁경을 한쪽으로 밀고 포구 직원의 앞에 웃어 보였다.

"우리가 필요해서 그러는데, 협조 좀 합시다."

"……."

포구 직원이 벌벌 떨리는 손으로 남궁문이 부탁한 전서를 내놓았다.

좋은 것을 알아낸 제왕무적단의 단주와 일조 조장이 싱글 벙글 웃으며 집무처 밖으로 나오자, 그 앞에는 제왕무적단이 빈틈없이 도열해 있었다.

그리고 그들의 앞으로, 수상쩍어 보였던 이들이 일거에 제압되어 무릎이 꿇려져 있었다.

긴장되는 상황 혹에서 전서를 전하고 금송 부락으로 온 남궁문은 눈앞에 보이는 광경에 소스라치게 놀랐다.

배가 부른 아내와 어린 딸이, 스승 남궁도의 앞에 무릎 꿇려져 있는 것이 아닌가.

"스승님!"

남궁문이 소리를 지르며 앞으로 나섰다.

그러자 갑자기 날아든 기운이 남궁문의 볼을 스쳤다.

쉐에에엑———!

"큿!"

"아버지!"

화끈거리는 고통과 함께 딸의 비명이 들렸다.

딸이 걱정되어 눈을 돌리고 싶었지만, 남궁문은 볼에 피가 흐르는 그대로 그저 고개를 숙였다. 괜한 행동은 스승의 화만 키울 뿐이라는 걸 알았기 때문이다.

"이게 어찌 된 것이냐?"

"제 처자식과 일가가 모두 노비로 팔려 나간다는 것을 듣고 조용히 이들만 구해 온 것입니다!"

"놈들의 함정이면 어찌하려고!"

"그럴까 봐 조용히 혼자 포성까지 갔습니다. 경매를 지켜보았고, 의심될 만한 것은 아무것도 없었습니다!"

남궁문이 고개를 푹 숙이고 간절하게 말했다.

하지만 남궁도의 분노는 풀리지 않았다.

"그럼 놈들이 이곳을 찾은 것은 어찌 설명할 것이냐?"

"이들을 쫓았을 리 없습니다! 이들이 거친 노예상을 모두 확인했고, 제 신분을 노출한 일도 없거니와 미행은 더더욱 없었습니다!"

"그러나 놈들이 여길 찾지 않았느냐!"

남궁도가 소리쳐 질책했다.

그의 생각에 빈틈이 있을 만한 곳은 남궁세가의 손에서 나온 이들밖에 없었기 때문이다.

"멍청한 놈! 이들과는 처음부터 없는 인연이라 하지 않았더냐. 있지도 않은 연을 왜 또 이어 붙여 이 사단을 만드느냔 말이야!"

"……"

남궁문이 입을 꾹 다물었다.

그런 남궁문의 귓가에 어린 딸이 "아버지!"라고 부르는 목소리가 들렸다.

울음기 섞인 자식의 목소리, 시선을 주지 않으려 했지만 아내의 부푼 배에도 내내 시선이 갔다.

'내 자식들이 왜 처음부터 없는 인연이란 말입니까!'

속에서 울컥 반발심이 솟았다.

"외가를 보아 한 번은 봐줄 줄 알았는데, 모조리 노비로 팔아 버린다 하지 않습니까. 제 애까지 밴 여자와 저 어린 딸 자식까지! 포성에는 어디서, 어떻게 온 노비인지 알지도 못하는 것들이 수두룩 빽빽 합니다. 거기서 이름도 밝히지 않고 데려왔습니다! 다른 이들은 구할 생각도 안 할 테니, 제발 용서해 주십시오!"

남궁문이 고개를 박고 엎드렸다.

그 모습을 남궁문의 처자식은 물론 수하들까지 지켜보고 있었다.

남궁도는 당장 저 머리통을 깨 놓고 싶었지만, 주변의 눈을 의식에서 겨우 억눌렀다.

그리고 자애로운 스승인 양 가면을 뒤집어썼다.

당장은 저의 남궁을 따르는 이들이 저들뿐이었기 때문이다.

"허어, 차라리 내게 말했다면 내가 나서서 구해 왔을 것이다. 그럼 이런 위험을 감수하지 않아도 되었을 것을……."

"송구합니다! 제가 목숨을 걸고서라도 이곳을 지킬 것입니다."

"이왕 일이 이렇게 된 것, 지원이 올 때까지 결코, 여길 내줘선 안 될 것이다."

"예! 반드시 그리하겠습니다!"

자애롭게 용서하는 남궁도의 말에 남궁문이 다시 고개를 박고 감사를 올렸다.

"그래. 네 가족까지 있으니, 너를 믿으마."

남궁문을 보는 남궁도의 시선은 처음과 크게 달라진 것이 없었으나, 바짝 고개를 숙인 남궁문은 그를 알지 못했다.

"길목에 나가 놈들을 방어할 준비를 하거라."

"예!"

남궁도의 명에 남궁문이 수하들을 끌고 씩씩하게 나갔다.

나가면서 남궁문의 시선이 가족들에게 향했다.

"아버지, 가지 마요! 살려 주세요!"

딸아이가 남궁문을 향해 소리를 지르며 팔을 뻗고, 그의 내자가 그런 딸을 부둥켜안고 있는 것이 보였다.

'반드시……!'

가족들을 보며 남궁문이 의지를 불태웠다.

남궁문이 자리를 뜨고 난 뒤, 남궁도의 서늘한 시선이 남궁문의 처자식에게 꽂혔다.

"살려 달라?"

흠칫.

남궁도의 말에 여인이 딸을 숨기듯이 꼭 끌어안았다.

남궁도조차 들은 딸아이의 말을 남궁문은 왜 제대로 듣지 못한 것일까. 그의 딸이 마지막으로 한 말은 '가지 마요.'가 아닌 '살려 주세요.'였거늘.

결국 마지막까지도 남궁문과 그의 가족은 엇갈리고 말았다.

남궁문의 아내는 물론 어린 딸조차도, 남궁도가 자신들을 살려 둘 생각이 없다는 것을 알아차렸는데 말이다.

"남궁가주가 너희를 미끼로 쓴 것인가?"

남궁도의 말에 여인이 더욱더 딸을 꼭 껴안았다.

남궁세가의 그늘에서 자라며 행복했던 나날들, 남궁세가에서 일한다는 자부심으로 넘쳤던 다른 가족들, 그러나 마지막에는 스스로 죄인이 되어 땅에 엎드렸던 때를 떠올렸다.

당시 여인이 느낀 감정은, 오롯이 딸과 함께 버림받았다는 배신감뿐이었다.

여인이 눈을 부릅뜨고 남궁도를 노려보았다.

"가주님이 우릴 미끼로 썼느냐고? 아니! 오히려 저 죄인의 새끼를 밴 나를 걱정하셨지! 죄스러워 견딜 수 없어서 먼저 나선 것이다! 감히 남궁의 녹을 먹고, 남궁의 그늘에서 마음 편히 발 뻗고 산 주제에, 세가를 배신해? 퉤엣! 이 더러운 배신자!"

"허어, 살려 주려 했더니, 결국 죽을 짓을 했다는 것을 스스로 실토했겠다?"

남궁도가 여인의 독기 어린 말을 비웃었다.

그리고 기다렸다는 듯 살기를 풀풀 날리며 검을 빼 들었다.

하지만 자식을 끌어안은 여인의 독기는 남궁도의 살기에도 겁을 먹지 않았다.

"당신 같은 인간이 제왕검의 형제라니 지나는 개도 웃을 말이지! 전대 부인이 밖에서 데려온 아들이라는 말이 맞았던 게지!"

"이년, 감히 터진 입이라고————!"

이번만큼은 남궁도도 여인의 독설을 비웃을 수 없었는지, 크게 분노를 터뜨렸다.

그리고 죽을 각오로 딸을 끌어안은 여인을 향해 망설임 없이 검을 들었다.

그때.

파지지직.

"누구냐!"

이질적인 소리에 고개를 돌리는 순간.

콰광광————콰—앙!

남궁도의 머리 위로 벼락이 내리쳤다.

쿠웅!

번쩍이는 섬광과 함께 남궁도의 몸이 뒤로 튕겨 나갔다.

그리고 하얀 김을 모락모락 풍기며 남궁도가 겨우 충격을 추슬렀을 때.

"천벌이야, 지옥에서 돌아온 천벌."

하늘이 보낸 사자처럼 아름다운 소년이 푸른 기운을 뿜으며 검을 들고 나타났다.

"참 오래 기다렸어."

진화가 남궁도를 향해 입꼬리를 말아 올렸다.

참 오래도록 맹수를 기다린 사냥꾼의 눈처럼, 환희와 살기로 번들거리는 눈이 남궁도를 향했다.

변하지 않을 진眞 죄 화禍 : 복수는 시작되었다

이전 생.

남궁세가의 몰락이 시작된 것은 분명 소가주 남궁진휘의 죽음 때문이었다.

이후 제왕검과 남궁가주가 흔들렸고, 독에 당하고 말았다.

만독불침의 경지를 이룬 제왕검을 중독시킨 독이 무엇인지 밝혀지지 않은 채, 남궁가주는 빈사 상태에 빠졌다.

결국 성치 않은 몸으로 약을 찾아 나섰던 제왕검마저 행방불명이 되었다.

세가는 혼란에 빠졌고, 남궁경과 남궁진혜가 고군분투해 보았지만, 남궁교명을 소가주에 올리고 장로들을 장악한 남궁도에게 세가의 결정권이 넘어가고 말았다.

이후 남궁가주가 정신을 차린 후에도, 후사도 없이 건강이 온전치 않은 가주가 수습하기에는 남궁도와 장로들의 세가 너무 커졌다.

그리고 결과는 정해졌다.

남궁도의 남궁세가는 귀천성을 막아 내지 못했다.

'막아 낼 의지가 있었는지조차 의심스러웠지.'

진화가 한 손에 검을 들고 몸을 일으키는 남궁도를 보았다.

무표정한 얼굴에 시리도록 차디찬 눈동자와 마주한 남궁도가 몸을 움찔 떨었다.

'늙은 쥐새끼! 당신은 거창한 야심가도 뭣도 아닌, 귀천성이 제왕검과 가주님을 노린 사이에 세가를 훔쳐 먹은 쥐새끼에 불과했어.'

처음 귀천성이 왔을 때엔 제왕검의 등을 떠밀어 몸을 숨겼고, 두 번째 본가 습격에선 아예 도망 나가 있었다. 세 번째로 피난을 떠날 때에도 결사대의 목숨을 미끼로 제 살길만을 찾았다.

저자는 단 한 번도, 남궁을 지키기 위해 검을 들지 않았다.

그런데…….

"감히 남궁세가 식솔들을 향해 검을 들어?"

진화의 눈이 남궁도가 든 검을 향했다.

진화의 온몸에서 살기가, 남궁도와 그를 지키는 수하들을 향해 쏟아졌다.

남궁도가 진화의 살기를 받아 내며 진화를 노려보았다.

"네놈은 누구냐! 감히 뉘 앞에서 남궁세가를 논하는가!"

남궁도의 물음에 진화의 입에서 피식 웃음이 새어 나왔다.

이전 생에 남궁도가 저렇게 물으면, 자신은 그저 우물쭈물 했었다.

남궁세가의 진짜 직계 앞에서, 제 성을 말하기가 민망했던 탓이다.

그러면서 꼬박꼬박 성을 붙여 준 은혜를 갚으라는 요구에 부응할 수밖에 없었다.

그러나 이제, 진화는 은혜를 갚아야 할 남궁이 누구인지 정확하게 알았다.

"나는 남궁진화. 지엄하신 가주님의 명으로, 가문의 역도 들을 처단하겠다."

남궁의 성을 다는 것이 아니라 남궁의 의지를 가졌는지가 중요한 것이었다.

의천의기(義天意氣).

검을 든 남궁세가 사람이 지켜야 할 것은, 의로움을 위해 검을 택한 남궁의 의지와 세상의 바르고 약한 자들이었다.

남궁도는 지켜야 하는 자도, 지켜져야 할 자도 아니었기 에, 진화는 망설일 것이 없었다.

"남궁……진화? 오호라! 네놈이 바로 그 귀천성 제물이나 하던 천한 양자로구나! 그래, 네놈의 존재 자체가 문제였다! 너 같은 천한 것에게 남궁이라는 성을 달아 주다니. 제왕검이 영웅 놀음을 하다가 정신이 나간 게지!"

진화의 말을 듣고, 남궁도의 얼굴이 대번에 달라졌다.

그는 의기양양한 얼굴로 진화의 출신을 들먹이며 제왕검을 비난했다.

하지만 그도 계속하진 못했다.

그의 말이 끝나는 것과 동시에, 진화가 검을 휘둘렀기 때문이다.

쉐에에에엑————!

"크아악–!"

남궁도의 앞을 막고 있던 수하들 중 하나가 피를 흩뿌리며 쓰러졌다.

"감히 가문의 역도 주제에 남궁을 입에 담는가."

진화가 냉담한 눈빛으로 남궁도를 보며 말했다.

"창궁무애단, 모두 도착했나?"

"예!"

남궁도와 그 수하들이 선 사방에서 우렁찬 목소리가 울렸다.

당황한 남궁도와 수하들이 눈을 크게 뜨고 사방을 둘러보았다.

진화보다 조금 늦긴 했지만, 창궁무애단이 어느새 그들의 주변으로 와 있었다.

남궁도의 눈이 남궁교명을 확인하곤 찢어질 듯 커졌다.

"너, 네가 대체 어떻게!"

남궁도가 놀라는 모습을 보며, 창궁무애단 사이에서 앞으로 나온 남궁교명이 비릿하게 웃었다.

"언제까지 멍청하게 이용이나 당할 거라 생각한 거지?"

지금도 수하들 뒤에 숨어 있는 꼴을 보자니, 한심해서 웃음이 나올 정도였다.

"당신 같은 자가, 한때는 제왕검을 이길지도 모른다고 생각했었다니…… 그저 제왕검의 형제라는 것에 속아, 아버지도 나도 당신의 그 비루함을 보지 못했던 거지."

남궁교명의 독설에 남궁도의 눈이 꿈틀거렸다.

그때, 진화의 목소리가 금송 부락에 크게 울려 퍼졌다.

"창궁무애단은 무엇 하는가. 지엄하신 가주님의 명에 따라, 세가의 역도들을 처단하라――!"

"충―!"

창궁무애단이 진화의 명을 받아 남궁도와 수하들에게 달려들었다.

남궁교명 역시 검을 빼 들고 나섰다.

물론 누구보다 진화가 먼저 남궁도를 향해 뛰어들었다.

진화와 남궁교명, 창궁무애단 그리고 남궁도와 그 수하들과의 싸움이 시작되는 사이.

그보다 먼저 남궁구와 호현기가 여인과 아이를 챙겼다.

"고생했어요."

"정말 잘해 주셨습니다. 전서구를 날려 주신 덕분에 빨리 올 수 있었어요."

호현기의 말에 여인이 미소를 지으며, 애틋한 눈으로 딸을 보았다.

"딸아이가 보냈어요, 새랑 노는 척, 무사들의 눈을 피해서."

"그렇군요."

호현기도 놀랍다는 듯 아이를 보았다.

남궁구가 아이의 곁에서 방정을 떨며, 아이를 달랬다.

"우와, 너 대단한데? 가주님께서 큰 상을 주실 거야."

"그럼, 가주님이 우리 가족들을 다 용서해 주실까요?"

"당연하지!"

남궁구와 아이의 대화를 들으며, 여인의 표정이 씁쓸하게 변했다.

"저기, 그 사람은……."

"저희는 다른 경로로 와서 잘 모르겠으나, 아마도 제왕무적단과 만나고 있을 겁니다."

"아아!"

제왕무적단이라는 말에 여인의 눈빛이 크게 흔들렸다.

버림받은 배신감에 독심을 품고 남궁문을 유인할 미끼를 자처했으나, 마음 한쪽에는 '설마 버리고 싶어서 버렸겠나. 사정이 있었겠지.' 하는 희망도 품었었다.

남궁도의 손발이 되어 움직이는 것을 보며 또 마음이 무너졌지만, 저와 아이를 구하기 위해 나서는 모습에 독심이 흔들리고 말았다.

"주, 죽겠지요?"

여인이 창백하게 질린 얼굴로 물었다.

호현기는 임신한 여인이 크게 충격을 받은 모습을 보며 그제야 아차 싶었다.

"단주님께서 사로잡으실 겁니다."

"네?"

"물을 것도 많고 남궁도와 남궁문이 가진 정보도 많으니, 사로잡아서 세가로 압송하게 될 겁니다."

호현기가 여인을 안심시키려 최대한 유하게 말했다.

사실 사로잡혀서 세가로 압송된다고 해도, 심문을 당하다가 죽을 가능성이 더 컸다.

"하, 하지만 싸우다 보면……."

"제왕무적단주님을 모르십니까? 감히 남궁문 따위가 어찌

해 볼 상대가 아닙니다.”

호현기가 확신에 찬 미소를 지으며, 여인의 앞에서 그 지아비를 깔아뭉갰다.

그럼에도 여인은 호현기에게 감사의 인사를 보냈다.

모든 이들이 알고 있듯, 남궁문도 저와 수하들이 제왕무적단의 상대가 되지 않으리란 것 정도는 알고 있었다.

‘내가 죽더라도……!’

남궁문은 제갈무진이 지원을 보낼 때까지 제가 제왕무적단을 잡고 있는다면, 어쩌면 남궁도가 가족들을 살려 주지 않을까 생각했다.

하지만 그건 그의 착각이었다.

남궁문을 비롯해서 남궁문을 따라온 수하들은, 의천무학관 출신이거나 갱옥을 지키던 옥문 무사들이 대부분이라.

남궁세가 정예 중의 정예라는 제왕무적단의 발을 잠시라도 잡을 수 있을 리 없었다.

쉐에에엑—!

챙! 챙!

길을 달려오는 제왕무적단을 발견하는 순간.

정신없이 검기가 날아들고, 어느새 그들의 검이 코앞에 있었다.

“선수(先手)가 필승(必勝)이지!”

퍼—억! 퍽!

잔뜩 성이 난 사내들의 목소리와 함께, 주먹이 난무하고 사방에 피가 튀었다.

"으억!"

"조용히 해, 새끼야!"

퍼억!

일조 조장 고승진이 남궁문의 수하 중 제법 힘이 좋은 이의 머리채를 쥐고 흔들다가, 입에다 주먹을 박아 넣었다.

곳곳에 나무를 타고 오른 제왕무적단이 남궁문의 수하들을 죽이거나 제압하고 있었다.

육체적 단련이나 무공의 경지를 떠나, 죄인을 제압하는 것을 목적으로 수련하던 이들과, 적을 죽이기 위해 싸우던 이들의 차이였다.

애초에 제왕무적단의 임무는 적의 공격으로부터 남궁세가주를 비롯한 직계들을 지키는 것이 첫 번째라. 지난 전쟁에서 누구보다 앞장서 싸웠던 제왕검과 남궁가주를 지키기 위해, 제왕무적단은 그보다 먼저 나서서 싸워야 했다.

그렇게 완성된 것이, 무적진(無敵陳)이었다.

공격이 최선의 방어라 믿는 현 단주가, 적이 보이는 즉시 먼저 죽여 버리라는 전략도, 뭣도 아닌 전투 방식에 그렇게 거창한 이름을 붙였다.

"어이, 남궁문, 대가리 깨뜨리기 전에 무릎 꿇어."

"헉!"

퍼—억!

남궁경과 눈이 마주쳤다 싶은 순간, 남궁경의 주먹이 남궁문의 복부를 강타했다.

"크억!"

온몸의 내장이 쪼그라드는 듯한 고통에 정신이 혼미해질 정도였지만, 이를 악물고 견뎠다.

그리고 검을 휘두르려는 순간.

"야."

이번에는 끔찍한 목소리가 바로 귓가에서 들렸다.

"그거 휘두르면, 대가리에 검을 쑤셔서 갈아 버릴 거다."

그제야 남궁문은 제 턱 끝에 놓인 검과 거기에 맺힌 푸른 검강을 발견했다.

'남궁제일검이 이 정도였다고?'

남궁문이 믿을 수 없다는 눈으로 남궁경을 보았다.

명색이 대남궁세가의 장로로, 남궁세가의 갱옥을 지켰던 남궁문이다.

그런데 남궁경이 언제 검을 뽑았는지, 어떻게 움직였는지 보지도 못했으니.

남궁문은 남궁경과 저의 실력 차이가 이렇게나 까마득할 줄은 몰랐다.

'이제 틀렸어! 하지만…….'

절망스러운 상황.

이 순간, 남궁문의 머릿속에 떠오른 사람은 남궁도가 아닌 처와 자식들이었다.

그걸 지금에 와서야 안 것이다.

"창궁무애단이 벌써 갔다. 처자식 얼굴은 보고 죽어야지, 안 그래?"

"……."

탕.

결국 더는 버틸 이유가 사라진 남궁문이 검을 놓았다.

상황이 모두 정리되고.

"살아 있는 놈들은 전부 묶고, 나머지는 올라간다!"

남궁경이 제왕무적단을 둘로 나누었다.

"승진이 네가 여기서 남궁문하고 잡힌 놈들 감시하고 있어. 나는 얼른 가 볼 테니까. 호현기가 잘하고 있나 모르겠네."

"어휴, 그러게 우리도 창궁무애단처럼 마장에서 말 좀 빌리자니까요."

"닥쳐."

고승진의 말에 남궁경이 얼굴을 구겼다.

누군들 그러고 싶지 않았겠는가.

이게 다 멀미 때문에 속이 뒤집혀서 말을 탈 기력이 없었던 탓이었다.

"간다!"

남궁경은 멀미 탓에 말을 타고 지나치던 창궁무애단 속에 누가 함께하고 있었는지도 모르는 채 금송 부락으로 출발했다.

한때는 남궁세가에서 가장 이름난 무학관의 관주였던 자답게, 남궁도의 검에는 새파란 검강이 맺혀 있었다.

쉐에에엑————!

챙! 챙!

하지만 그 앞을 막아선 진화 역시, 아주 오래전 화경을 밟았다.

파지지지직———!

채—앵!

진화의 검을 흘리며 피한, 남궁도가 진화를 노려보았다.

"놈!"

설마 저 나이에 경지를 넘었을 것이라 상상이나 했겠는가.

"이제야 제왕검이 웬 천것을 양자로 삼은 이유를 알겠구나!"

남궁도의 말에 진화가 피식 웃고 말았다.

"역시 당신은 아무것도 모르는군."

진화는 자신을 통해 멋대로 제왕검을 재단하는 남궁도를

비웃었다.

그런 거창한 계산이 있었다면 걱정이라도 덜할 텐데.

제왕검은 정말 아무 생각 없이 자비로움만으로 역천비록 대신 제물이었던 아이를 집어 왔었다.

'그게 광마전의 미친놈들을 불러들일 줄도 모르고, 이번에도 덥석……. 하아.'

한숨과 함께 웃음도 같이 나왔다.

"그러니 내가 치워 드려야지. 그 빛나는 정의에 거슬리는 벌레들은 전부."

진화가 살기 가득한 눈으로 남궁도를 보았다.

남궁세가를 위해 칼을 한 번도 든 적 없는 자.

남궁세가의 불행을 기회로 삼은 자.

남궁세가를 멸망에 이르게 한 자.

그러니 저자는 나의 원수다.

진화는 이번에 반드시 남궁도를 죽이리라 마음먹었다.

슬슬 남궁도의 빈틈이 보이던 참이었다.

'검을 흘리는 건 힘든 기술이지만, 흘리기만 해서는 상대를 죽일 수 없다.'

파지지직-!

진화가 검을 휘두름과 동시에 발을 뻗었다.

휘이이익-!

펑! 펑! 펑!

부딪히고 깨지는 동안, 천뢰기가 틔우는 불꽃이 점점 더 커졌다.

남궁이 그러하였다.

부딪히고 깨지면서, 지키고자 하는 의지만은 더 활활 불태웠다.

"크읏!"

검을 타고 전해지는 뇌기에, 고통스러운 듯 남궁도의 얼굴이 일그러졌다.

뭔가를 지키기 위해 필사적으로 싸워 보지 못한 이는 모른다. 필사적으로 지켜야 할 것이 있는 자들만이, 온몸을 내던지듯 전심전력(全心全力)으로 싸울 수 있는 법이라는 것을.

고통 따윈 아무것도 아니라는 듯, 웃으며 죽은 자들도 있었다.

"당신 같은 건 남궁이 아니야."

파지지지직————!

진화의 검에 충분히 모인 천뢰기가 번뜩거리고, 남궁도를 노려보는 진화의 눈에 마침내 번개가 내리쳤다.

쳉! 쳉! 카—앙! 쾅!

몰아치는 진화의 검에 어쩔 수 없이 부딪히던 남궁도가, 마침내 진화의 검을 정면으로 받고 말았다.

진화는 물론 남궁도의 온몸에 뇌전이 번뜩거렸다.

"크아아악!"

"내가 지키는 남궁에서 이만 사라져———!"

고통에 찬 비명을 지르는 남궁도를 향해, 진화가 남궁도의 검을 깨뜨리며 푸른 검강을 쏘았다.

콰광광————쾅———!

남궁도의 가슴에 진화의 번개가 내리꽂혔다.

검강이 경지를 넘은 무인의 상징과 같이 된 것은, 밀도 높은 내공과 유형화시키는 세밀한 사용, 어떤 것이든 자르지 못하는 것이 없는 강도와 같은 것은 절정의 고수라도 감히 만들어 내기 힘든 것이기 때문이다.

하지만 그것은 단지 상징일 뿐.

검강만으로 경지를 넘었다고 확신할 수 있을까.

검강을 보이는 것만으로, 같은 경지에 있다고 할 수 있을까.

아니, 애초에 그것을 모르니 '우물 안 개구리'라 하는 것이다.

"너, 네가 어떻게……?"

남궁도가 제 검을 깨 버리고 공격에 성공한 진화를 믿을 수 없다는 눈으로 보았다.

저 어린 녀석이 경지를 밟은 것도 놀라운데, 자신을 이기다니!

남궁도는 단 한 번도 자신이 제왕검에 뒤떨어진다 생각해보지 않았다.

어릴 적부터 제왕검은 무(武), 자신은 문무(文武) 모두에 재능을 보였다.

남궁도는 제왕검보다 처진 이유가 그것뿐이라 생각했다.

그래서 제왕검보다 조금 늦을 순 있겠지만 언젠가는 제왕검이 넘은 경지를 자신도 넘을 것이라 확신했고, 실제로 경지를 넘었다.

경지를 넘은 후, 남궁도는 지금이야말로 자신의 지략으로 제왕검을 뛰어넘을 것이라 생각했다. 조금 늦기야 하겠지만, 언제나 그랬듯 모든 것은 제자리를 찾을 것이라고.

남궁도는 지금의 이 믿기 힘든 현실이 차라리 꿈인가 싶었다.

하지만 끔찍하게 밀려드는 고통이 현실을 외면할 수 없게 했다.

'아파! 아프다!'

어떻게 이렇게 아플 수 있을까.

아이처럼 소리를 지르고 싶을 정도였다.

남궁도는 생전 처음 겪는 고통에 휘청거렸다.

그때, 진화가 덤덤하게 남궁도를 내려다보았다.

"'어떻게?'라고? 왜 그런 게 궁금하지?"

진화의 눈이 남궁도를 차갑게 응시했다.

"애초에 그렇게 성긴 것을 검강이라고 할 수 있을까. 진짜 검강이랑 부딪쳐 본 적은 있나?"

"……!"

허를 찔린 듯 남궁도의 두 눈이 커졌다.

진화는 그런 남궁도를 비웃었다.

"한 번도 싸워 본 적이 없으니까 그런 걸 묻는 거다."

한 번도 강한 무인과 검을 맞대 본 적 없으니, 자신의 부족한 점을 모르고.

저보다 강한 상대와 싸워 본 적이 없으니, 이겨 낼 줄도 모르는 것이다.

"그런 주제에 감히 스스로를 제왕검에 비했더냐."

진화가 남궁도를 온전히 내려다보았다.

남궁도는 진화를 올려다보며, 자신이 제대로 서지 못하는 것을 깨달았다.

가슴에서부터 퍼진 고통을 이기지 못하고 끝내 무릎을 꿇은 것이다.

"그보다 더한 고통을 견디면서 싸웠다. 저 연약한 이들도 죽음의 공포를 이겨 내고 가족을 지키기 위해 용기를 내었다."

진화의 말에 남궁도가 저에게 대들던 모녀를 찾았다.

임신한 배를 감싸고 딸을 품에 꼭 안은 여인이 멀리서 남궁도를 노려보고 있었다.

"제왕검이 만든 남궁은, 저런 이들을 지키는 곳이다."

여인의 경멸 어린 시선과 주변의 눈초리 그리고 진화의 말.

남궁도는 더 이상 견딜 수 없었다.

"닥쳐! 내 아버지가 만든 남궁이고, 내 어머니가 키운 남궁이다! 네까짓 것들이 뭐길래 감히 나를 내려다봐! 제왕검이 아니라면 응당 모두 내 것이었다! 나는 본래 내 것을 되찾으려는 것뿐이란 말이다—! 커헉! 콜록! 콜록!"

분노에 찬 목소리로 소리치던 남궁도가 결국 기침과 함께 피를 토했다.

하지만 그마저도 그의 아집(我執)을 꺾진 못했다.

"컥! 나, 나야말로 남궁의 진혈(眞血)이다! 나야말로……!"

남궁도가 고집스럽게 말을 이어 가던 중, 금송 부락으로 날듯이 달려오는 남궁경을 보고 말을 잇지 못했다.

남궁도의 눈엔, 젊은 날의 제왕검이 다가오는 듯했다.

"너는 왜…… 왜 나를 두고 그렇게 앞서간 거지? 어떻게 한 것이냐?"

속에만 담아 두고 있었던 질문이, 남궁도도 모르게 그의 입에서 흘러나오고 있었다.

남궁도의 상념을 깨우듯, 진화가 그 질문에 대답했다.

"남궁을 이어 가는 건, 진혈(眞血)이 아니라 진의(眞意)이니까."

"……."

진화의 말에 남궁도가 이전처럼 반발하지 않았다.

이제야 남궁도의 눈에, 젊은 날의 제왕검이 아닌 남궁경의 모습이 제대로 눈에 들어왔기 때문이다.

선 굵은 외모와 당당한 체격뿐 아니라, 그 시절 제왕검의 눈빛까지 닮은 모습.

남궁경뿐 아니라 주변의 남궁세가 무인들의 눈빛도 한결같이 당당하고 맑았다.

제왕검의 의지가 모든 남궁세가 사람들에게 이어지고 있는 듯했다.

"끝……인가?"

아버지 대부터 자신이 가지고 싶었던 남궁의 모습이었다.

그런데 제가 아닌 남궁강에게 이어진 모습을 확인하고 나니, 결국 남궁도의 마음도 꺾이고 말았다.

언제나 꼿꼿하던 남궁도의 고개가 푹 숙여졌다.

그때, 진화가 남궁도의 어깨에 손을 얹었다.

"누구 마음대로 끝이래."

"……뭐? 커억!"

서늘하게 귀에 박히는 말에 고개를 든 남궁도는, 갑자기 심장에서 시작된 격통에 눈을 부릅뜨고 앞을 보았다.

혈관이 터질 듯 붉게 달아오른 얼굴이 그가 느끼는 고통을 이야기해 주는 듯, 핏발이 터진 눈이 진화를 향했다.

그 눈을 마주하며, 진화가 차디찬 목소리로 말했다.

"끝은, 죽어야 끝나는 거지."

콰과광—쾅!

진화의 눈 속에 번개가 내리치는 것을 보며, 남궁도가 그 대로 쓰러졌다.

"진화야———!"

놀란 목소리가 저를 부르는 것을 들으며, 진화는 제 품으로 쓰러진 남궁도를 바닥에 놓았다.

'실패는 끝이 아니야. 제왕검이나 가주님의 자비에 기대 노년을 편안하게 보내게 둘 줄 알아? 이전 생도, 지금도, 당신 때문에 죽어 간 많은 남궁세가 사람들을 위해서라도 지옥으로 떨어져라.'

진화가 남궁도의 시체를 보며 말로 다 하지 못한 분노를 쏟았다.

그리고 곧, 누군가 진화를 끌어안으며 진화의 시선을 가렸다.

모두가, 남궁도가 가슴에 진화의 일격을 맞은 것을 보았다.

사실 남궁도의 어깨를 잡는 척 엄지로 남궁도의 심장에 천
뢰지를 쏜 것이었지만, 겉으로 볼 때는 진화의 일격을 견디
지 못한 남궁도가 끝끝내 진화의 품에 쓰러진 모습이라.

"진화야!"

남궁경은 제 아들이 시체를 보고 놀랐을까 봐 진화의 얼굴
을 제 가슴으로 안았다.

"아, 일평생 도움도 안 되는 영감탱이가 왜 하필 죽어도
꽃 같은 내 아들 품에 쓰러지고 지랄이야!"

남궁도가 가문의 역도이기는 하나 사사로이는 숙부가 되
는 사람이 아니던가.

남궁경의 패륜적인 발언을 들으면서, 창궁무애단은 어쩐
지 남궁진혜를 떠올렸다.

남궁진혜 또한 진화가 뇌평의 목을 치고 피 비를 뿌리는
잔인한 광경 속에 거침없이 뛰어들어, 진화의 얼굴에 묻은
피만 닦았었다.

"에구구, 내 새끼, 이렇게 위험한 곳에는 왜 온 것이냐?"

"아버지."

제 얼굴을 확인하고 조심스레 쓰다듬는 남궁경의 모습에,
진화 또한 오랜만에 보는 아버지의 얼굴을 확인했다.

건재하다.

눈이 부시도록 힘찬 아버지의 모습 그대로였다.

"아버지, 보고 싶었어요."

다 자란 제게도 아낌없이 애정을 표현하는 남궁경의 모습은, 처음 시간을 거슬러 돌아와 살아 있는 남궁경을 보았을 때보다 더 감동적이어서, 진화는 저도 모르게 그때 다 하지 못했던 말을 하고 말았다.

"그, 그으래? 에구구, 내 아들, 아버지가 보고 싶었어? 으하하하하하!"

진화의 말을 들은 남궁경이 한껏 솟아오른 광대를 뽐내며 기쁨을 숨기지 못했다.

남궁경이 이렇게 좋아하는 모습을 처음 본 제왕무적단원들은 조금 떨떠름한 얼굴로 그 모습을 보고 있었다.

"좋아 죽는구먼."

"멀미 때문에 얼굴도 썩은 줄 알았는데 아니었나 봅니다."

남궁경의 온갖 성질을 받아 주며 이곳에 왔던 수하들이 투덜거리는 동안, 뒤늦게 사로잡은 이들을 정리해 끌고 올라온 고승진이 딱 한마디 날렸다.

"눈꼴시어 죽겠군."

모든 상황이 정리되었다.

제왕무적단을 막아섰던 이들은 몇몇이 죽고 대부분 사로잡혔지만, 남궁도를 지키고 있던 이들은 진화의 명에 따라 모두 죽었다.

남궁경이 일 년간 많이 자란 아들의 손가락 길이 하나하나에 감탄하는 동안, 남궁교명이 남궁도의 시신 앞에 섰다.

창백한 얼굴로 잠을 자는 듯 누운 남궁도를 보는 남궁교명의 눈이 복잡했다.

한때는 누구보다 존경했던 스승이었고, 한때는 누구보다 증오했던 원수였기에.

남궁구가 그런 남궁교명의 곁에 와서 그의 어깨를 툭 건드렸다.

"야, 괜찮냐?"

"괜찮지 않을 줄 알았는데, 너무 괜찮네."

"그게 뭐냐?"

"마음이 복잡할 줄 알았는데, 의외로 편해."

남궁교명은 아버지 남궁경옥이 전서를 통해 그에게 미안한 마음과 함께 자신과 다른 식구들은 지금이 가장 편하다고 전해 왔을 때, 그저 제 마음이 편하라고 한 말인 줄 알았다.

그런데 이렇게 남궁도의 죽음을 바라보고 있자니, 아버지 남궁경옥의 말을 이해할 수 있을 것 같았다.

묵혀 놨던 청소를 한 듯 후련했다.

'제자리를 찾은 거지, 아버지도, 나도.'

남궁교명은 편안해진 얼굴로 제 옆에 있는 남궁구와 멀리 진화를 보았다.

그리고 남궁도의 시신을 복잡한 눈으로 본 사람은 또 있었으니.

고승진과 함께 올라온 남궁문이 남궁도의 시신을 발견하고 탄성을 질렀다.

　　"아!"

　　저도 모르게 나온 탄성.

　　스승의 죽음 앞에 남궁문이 느낀 것은 슬픔과 동시에 족쇄에서 풀려난 듯한 가벼움이었다.

　　복잡한 심경을 정리할 새도 없이, 남궁문이 불안한 듯 이리저리 고개를 돌리며 가족들을 찾았다.

　　그리고 한쪽에 창궁무애단원들에게 보호받듯이 함께 서 있는 아내와 딸을 발견하고, 안도의 한숨을 내쉬었다.

　　남궁문의 아내는 배를 안고 그를 안타까운 눈으로 보고 있었고, 딸은 남궁문과 눈이 마주치자 어미의 품에 얼굴을 숨겼다.

　　"저들은……."

　　"안전할 거다. 최대한 원래 자리로 돌아갈 수 있도록 할 거라 가주님께서 약속하셨다."

　　남궁문의 말이 끝나기도 전에 고승진이 대답해 주었다.

　　남궁문은 크게 안도하며, 어쩌면 마지막일 수 있는 아내와 딸을 눈에 담았다.

　　자신을 향해 눈물을 글썽거리는 아내를 향해, 남궁문이 천천히 고개를 끄덕였다.

　　"……내가 아는 것은 전부 다 말하겠소."

남궁문의 말에 고승진이 고개를 끄덕였다.

제왕무적단이 다시 배에 올랐다.

단주 남궁경은 몹시 슬픈 표정으로 진화를 끌어안았다.

"내 새끼, 또 언제 볼꼬."

남궁경이 슬퍼하는 부분이 단지 그뿐만은 아닌 것 같았지만, 진화는 웃는 얼굴로 남궁경의 등을 두드려 주었다.

제왕무적단은 남궁도의 시신과 남궁문, 살아남은 수하들을 데리고 본가로 돌아갈 참이었다.

"아비가 준 것, 소가주에게 잘 전해 주고."

"예."

"다치지 말고, 건강하게 있거라."

"그럴게요. 아버지도 건강하시고, 어머니와 가족들에게도 안부 전해 주세요."

"에구구. 그래, 그래."

남궁경이 씩씩하게 대답하는 진화를 다시 끌어안았다.

"아, 그만 좀 해요!"

결국 고승진과 수하들의 손에 배로 끌려간 남궁경이, 진화가 보이지 않을 때까지 손을 흔들었다.

배가 사라진 후, 같이 손을 흔들어 주던 진화의 표정이 서늘하게 돌아왔다.

"일단 공산 포구 인근부터 뒤져야겠군."

남궁문이 배에 타기 전, 제갈무진이나 귀천성에 관련해 알고 있는 모든 정보를 말해 주었다.

남궁문의 태도를 보면 전부 믿을 수 있을 듯했지만, 어쨌든 정의맹에서 다시 확인해 볼 것이었다.

'공산을 지난 곳에 보낸 염탐꾼들이 모두 죽었다고 했지? 그곳에 뭐가 있는지 확인해야겠군.'

그곳에 있는 뭔가야말로 제갈무진이 준비한 한 수일 가능성이 컸다.

'뭘 준비했든 상관없었다. 네가 혼현마제든 누구든, 이번엔 반드시 죽여 주지.'

진화가 남궁경이 간 반대쪽을 향해 눈을 빛냈다.

제갈가주와의 대화 이후, 제갈지현은 한동안 두문불출했다.

소가주 업무는 계속 수행했지만, 이전과는 달라진 태도였다.

이전에는 소가주 업무를 통해 세가의 일에 대한 이해를 높이려 했다면, 지금은 그저 주어진 업무만을 성실하게 수행한다는 느낌이랄까.

정확한 사정은 모르지만, 제갈세가 가솔들은 그날 제갈지현이 가주에게 뭔가 밀려난 것이 아닌가 추측했다.

그리고 그런 분위기가 점점 확신으로 굳어 갈 즈음.

제갈지현이 한문혜를 찾았다.

"당신은 내게 뭘 해 줄 수 있죠?"

다짜고짜 찾아와 묻는 제갈지현의 모습에, 당황한 것도 잠시.

이미 제갈세가에 도는 소문을 들은 한문혜는, 궁지에 몰린 제갈지현이 결국 저를 찾은 것이라 확신했다.

'하하하! 그럼 그렇지. 날 찾아오지 않고는 못 배기지!'

벌써 삼왕자와 오왕자가 죽었다.

멍청한 이왕자와 한량 같은 육왕자는, 제갈무진이나 귀천성의 손을 빌리지 않고도 한문혜 혼자 충분히 밀어낼 수 있었다.

거기에 제갈지현이 함께한다면, 아예 왕세자를 밀어내는 것도 가능하리라!

"당신이 내주는 것에 따라, 뭐든지 줄 수 있소."

제가 왕이 된다면 뭐가 문제겠는가.

제갈세가를 제갈지현에게 주고 제 아들에게 뒤를 잇게 하는 것도, 자신에겐 손해 볼 것 없는 선택지였다.

한문혜가 손을 내밀었다.

"좋군요."

제갈지현은 일렁이는 한문혜의 눈을 보며, 그의 손을 잡았다.

"역천비록과 천살지체에 대해 알려 드리죠. 내게 제갈세가를 주세요."

제갈지현의 말에 한문혜가 소리 없이 환호했다.

정의맹이 돕고, 남궁세가가 주도한 작전이 순식간에 끝이났다.

빠르게 끝낸 것보다 조용하게 끝낸 것이 무엇보다 큰 성과라면 성과였다.

남궁진휘는 정의맹 내부 회의에서 이번 임무의 결과에 대해 보고했다.

"제왕무적단에서 남궁도의 시신과 살려 놓은 수하들을 모두 본가로 끌고 가기 전, 일단 필요한 정보는 모두 모아 두었습니다."

"남궁도가 죽었다고?"

제갈가주가 날카로운 눈빛으로 남궁진휘를 쏘아보았다.

그도 그럴 것이, 이번 일에 가장 중요한 것이 남궁도가 아는 정보가 아니었던가. 그것을 약속했기에 정의맹에서도 전적으로 남궁세가를 믿고 보조한 것이었다.

제갈가주가 생각하는 바를 모르지 않는 남궁진휘가 싱긋

웃어 보였다.

"안심하십시오. 필요한 정보는 모두 얻어 내었습니다."

"심문하면 더 나올 수도 있었을 텐데?"

제갈가주가 의심하는 것은, 직계들끼리 연계가 끈끈한 남궁세가에서 남궁도에게 괜한 자비를 베푼 것이 아닌가 하는 것이었다.

하지만 그 또한 전혀 걱정할 바가 아니었다.

"제왕검께서 그를 고문하기 싫어한다고 생각하신 거라면 맞습니다. 하지만 애초에 세가의 감시 아래에서 스스로 무언가를 할 수 있는 자가 아니었습니다. 남궁도의 직전 제자로, 모든 일을 수행하고 귀천성과의 접촉까지 맡아 한 자가 따로 있는데, 그자로부터 얻은 정보입니다. 그자의 임신한 처와 어린 딸을 걸고 얻어 낸 정보이니, 믿을 수 있을 것입니다."

"남궁세가에서 그리 말한다면……."

임신한 처와 딸을 잡아 두고 얻어 낸 정보라니.

'남궁세가치고는 꽤 했군.'

제갈가주가 새삼스러운 눈으로 남궁진휘를 보며 더는 깊게 묻지 않았다. 남궁진휘가 필요한 정보를 얻었다고 자신했기 때문도 있었다.

'제왕검이면 몰라도, 남궁가주와 저 소가주는 인정에 휘둘리는 자들이 아니지. 어쩌면 제왕검이 막기 전에 거슬리는 자를 죽여 버린 것일지도.'

제갈가주의 추측은 반쯤 맞았다.

남궁도를 죽인 것은 제왕검의 자비가 닿을까 봐 그런 것이 맞지만, 남궁도를 죽인 것은 가주나 소가주가 아닌 진화였다.

게다가 선택적 인정에 마음껏 휘둘린 남궁진휘는, 가뜩이나 진화가 광마전의 제물이었다는 것이 알려진 마당에 주변에서 괜한 눈초리를 보낼까 봐 자세한 보고를 생략했다.

"남궁문으로부터 얻은 정보 중 중요한 것은 두 가지입니다. 첫째, 제갈무진과 접촉하는 방식. 공산 포구에 '소실'이라는 없는 지명으로 전서를 보내는 방법으로, 제갈무진이 사람을 보내와야만 접촉을 할 수 있습니다. 두 번째는, 남궁도의 탈출을 도운 제갈무진의 수하가 말한 것에 따르면 '올라가는 길에 지원을 받아 간다.'라고 했다는 것입니다. 이후 남궁도가 수하를 시켜 염탐했으며, 공산 포구 인근까지 간 수하들이 모조리 죽임을 당했다고 합니다."

"공산 포구쯤이라……."

남궁진휘의 말에 제갈가주가 미간을 찌푸렸다.

공산 포구라 하면, 아주 멀지는 않지만 그렇다고 뇌평이 기존 여정을 이틀이나 앞당길 만큼 가까운 거리도 아니었기 때문이다.

"결국 우리도 남궁도의 수하가 사라졌다는 곳으로 사람을 보낼 수밖에 없다는 건가."

정의맹주 운현대사가 고민스러운 얼굴로 말했다.

그도 그럴 것이, 남궁도가 보낸 수하들이 모두 죽었다는 위험한 곳에 또 누군가를 보내야 한다니. 그것은 정의맹주로서 그가 또다시 다른 이의 목숨을 위태롭게 할 결정을 내려야 한다는 뜻이었기 때문이다.

많은 이들이 운현대사의 공명함 때문에 그를 정의맹주로 추대했지만, 운현대사에게 맹주직은 몹시 고통스러운 직위였다.

불가의 가르침을 거스르고 살생을 행하는 것조차 죄스러운데, 맹주직에 앉은 후로 싸우기보다는 동료나 다름없는 이들의 목숨을 위태롭게 만드는 결정을 내려야 해서 더 그러했다.

최대한 불자로서의 자신과 맹주로서의 자신을 구분하려 애썼지만, 죄책감이 드는 것은 어쩔 수 없었던 것이다.

비단 정의맹주뿐 아니라 모든 수뇌부들이 가진 고민이었다.

결국 제갈가주가 먼저 입을 뗐다.

"그곳에 귀천성 놈들의 비밀 거처가 있다면 더 큰일입니다. 백매단을 움직이는 것이 좋겠습니다."

"백매단은 현재 적호단과 함께 의선문의 경계를 서고 있지 않소?"

제갈가주의 말에 정의맹주가 의아한 듯 물었다.

"의선문은 적호단이 주로 임무를 맡아 하고 있습니다. 게다가 남궁에서 뒤늦게, 밝힌 남궁진화나 소림에서 그보다 조금 일찍 밝힌, 천살지체의 위험은 여전합니다. 그들을 보호하고 있는 주작단을 뺄 수도 없는 일이지요."

"크흠."

"흠."

가볍게 손을 댔다가 벌침에 쏘인 것처럼, 제갈가주에게 쏘인 정의맹주 운현대사와 남궁진휘가 슬쩍 시선을 피했다.

'저렇게 뒤끝이 보통이 아니니까 숨기는 거지.'

남궁도 때문에 어쩔 수 없이 뒤늦게 진화에 대해 밝힌 남궁진휘는, 절대 진화가 최종 제물이었다는 것만큼 숨겨야겠다고 생각했다.

"백매단주, 괜찮겠소?"

백매단은 지난 숲 정찰대로 나서면서 많은 이들이 죽었다.

바로 얼마 전 큰 인명 피해가 있었던 만큼, 정의맹주가 조심스럽게 물었다.

"괜찮습니다. 본래 적진을 탐색하고 정찰하는 것이 백매단의 주요 임무이지 않습니다. 공산 포구의 소문부터 지역 탐색까지 맡겨 두십시오."

백매단주가 믿음직스럽게 임무를 맡았다.

운현대사는 물론 제갈 군사까지도, 백매단주에게 감사의 눈길을 보냈다.

그때, 밖에서 문을 두드렸다.

"의선문주 드십니다."

"의선이? 모셔라."

갑작스러운 의선의 등장에 모두 의아한 눈으로 그를 보았다.

"연락도 없이 급히 찾아와 송구합니다."

"아니오. 그만큼 중요한 용무였기에 그랬겠지요. 대체 의선을 급하게 만든 것이 무엇인지 들어 봅시다."

의선의 인사에 정의맹주가 궁금한 얼굴로 그를 재촉했다.

"다름이 아니라, 일전에 발견한 화산 매화단원의 시신에서 광룡귀면대의 흔적을 발견했습니다."

"……!"

"광룡귀면대라니! 광마는 죽었지 않습니까?"

"……."

경악하는 사람들 속에서 제갈가주가 무겁게 침묵했다.

직접 광마의 시체를 확인한 것도 아니니 광마가 죽었다고 단언할 수 없는 일이었다.

벌써 섣부르게 정의맹이 가장 큰 승리라 선전한 그것을 부정할 필요는 없었다.

"정녕 광룡귀면대의 흔적이 확실하오?"

"매화단원의 경동맥과 함께 단번에 목을 뚫고 들어간 것의 흔적이 목뼈에 남아 있었습니다. 꿰뚫은 흔적은 매의 발톱이나 짐승의 송곳니가 남기는 것과 유사하지만, 거리와 각을 계산했을 때, 뼈에 남은 세 치와 연결된 부분이 두 치 이상입니다. 세상에 나무 꼭대기 위에서 사람의 목을 단번에 꿰뚫는, 다섯 치 이상의 송곳니를 가진 짐승은……."

"광마의 사냥개 악수아밖에 없지요."

제갈가주가 의선의 말을 끊으며 끼어들었다.

제갈가주의 얼굴이 전에 없이 딱딱하게 굳어 있었다.

다른 사람들 또한 싸늘한 바람이 불고 지나간 듯 분위기가 얼어붙었다.

광룡귀면대 부대주.

귀면갑사(鬼面甲士) 악수아.

광마의 사냥개라는 이름으로 더 많이 알려진, 악명 높은 귀천성 무인 중 하나였다.

북방 민족의 피가 섞인 듯 거대한 덩치에, 붉은 귀면을 쓰고 어딘가의 군인처럼 붉은 갑주까지 하고는, 적을 토벌하는 군인처럼 노인과 아이 가릴 것 없이 모든 생명을 죽이는 것으로 유명했다.

"광마전, 광룡귀면대가 벌써 온 것 같다고요?"

진화가 놀란 눈을 뜨고 물었다.

"죽은 매화단원의 사인을 밝히는 중, 목에서 송곳니에 뚫린 것과 같은 흔적을 발견했는데, 광룡귀면대에 그것을 독문 무기로 쓰는 자가 있다는구나."

쿵. 쿵.

남궁진휘의 말에 진화의 가슴이 뛰기 시작했다.

'아랑쌍정(牙郞雙釘)이다! 악수아, 그놈이구나!'

아랑쌍정은 악수아의 독문 무기로, 짐승의 송곳니 같은 짧은 쌍검으로 상대의 급소를 꿰뚫던 것이었다.

쿵. 쿵.

진화의 손이 떨렸다.

얼마나, 얼마나 찾던 놈이던가.

이전 생에, 악수아와 그 수하들이 지나간 창천원엔 살아 있는 이가 아무도 없었다.

아름다운 창천원 정원에는 죽은 가솔들의 시체가 여기저기 널브러져 있었고, 그들이 쏟아 낸 피가 붉은 연못을 이루고 있었다.

그 끔찍한 광경을 보며, 얼마나 이를 갈았던가.

진화는 자꾸 올라가려는 입꼬리를 간수하느라 안간힘을 썼다.

"너와 현오의 보호를 위해 주작단원들의 호위가 더욱 각별해질 것이다. 소림은 어떨지 모르겠지만, 저자에 나올 때엔 따로 창궁무애단원들도 붙일 것이다."

남궁진휘가 진지한 눈으로 진화에게 당부했다.

"네가 강한 것은 알지만, 귀찮다 생각하지 말고 단원들과 붙어 다니거라. 알겠느냐?"

"예, 그리하겠습니다."

진화가 순순히 대답하자, 남궁진휘는 그제야 안심한 얼굴로 고개를 끄덕였다.

"본가에 네 호위를 요청하였다."

"형님!"

"진화야, 모른다면 몰라도, 직계의 안위를 정의맹이든 누구든, 타인에게 맡기는 가문은 없다, 남궁은 더욱더."

"……알겠습니다."

남궁진휘의 단호한 태도에, 진화는 어쩔 수 없다는 듯 대답했다.

'직계의 호위라면, 세가에서 내내 따라다니던 고혼암풍단을 보내시려나?'

사실 누가 움직일지는 뻔히 예상되었으나, 모르는 척한 것뿐이었다.

'고혼암풍단이 오면 따로 움직이기 힘들겠군. 그들이 오기 전에 악수아가 먼저 찾아오면 좋겠는데, 미끼라도 던져야 하나?'

진화가 한쪽 입꼬리를 올리려다 얼른 내렸다.

'하긴. 제 주인의 최종 제물이 여기 있는데, 따로 미끼가

필요할 것도 없지.'

제갈무진에게 온 지원군이 악수아가 맞다면, 그 성질 급한 인간은 길게 시일을 끌지 않을 것이다.

진화는 아까부터 기대감에 시끄럽게 울려 대는 심장 소리를 남궁진휘에게 들킬까, 괜히 찻잔을 입에 대었다.

"아직 놈들이 이곳까지 온 경로를 찾아내지 못해서 큰일이구나. 우리가 모르는 경로로 얼마나 많은 인원이 와 있을지도 모르고, 더 올지도 모르는 일이니."

"백매단주님께서 직접 나서셨다고요?"

"사안이 사안인 만큼, 정의맹도 급하게 되었구나."

남궁진휘와 정의맹은 갑자기 등장한 인물 때문에 크게 긴장한 듯했다.

전쟁 때 광룡귀면대의 악명을 생각하면 당연한 일이었다.

어쩌면 정의맹 복판에서 전쟁이 다시 시작될지도 모를 일이었으니 말이다.

하지만 진화의 생각은 달랐다.

'광마전 놈들이 숨어 있는 곳이라니. 노다지로구나.'

심각한 표정의 남궁진휘 앞에서, 진화는 자꾸 실룩거리는 입꼬리를 감추느라 바빴다.

지금의 정의맹 전력이라면, 그들이 애쓰는 사이 광마전 개들을 모조리 죽일 수 있으리라.

정의맹이 새로운 소식으로 바빠진 사이, 제갈무진에게도 새로운 소식 하나가 전해졌다.

"천살지체가 소림에 있었다고?"

한문혜가 보내온 소식에 제갈무진이 눈을 좁혔다.

'제갈세가 여식이 알려 준 것이라…… 제갈지현이 한문혜의 손을 잡았다?'

제갈무진이 미간을 찌푸린 이유였다.

제갈무진이 아는 제갈지현은 누구보다 제갈세가에 대한 애착이 강했다.

한문혜의 말처럼 서로 오왕부와 제갈세가를 나누어 갖기로 약속을 한 것이라면, 나름 이해는 되었다.

다만 걸리는 것은, 제갈무진이 아는 제갈지현은 제갈세가 남매들 중 가장 조심스러운 성격이라는 것이다.

'이왕자와 문혜 중에서 문혜를 택했다면 일리는 있어. 하지만 곧바로 천살지체와 역천비록의 위치를 알려 온다고? 제갈지현이라면 오히려 정보를 가지고 있다가 결정적일 때 거래를 해 왔어야 정상이다. 역시…… 함정인가?'

제갈무진이 다시 한번 서신을 확인했다.

'한 번에 쓴 글자와 짙게 찍은 방점.'

한문혜는 예민하고 까탈스러워서, 글자 하나하나 신중하

게 적는 편이었다.

그런 그가 전서를 한 번에 써 내리고 마침표를 찍었다면, 이것을 쓰는 동안 상당히 흥분했다는 것이다.

'미사여구는 생략.'

한문혜는 화려한 언변과 문장력을 지닌 동시에 사기꾼처럼 자신을 포장하려는 기질이 있었다. 왕비 소생의 왕자들 속에서 돋보이기 위해 발버둥 치던 습관 때문이었다.

약점을 언변과 문장으로 화려하게 숨기는 대신 장점은 덤덤하게 드러내어, 온화하고 겸손한 왕자라는 평판을 이어 갔던 것이다.

그런 한문혜가 문장에 미사여구를 생략했다는 건, 이번 일에 자신의 공로가 분명하다는 자신감의 표현과 같았다.

'더욱이 제갈지현이 속이고자 했다면 한문혜가 눈치를 못 챌 리 없지.'

제갈무진이 꼽는 한문혜의 가장 큰 장점이 바로, 눈만 보아도 본능적으로 상대의 속내를 읽어 내는 본능적인 예민함이었다.

천부적인 재능이라고 해도 좋을 만큼 눈치가 빠르고 감정 변화에 민감한 한문혜는, 가끔 제갈무진의 감정이나 속내를 읽어 낼 정도였다. 그런 한문혜가 제갈지현의 거짓 하나 알아차리지 못하고 넘어갔을 리가 없었다.

'그래도 확인은 해 봐야겠군.'

제갈무진이 조용히 입꼬리를 말아 올렸다.

"손님을 데려오너라."

제갈무진의 말에 문 앞에 있던 교성흑오대원 하나가 빠르게 움직였다.

잠시 뒤, 한 사내가 제갈무진의 방에 들어섰다.

교성흑오대원보다 머리 하나, 양쪽으로 어깨 하나씩 더 붙은 듯 거대한 몸집을 한 사내는, 광룡귀면대 부대주 악수아였다.

"천살지체를 알아봐 주게."

"어떻게 할 작정이지?"

"놈이 정의무학관에 있다니, 별수 있나."

"정의무학관을 쳐들어가겠다고? 허! 너도 만만찮게 미친 놈이구나!"

악수아가 감탄한 듯 이마를 치며 웃었다.

하지만 곧 정색한 얼굴로 탁자를 내리쳤다.

탕─!

악수아가 누런 이를 드러내며 으르렁거리듯 말했다.

"협조하겠다고는 했지만, 대신 개죽음당해 주겠다고 한 적은 없는데?"

귀면을 쓰고 있는 안으로, 악수아의 새까만 눈이 서슬 퍼런 살기를 뿌리며 제갈무진을 위협했다.

그런데 그때, 제갈무진의 눈빛이 돌변했다.

제갈무진의 눈 속에서 요요한 분위기를 풍기던 기운이 풀려 나오며, 진득하게 악수아의 '살기를 조여 오더니 순식간에 악수아의 목을 조여 왔다.

"컥! 이게 무슨……!"

"이래서 개는 예뻐해 주면 안 되는데."

묘하게 달라진 제갈무진의 어투에, 악수아의 눈이 찢어질 듯 커졌다.

"다, 당신은 설마……?"

"재밌어서 그냥 두었더니, 개 주제에 상당히 건방지구나."

제갈무진의 기운이 악수아의 목을 어루만지듯 살살 달래 왔다.

악수아는 오히려 그것이 목을 조르는 것보다 소름 끼쳤다.

"그래도 남의 집 개를 죽이진 않을 테니, 가라면 가."

피처럼 진득한 붉은 빛을 감추듯 다시 요요하게 가라앉은 제갈무진의 눈을 보며, 악수아는 감히 고개를 젓지 못했다.

거대한 절벽 아래 까만 점이 찍힌 듯, 동굴 입구가 있었다.

"개는 누구나 키운다."

그 동굴 입구 앞에서 제갈무진이 말했다.

그의 곁에는 광룡귀면대 부대주 악수아가 마치 그의 수하처럼 공손하게 서 있었다.

가까이에서 본 동굴 입구는 팔척장신인 악수아가 서도 삼 척은 높고, 양팔을 벌려도 사람 둘은 통과할 만큼 거대했다.

게다가 안은 어디까지 나 있는지 끝이 보이지 않을 정도로 깊었다.

악수아가 내심 동굴의 규모에 놀라는 사이, 제갈무진이 아무렇지 않은 얼굴로 먼저 동굴로 들어섰다.

"역천제께선 맹견을 좋아하셨지. 개는 본래 늑대의 한 갈래라, 본디 사나운 짐승이라고. 다른 마제들은 충견을 좋아했어. 뭐, 독부는 귀여운 것을 좋아하고, 환마는 아무것도 키우지 않았지만. 그러나 내 생각에, 개는 그냥 개일 뿐이야."

제갈무진의 말과 함께, 악수아의 눈이 조금씩 커졌다.

듬성듬성 박힌 어스름한 야명주 불빛을 따라 점차 환해지는 곳에 닿자, 많은 수의 아이들이 곡괭이와 망치를 들고 동굴을 파고 있는 광경이 보였다.

"지금 같은 때엔 거리에 고아들이 셀 수도 없이 널려 있지. 아무나 밥 먹이고 조금 쓰다듬어 주면 금방 사람을 따라."

아주 어린 아이들부터 조금 큰 아이들까지 까만 땀을 뻘뻘 흘려 가며 일을 하고 있었다.

댕댕댕─!

흑의를 입은 아이가 종을 울리자, 아이들이 손을 놓고 달려왔다.

수레에는 밥과 고깃국, 야채 절임이 제대로 갖춰져 있었고, 아이들은 그것을 먹고 싶은 대로 퍼 담았다.

"개가 굳이 강할 필요는 없어. 주는 대로 먹고, 훈련하고, 주인의 말을 잘 알아들으면 그뿐이라고."

제갈무진이 밥을 먹는 아이들을 보며 흐뭇하게 웃었다.

악수아는 그제야 제갈무진이 '개'라 말하는 이들이 단지 충성스러운 수하들을 비하하는 것이 아니라는 걸 알았다.

제갈무진은 그야말로 사람을 데려다 개로 키우고 있었던 것이다.

먹이를 주고 잘 훈련시켜서…….

악수아는 우르르 모여서 밥을 먹는 아이들의 모습이 진짜 개 떼 같다는 생각이 들었다.

그들의 뒤편으로 어두운 동굴이 다시 밝아지는 지점이 또 있는 것을 보면, 이 동굴에는 이런 아이들이 가득한 듯싶었다.

"나중을 위해 동굴을 넓히는 중이네. 이렇게 곧바로 총 삼십 리 길일세. 정의맹이 있는 양청현 저자까지."

제갈무진의 말에 악수아의 두 눈이 커졌다.

"놈들이 아무리 숲을 뒤지고 있다지만, 동굴의 입구는 누구도 찾기 힘든 절벽 아래, 내 진법과 현홍사, 주변 지형지물에 가려 있지. 때가 되면 단번에 정의맹을 밀어 버릴 수 있도록 말이야."

"⋯⋯."

할 수 있을까.

악수아는 그 말이 턱 끝까지 나왔지만 내뱉지는 않았다.

정의맹의 누구도 모르게 바로 코앞에 이런 동굴을 파 놓은 사람이, 정의맹의 방비 수준을 모를 리 없었다.

게다가 이 사람이 정말 그 사람이라면⋯⋯.

"항구에서 이곳까지, 이곳에서 다시 정의맹까지, 겨우 팔십 리 길이야. 어때, 광마가 들으면 좋아할 소리가 아닌가?"

"⋯⋯!"

제갈무진의 눈이 요사스럽게 반짝이며 악수아를 자극했다.

그의 말이 맞았다.

그의 주인이라면, 몸이 회복되는 즉시 지난 일의 복수로 정파 무림의 심장을 뜯는 일에 기꺼이 동참할 것이다.

악수아조차 가슴이 설레고 있었으니 말이다.

"그 전에 우리 약속부터 마무리해야겠지? 천살지체에게 암살자를 보낼 거다."

"천살지체에게 암살자를 말입니까?"

예상치 못한 말에 악수아가 고개를 갸웃거렸다.

그 모습에 제갈무진이 입꼬리를 말았다.

"살성을 깨우는 건 생각보다 훨씬 간단하다네. 주변에 있는 놈들을 모조리 죽이면 돼. 피 냄새와 들끓는 증오심이 살성을 깨울 거야. 그리고 문혜가 그걸 확인하면 끝이네. 천살지체라고 확인되면 천살지체와 자네 주인의 물건을 함께 챙기고, 그게 아니라면 자네 주인의 물건만이라도 챙기도록 해주지. 어떤가?"

"수하들과 준비하고 있겠습니다."

악수아가 고개를 숙이며 제갈무진의 제안을 받아들였다.

"아직 완성되진 않았지만, 이만하면 정의무학관에서 물건을 가지고 온전하게 빠져나올 수 있을 정도는 될 거야."

제갈무진이 끝없이 이어진 동굴 안을 둘러보며 말했다.

이튿날, 악수아와 수하들이 양청현 저자에 숨어들었다.

-클클클. 정파 놈들 사이에 있다고 생각하니 가슴이 쿵덕쿵덕하는데요.

-부대주. 정말 전부 죽여도 됩니까?

-상관없어. 일호. 이호, 왕자님 보호만 확실히 해.

-아이, 젠장! 이번엔 재미도 못 보겠네!

-소림 놈들이 다 뛰어나왔으면 좋겠다. 풀만 먹어서 내장 냄새도 향긋하려나?

광룡귀면대와 함께 움직이며, 한문혜도 고스란히 그들의 전음을 듣고 있었다.

'젠장! 여기가 어디라고 생각하는 거야! 숭산 아래라고!'

한문혜는 입이 바싹 마르고, 온몸은 땀으로 흥건했다.

비단 그가 천으로 앞을 가린 갓 속에 복면까지 쓰고 있어서 그런 것만은 아니다.

'스승님은 대체 무슨 생각으로 이토록 무모한 임무를 내리신 건지! 다른 곳도 아니고, 정의맹이 있는 양청현 저자 한복판에서 소림승을 습격하라니!'

한문혜는 처음 말을 들었을 때 놀라 기함할 뻔했다.

한문혜는 이걸 하겠다고 나선 광룡귀면대의 정신 상태가 의심되었다.

'제정신이 아니야!'

한문혜가 임무를 받아들인 악수아를 원망스러운 눈길로 보았지만, 그런 말을 입 밖으로 낼 수는 없었다.

비단 천을 가린 갓 속에 복면까지 쓰고 있어서만은 아니었다.

─주작단 놈들이다!

─얼마지?

─흐흐흐흐, 모르겠어, 부대주. 그냥 죽이면 안 돼?

광룡귀면대는 지금도 한문혜가 기겁할 말들을 아무렇지 않게 전음으로 주고받았다.

한문혜의 불안감이 극도로 오르며, 심장이 터질 듯 뛰었다.

-흐흐. 걱정 마. 왕자는 내가 확실하게 먼저 빼 줄 테니까.

붉은 귀면을 쓰고 있는 악수아가 한문혜의 속을 꿰뚫어 본 듯 말했다.

한문혜는 전음 속 웃음소리가 마치 그를 비웃는 듯 들렸지만, 차마 뭐라 할 수는 없었다.

아까부터 악수아와 그 수하들이 나누는 미친 소리들을 듣고서는 말이다.

-목표 발견!

누군가의 전음에 악수아와 한문혜도 멀리 보았다.

피둥피둥한 몸집의 현오가 걸어오는 것이 보였다.

뭐가 그렇게 좋은지, 현오가 해맑게 웃으면서 방정스러울 정도로 총총 걸어오고 있었다.

그런 현오의 주변에는 십여 명의 주작단원들이 있었다.

-날파리들이 주변에 윙윙대는대요.

-흐흐흐. 좋아좋아좋아.

-빨리요. 빨리. 부대주!

한문혜는 멀리 주작단의 붉은 무복만 봐도 떨리는데, 아까부터 전음을 주고받던 광룡귀면대원들은 부대주 악수아를 재촉했다.

곧 악수아가 결정을 내렸다.

－목표가 이십 보 더 걸어 들어온 후, 시작한다.

－하핫! 좋아!

－알겠습니다－!

악수아의 전음에 그 수하들이 전음으로 괴성을 질렀다.

더 이상 물러설 길이 없었기에, 한문혜도 이를 악물었다.

최악의 상황엔, 혼란을 틈타 악수아를 방패로 빠져나오면 될 일이라.

한문혜가 스스로를 다독이며 주작단원의 발걸음을 셌다.

'한 발, 두 발, 세 발…… 열여덟, 열아홉!'

"가자!"

악수아의 말과 함께 그와 수하들이 검을 빼 들고 뛰어들고, 허겁지겁 갓을 치운 한문혜도 악수아의 뒤를 따랐다.

파팟－－－!

피가 튀어 그의 복면을 적셨지만, 한문혜에겐 그걸 신경 쓸 겨를이 없었다.

"적이다－!"

흑의 복면인들이 순식간에 현오를 향해 달려들었다.

당황한 주작단원들이 뒤늦게 앞을 막았지만, 검을 휘둘러 보기도 전에 피를 뿌리며 쓰러졌다.

"까아아아－－!"

"우아악!"

저자에 있던 사람들이 순식간에 비명을 지르며 흩어졌다.

혼비백산한 이들이 가게 안으로 문을 잠그고 도망하고, 그도 아닌 이들은 좌판에 몸을 숨겼다.

다행히 흑의 복면인들은 민간인들에게는 별 관심이 없는 듯했다.

챙-! 챙-!

주작단원들이 현오를 감싸고, 벽을 세웠다.

"죽어라--!"

"우히-! 하하하하!"

누군가 온다면 교성흑오대 수십이 올 거라 예상했는데, 의외로 흑의 복면인들은 겨우 십여 명이었다.

다만 복면 안에서 내지르는 괴성과 살벌한 손 속이 그들과는 전혀 달랐다.

쉐에에엑--!

"피해라!"

갑자기 날아든 검기에 주작단원 중 하나가 급히 앞으로 나섰다.

퍼-엉!

기운들이 충돌하며 그 여파가 사방으로 퍼졌다.

"크읏!"

특히 현오의 앞을 가린 주작단원들이 충격을 흘리지도 못하고 고스란히 견디며 신음을 흘렸다.

그때…….

"흐흐흐!"

"헉!"

현오의 앞을 막고 있던 주작단원 중 하나가 바로 귓가에서 들리는 괴이한 웃음소리에 놀라, 반사적으로 검을 휘둘렀다.

채—앵!

챙—챙챙——!

공격과 돌진밖에 모르는 듯 막무가내의 공격에, 흔들리던 주작단원들이 이제는 냉정을 찾고 결사적으로 공격을 막았다.

퍼—엉!

"가만히……!"

"제 걱정은 말고 버티십시오!"

현오의 나한권에 주작단원을 몰아붙이던 흑의 복면인 하나가 가게 안쪽으로 튕겨 나갔다.

주작단원은 현오를 말리려 했지만, 그럴 여유조차 없었다.

챙—! 챙챙—!

쉐에에엑!

"으억!"

현오의 뒤를 막던 주작단원 둘을 상대하던 흑의 복면인 하나가 기묘한 움직임으로 공중을 날더니 기어이 주작단원 하나의 목을 베었다.

"츙료!"

"카학학학학!"

원숭이처럼 묘기를 부리며 공중을 뛰어오르던 흑의 복면인이 괴이한 소리로 웃어 댔다.

화가 난 주작단원들이 흑의 복면인을 향해 검기를 뿌렸지만, 두 손에 반월 모양으로 끼워진 칼날에 모두 막혔다.

오히려 흑의 복면인은 노점 천막을 받치던 나무 기둥에 올라앉아, 여유롭게 주작단원들을 보았다.

"보통 놈들이 아니구나! 어쩔 수 없다! 현오를 데리고 저 자 안쪽으로 이동한다!"

"예!"

조금 더 안쪽으로 들어간다면 민간인들이 위험할 수 있겠으나, 그만큼 혼란 속에 숨을 곳도 많고 지원이 올 때까지 견디기도 쉬웠다.

주작단원들은 조장의 결정에 따르기로 했고, 현오 또한 흔들리는 눈으로 군말 없이 움직였다.

"도망치게 둘까 보냐!"

"캬하하하! 도망간다! 도망간다!"

앞을 막아선 흑의 복면인 둘과 기둥 위에서 비웃는 흑의 복면인 하나. 그리고 양옆에서 그들을 공격해 오는 여섯 명.

고작 아홉 명의 적 앞에, 현오를 보호하고 있던 주작단원 중 셋이 죽었고 일곱 명이 도망칠 궁리에 바빴다.

숫자는 비슷했지만 주작단원들은 기세에서 완전히 밀린 듯한 모습이었다.

아니, 기세만 밀린 것이 아니었다.

'강하다! 가지고 놀고 있어!'

현오의 호위를 맡은 주작단 팔 조 조장은 긴장감을 감추지 못하고 바로 앞에서 남다른 기운을 뿜고 있는 사내를 노려보았다.

꿀꺽.

팔 조 조장 완수검(婉洙劍) 강현필은 마른침을 삼키며 온몸의 기운을 끌어 올렸다.

'어디서 이런 강자가 나타난 거지?'

사실 '과연 자신이 저자를 막을 수 있을까?' 하는 의문이 먼저 들었지만, 그건 속으로도 생각하기 싫은 말이었다.

─이봐, 왕자, 확인했나?

─아, 아직입니다.

악수아의 전음에 한문혜가 대답했다.

그는 아직까지 현오에게서 아무것도 읽어 내지 못했다.

'설마 제갈지현이 날 속였나? 아, 안 돼!'

순간 의심이 들었지만, 피가 식는 느낌에 한문혜가 애써 불길한 생각을 떨쳤다.

─피! 피가 조금 더 필요할 듯싶습니다!

"흐흐흐, 아직 덜 익었나 보군. 뭣들 하나, 전부 죽여라!"

강현필의 눈앞에 있던 사내가 적의 대장이었는지, 놈의 명에 흑의 복면인들이 다시 뛰어들었다.

'어딜 본 거지?'

강현필은 눈앞의 사내가 자신이 아닌 제 뒤를 본 것 같았지만, 생각을 이어 가기도 전에 강한 충격에 뒤로 밀려났다.

"크억!"

"강 대협!"

현오가 놀라 강현필을 받치고, 뒤이어 들어오는 공격을 막았다.

퍼―억!

"호오?"

자신의 공격을 막아 낸 현오의 모습에, 악수아가 흥미롭다는 듯 소리를 내었다.

그리고 복면 안에서 재밌다는 듯 웃고는 현오에게 달려들었다.

퍽! 퍽퍽!

난전의 방어에 가장 뛰어나다는 평을 듣는 나한권이었다.

빠르고 변화무쌍한 보법이 악수아의 공격을 피하고, 단단한 팔이 강하게 그의 공격을 막았다.

"재밌구나."

퍼억! 퍽! 퍽!

악수아가 검이 아닌 권으로 현오를 몰아붙였다.

그때, 강현필이 끼어들어 악수아의 옆을 노렸다.

쉐에엑-!

퍼-엉!

강현필의 검기가 악수아의 팔에 부딪히는 동시에, 강한 기운이 강현필을 밀어냈다.

'젠장!'

티가 나지 않을 정도로 한 걸음 물러났지만, 현오가 물러서던 것과는 달랐다.

악수아의 기운에 흔들려 밀려난 것이기 때문이다.

'소림의 천재라지만, 아직 약관의 후배보다 못할 수는 없지!'

주작단이 정찰과 조사에 특화된 무단이라곤 하지만, 정의맹 육 대 무단 중 하나였다.

그런 주작단 팔 조의 조장으로서, 강현필은 현오를 지키기 위해 목숨을 아낄 생각 따윈 버렸다.

쉐에에엑-!

청성파 제자로, 완수검이라 불릴 정도로 행운유수(行雲流水)에 몸을 맡기는 유려한 유운신법과 분광검이 악수아를 현오로부터 떨어뜨렸다.

"하! 정말 귀찮게 하는군."

시간이 없는 것은 악수아 쪽이었다.

-이봐, 왕자, 아직이야?

－송구합니다.

악수아의 전음에 멀리 싸움에서 떨어져 있는 한문혜가 뜨끔하며 대답했다.

"쳇, 이놈의 피를 맞고도 아직일지 보자고. 시간 없다! 피를 뿌려라——!"

"예!"

악수아의 말과 함께 광룡귀면대의 대답이 우렁찼다.

동시에 악수아의 온몸에서 살기가 뿜어져 나왔다.

사아아아아———!

숨 막힐 정도로 음습한 살기가 강현필을 향하고, 사방에서 불길한 소리가 울렸다.

파팟－!

"크아아악!"

푹푹푹!

"죽어라! 카하하하하!"

반월의 검날에 온몸이 흔들리며 사방으로 피가 뿌려졌다.

그리고 난도질된 앞모습을 드러내며 주작단원이 쓰러졌다.

"이놈들——!"

강현필이 울분을 담고 검을 휘둘렀다.

극한으로 차오른 분노가 없는 실력까지 만들어 주지는 않았다.

"집어치워, 버러지야!"

악수아가 검을 들었다.

까아아아아——!

찢어질 듯한 비명 같은 검명이 울고, 붉은 기운에 휩싸인 아랑쌍정이 강현필의 검을 뚫고 그의 몸을 뚫었다.

"선배님!"

자신의 앞을 막고 있던 주작단원을 돕고 있던 현오가 놀라 소리를 질렀다.

하지만 악수아가 아랑쌍정을 빼는 순간, 피가 터지며 강현필의 신형이 무너졌다.

"이놈들! 이 천벌받을 놈들아——!"

현오가 소리치며 온몸의 내공을 끌어 올렸다.

터질 듯 얼굴이 달아오르고 두 눈도 붉어졌다.

퍼펑———!

현오의 금강붕산권이 앞에 있는 광룡귀면대 둘의 가슴을 때렸다. 그리고 손바닥에 맺힌 하얀 기운이 악수아를 향해 쏘아졌다.

퍼—엉!

악수아가 무기를 들어 현오의 강기를 막았다.

그때, 한문혜가 다급하게 전음을 전했다.

-봤어요! 오성의 붉은 별이 떴습니다! 천살지체가 맞아요!

한문혜가 흥분해서 전음으로 소리쳤다.

하지만 동시에, 멀리서 달려온 지원대의 검기가 날아들었다.

쉬익-! 쉬익-!

쉐에에에엑---!

"흐흐흐, 운이 좋았군. 자리를 뜬다!"

악수아가 현오와 살아 있는 주작단원들을 보며 웃었다.

그리고 광룡귀면대와 함께 날듯 저자 뒤쪽으로 도망갔다.

"어딜 가는가-!"

현오의 외침과 함께 그가 분노에 찬 대력금강장의 금빛 기운을 날렸다.

그 속으로, 어디선가 날아든 푸른 기운이 섞여들더니, 기어코 가장 마지막에서 움직이던 광룡귀면대원 하나를 떨어뜨렸다.

"현오, 괜찮습니까!"

진화가 현오의 곁으로 달려왔다.

진화의 뒤로, 창궁무애단과 다른 주작단원들도 달려왔다.

－놈들이 확인하고 갔나?

－정면으로 보여 줬네.

현오가 굳은 얼굴로 진화에게 고개를 끄덕였다.

진화의 입꼬리가 미미하게 들썩였다.

다음 권으로 이어집니다

변호사 윤진한

이해날 현대 판타지 장편소설

『어게인 마이 라이프』의 작가 이해날,
당신의 즐거움을 보장할
초특급 신작으로 돌아왔다!

아버지의 복수를 위해
악랄한 변호사가 되었으나 대기업에 처리당한 윤진한
로펌 입사 전으로 회귀하다!

죽음 끝에서 천재적인 두뇌를 얻은 그는
대기업의 후계자 경쟁을 이용해
원수들의 흔적마저 지우기로 결심하는데……

악마 같은 변호사가 그려 내는
두 번의 인생에 걸친 원수 파멸극!

이윤규 대체역사 소설

개혁군주

조선의 황혼기를 전성기로 바꿀
전후무후한 개혁 군주가 나타났다!

교통사고를 당하고
건륭 60년의 어린 순조로 깨어난
대통령 후보 공보

6년 뒤 정조의 사망과 함께 시작된 세도정치로 인해
조선이 서서히 몰락한다는 사실을 깨달은 그는
정조를 설득해 나라를 개혁하기로 결심하는데……

정조의 건강부터 동아시아 세력 개편까지
뜯어고칠 것은 많지만, 시간은 단 6년뿐!

예정된 파멸을 뛰어넘기 위해서는
모든 것을 뒤엎어야 한다!
조선을 미래로 이끌기 위한 분투가 펼쳐진다!

꿈의 도약, 로크에서 하십
(주)로크미디어에서 신인 작가를

즐거운 세상, (주)로크미디어는 꿈을 사랑하고 도전을 두려워하지 않는 작가분들의 참신한 작품을 기다리고 있습니다. 21세기 장르 문학계를 이끌어 갈 차세대 선두 주자 (주)로크미디어에서 여러분의 나래를 활짝 펴 보시길 바랍니다.

모집 분야 판타지와 무협을 포함한 장르 문학
모집 대상 아마추어 작가, 인터넷 작가
모집 기한 수시 모집
작품 접수 시 유의 사항
　　1. 파일명은 작가명_작품명.hwp 형식을 갖춰 주십시오.
　　1. 파일에 들어갈 내용은 다음과 같습니다.
　　　─ 성명(필명인 경우 실명을 밝혀 주세요), 연락처, 이메일 주소.
　　　─ 제목, 기획 의도.
　　　─ A4용지 1장 분량의 등장인물 소개.
　　　─ A4용지 2장 분량의 전체 줄거리.
　　　─ 본문.
　　1. 작품이 인터넷에 연재되고 있다면, 게시판명과 사이트의 구체적이고 정확한 주소를 기재해 주십시오.

선택된 작품은 정식 계약 후 출판물로 간행되어 전국 서점에 유통됩니다.
작가분은 (주)로크미디어의 전폭적인 지원하에 전속 작가로 활동하시게 됩니다.
※ 자세한 내용은 로크미디어 홈페이지(rokmedia.com)를 참조하세요.

(03920)서울시 마포구 성암로 330 DMC첨단산업센터 3층 318호
(주)로크미디어 편집부 신간 기획 담당자 앞
전화 : 02)3273-5135
www.rokmedia.com　　이메일 : rokmedia@empas.com

The Final

더 파이널

유성 퓨전 판타지 장편소설

「아크」「로열 페이트」「아크 더 레전드」
작가 유성의 새로운 도전!

회귀의 굴레에 갇혀 이계로의 전이와 죽음을 반복하는 태영
계속되는 죽음에도 삶에 대한 의지를 불태우던 어느 날

갑자기 시작된 침식으로 이계와 현대가 합쳐진다!

두 세계가 합쳐진 순간,
저주 같던 회귀는 미래의 지식이 되고
쌓인 경험은 태영의 힘이 되는데……

이계의 기연을 모조리 흡수해
누구도 넘볼 수 없는 전사로 우뚝 서다!

변호사 윤진한

이해날 현대 판타지 장편소설